영시와 에콜로지

대상화에 대한 메타모더니티

영시와 에콜로지

대상화에 대한 메타모더니티

이규명 지음

이 저서는 2013년 정부(교육부)의 재원으로 한국연구재단의 지원을 받아 수행된
연구임. (NRF-2013S1A5B5A07047498)

::머리말

현재 전 세계에서 정치적, 경제적, 학문적으로 활발히 논의되는
생태주의이론을 영시텍스트에 적용하려는 본고를 작성하면서 우선
상기되는 것은 문학이 현실을 반영한다는 실사구시에 입각한 루카
치(G. Lukacs)식 리얼리즘, 즉 '반영이론'이다. 그의 주장의 요지는
대개 '객관적 현실에 대한 올바른 반영' 혹은 '문학은 사회의 거울'
이런 것이다. 다시 말해 문학이라는 거울에 대한 현실의 반영을 강조
한 것이며 구체적 현실이 문학텍스트 속에 삼투(渗透)되어야 한다는
것이다. 이는 본의 아니게 반영과 계몽을 주장하는 에이브럼스(M.
H. Abrams)의 '램프와 거울'(The Mirror and the Lamp)론을 연상
시킨다. 이런 점을 고려하여 본고는 영시텍스트에 요즘 회자되는 삶
의 기원이자 원천으로서의 자연, 생태, 환경에 대한 과거에서 현재
에 이르는 주요이론을 적용해보려는 것이다. 물론 영시텍스트에 대

한 접근이 형식적인 측면에서 운, 리듬, 구조를 따지는 외재적인 방법과 내용적인 측면에서 논조, 이미지, 정서를 따지는 내재적인 방법이 있다. 하지만 본고에서는 자연과학계열의 생태이론을 상호 대립되는 인문학계열의 영시텍스트 속에 대입, 적용해보려는 것이다. 그것은 인간사회가 자연과학계열의 학문으로, 혹은 인문학계열의 학문으로 각각 구성된 것이 아니라 양자의 합성으로 구성된 공동체이고, 전 세계적으로 학제 간의 융합에 대한 건설적인 논의가 활성화되어 있는 현시점에서, 영시와 생태이론의 접목을 시도하는 본고가 학제 간의 융합이라는 지구촌의 당면과제에 대해 공동체의 한 구성원으로서 조금이라도 기여하였으면 하는 과욕에 연유한다.

　본고는 영시에 갖가지 생태이론을 적용해보려는 의도를 가지고 있으며, 이를 통해 문학과 환경의 융합을 시도한 한 사례로 학인들이 참고할 수 있으며, 아울러 강호의 독자들은 영시 자체를 감상하고 동시에 영시에 대한 필자의 사유방식을 각각의 방식과 비교할 수 있을 것이며, 나아가 전 세계적으로 자연, 생태, 환경의 위기에 대한 문제들이 시급하게 인륜지사로 타전되는 이 시점에 각자 여태 자연과 인간시장에 대응한 행동방향에 대한 반성적 태도를 검토하는 계기가 될 수 있을 것이다. 또 전 세계적으로 유행했던 혹은 유행하는 주요 생태이론에 대한 기본적인 상식을 습득함으로써 여러 가지 이유로 서구인들과 환경에 대한 화제를 토로할 때 약간의 도움이 될 수도 있을 것이다. 지금까지 필자는 영시를 분석의 텍스트로 삼아 다양한 분야의 학문과 접목을 시도한 바 있다. '영시와 문화이론', '영시와 철학', '영시와 여성', '영시와 실존주의', '영시와 미학', '영시와 정신분석학', '영시와 과학.' 이제 여기에 '영시와 생태주의'를 보태려 한다. 물론 부족한 지능과 필력을 가진 필자의 피상적인 지식을 질타하는 학인들이 있을 것이나, 상호 주관적인 관점에서 다양한 주제를 향유하려는 개별적인 취향으로 생각해볼 수도 있을 것이고, 인간이 세상의 어떤 부분이라도 완전히 천착할 수 없다는 점을 헤아려 볼 수 있다. 무지한 필자의 명석한 지도교수로서 한국과 미국의 양대 박사학위를 소유하신 부산외대 정형철 교수님의 심오한 지도와 편달에 늘 감사드리고, 언어학의 귀재 촘스키(Noam Chomsky)보다 더 촘스키 같으신 부산외대 박상수 교수님의 자상한 조언과 격려에 늘 감사드리고, 현실에 무력한 필자에게 굳건한 뒷받침이 되어준 이명일 가야금 명인과 오소자 여사님께 깊이 감사드리고, 한국출판업계의 어려운 현실에도 불구하고 그동안 필자의 여러 졸저가 세상에 태어나게 하는 산파역으로서 한국학술정보(주)의 사장님께 심심한 감사를 드리고, 한국예이츠학회, 한국엘리엇학회, 한국현대영미 시학회에 속한 박학다식한 교수님들의 고견에 감사드리고, 무엇보다 우주에 편재하시고 우주만물을 운행하시는 전지전능하신 하나님께 무한한 감사를 드린다.

2016. 8. 15
이 규 명

CONTENTS

:: 서론
: 디지털시대의 환경, 생태, 자연

생물계는 생물계와 비생물계를 합친 총체로 구성된다. 생물계와 비생물계와 어울려 공존하면서 상호 적응해야 하는 공진화(coevolution)를 거듭한다. 생물과 비생물계는 상호 연계되어 있어 따로 구분할 수 없다. 현재 인간들이 느끼는 생태계의 위기는 비생물계에 대응하는 인간의 존재방식에 대한 변화를 촉구한다고 본다. 인간이 만물의 영장이라고 주장하지만 실상 인간은 자연에 포위되어 있으며, 삼국지에 나오는 제갈량이 맹획을 7번 사로잡고 7번 놓아주었다는 칠종칠금의 사례처럼 자연은 인간의 자유와 구속을 좌우하고 있다. 현재 인간은 태풍, 지진, 해일, 홍수, 우박, 온난화로 얼마나 고초를 겪고 있으며 살상을 당하고 있는가? 자연은 스스로 작동하여 인간에게 고통을 주는 경우도 있지만 인간이 자연의 역린을 건드려 유발한 재난도 있을 것이다. 자연파괴는 인간의 욕망이 증폭될 때에 발생하기에 욕망의 잉여를 자극하는 탐욕적인 경제학에 대한 관심에서 생존을 위한 생태학으로의 관심의 전환이 절실히 요구된다. 마치 개구리가 따뜻하게 불을 지피는 가마솥에서 안락하게 서서히 익사하는 것처럼 인간은 자연을 오용하고 남용한 쾌락적 결과에 도취되어 그 쓰레기 더미 속에서 안락사할 것이다. 그러니까 과잉소비를 창조하여 지구촌의 파괴를 재촉하는 재앙적인 경제적 합리성보다 지구촌의 재활을 위한 생태적 합리성이 촉구된다.

북극곰이 빙산을 타고 내려오고 쓰나미(tsunami)가 밀려와 수십만의 인간들이 오염된 바닷물에 폐사한 생선처럼 떼죽음을 당하고 때아닌 한발과 추위의 기상이변이 지구촌 도처에서 발생하고 있다. 환경의 악화에 대한 지구촌의 계몽을 위해 환경재난에 관한 콘텐츠가 세계적으로 유행인데 근래 상연된 미국영화 <디 임파서블(The Impossible)>에서는 동남아를 타격한 쓰나미로 인한 인간사회의 비극적 참상을 사실적으로 보여 주었다. 그런데 환경재앙의 주범은 다름 아닌 인간들이며 과도한 개발정책, 산업정책으로 인한 탄소배출의 결과로 인한 인과응보라는 것이다. 인간이 버린 오물을 인간이 스스로 수렴해야 한다는 점에서 마치 자기 꼬리를 먹고 있는 우로보로스(uroboros)의 현상과 같은 누워서 침 뱉기의 행위가 아닐 수 없다. 이에 놀란 전 세계의 정상들이 1997년 일본 교토에 모여 만든 것이 배기가스 배출규제에 관한 교토의정서(Kyoto protocol)이며 2005년 발효되었다. 그러나 각국의 개발과 발전에 대한 이해관계가 첨예하게 대립함으로써 이 의정서에 대한 이행이 지지부진한 상태로 머물고 있다. 하지만 환경문제가 어찌 정치권이나 경제권만의 문제이겠는가? 이 문제는 인류전제의 문제이자 지구촌 구성원 각자의 문제이다. 이런 점에서 환경문제에 대하여 누구나 할 것 없이 지구의 파국에 대한 공동책임을 지고 있다. 이런 공동책임에 대한 문학적인 각성과 자각의 일환으로 본고를 작성하려고 한다. 그리하여 문학이 사회현상에 대하여 책임회피나 현실도피의 안식처가 아닌 현실참여로서의 실천적인 모습을 보여주려는 것이다. 최근에 상연된 고전 『레미제라블』

이 진부한 주제와 지루한 내용 그리고 긴 상연시간에도 불구하고 공전(空前)의 인기를 누린 것은 사회적 현실에 대한 대리 만족을 갈구하는 간접적인 참여의 결과로 볼 수 있다. 그리하여 각자의 영역에서 환경문제에 대한 진지한 반성과 각성이 촉구된다. 본 저술은 필자의 전공이 속하는 영문학의 한 지류인 영/미시 분야에서 환경문제를 다루어 그 결과물을 출판하여 대중들에게 딱딱한 환경, 생태이론이 아니라 이를 희석하기 위하여 영/미시 속에 나타난 환경에 대한 시인의 제반 인식을 통해 환경문제에 대한 대중의 성찰과 각성을 유도하려고 한다. 그것은 생태계의 현상에 대해 난해한 생태이론을 적용한다는 것은 그 이론의 경직성에 대한 대중의 기피를 초래할 가능성이 농후하기에 시작품을 통해 환경에 대한 시인의 인식을 발견하고 이에 부합하는 생태이론을 적용할 것이다. 본고의 요지는 과학시대의 물질적 부작용으로서 인간의 환경파괴와 오염에 대한 각성을 촉구함과 아울러 과학시대의 정신적 배우가 되는 정치, 경제, 사회, 문화의 환경을 방관하고 경시할 수 없다는 점에서 인간의 내/외부에 자리하는 생태에 대한 의미를 추구하는 것이다. 이러한 실천은 어디까지나 당대에 회자되는 정치적, 사회적, 경제적인 흐름과 방향을 참조해야 한다.

생태의 보존을 주장하는 좌파와 생태의 개발을 주장하는 우파의 인식에 대해 합리적인 대안을 제시한 사람이 앤서니 기든스(Antony Giddens)이다. 한국의 경우 고속철 건설을 위해 통과지역인 천성산의 개발여부에 대한 몇 년간 쌍방의 치열한 공방전이 벌어져 이 와중에 국가의 엄청난 재원이 탕진된 사례도 있다. 이때 개발 측과 보존 측의 이성적이고 합리적인 타협은 끝내 무산되어 판사의 판결에 의해 개발이 결정되었다. 하여간에 기든스가 주장하는 것은 좌/우의 양단을 아우르는 '제3의 길'(The Third Way)이다. 물론 이 노선은 자본주의와 사회주의 대립을 완화하기 위한 일종의 중도 노선이다. 사회주의의 경직성, 보수성과 자본주의의 편의성, 효율성에 대해 변증법적 수정을 가하려는 이론이다. 그 기원을 추적하면, 제2차 세계대전 후 승전국이나 패전국 할 것 없이 생활터전의 상실로 인해 빈곤에 시달리는 성난 대중들이 선택한 것은 배급정책이 중시되는 사회민주주의였다. 그러나 자산의 증가와 재화의 축적으로 생활에 여유가 생기자 배부른 대중들은 이익중심의 신자본주의를 선택한다. 그의 시대별 구분에 따르면 전자는 1945-1975년(제1의 길)에 해당하고, 후자는 1975-1995년(제2의 길)에 해당한다. 그 후 2016년 지금은 제3의 길에 해당할 것이다. 사회민주주의는 사회의 혼란사태에 국가가 적극 개입하여 생산과 소비를 정상화시키는 것으로 이에 대한 이론의 근거는 케인스(John Maynard Keynes)[1]가 제공한다. 간단히 말해 개인이 감당하기 어려운 부분은 국가가 담당하는 일종의 공/사 간의 혼합경제이다. 그러나 관료주의와 개인부문에 대한 정부의 간섭과 억압이 뒤따른다. 이에 대한 반작용으로 등장한 신-자유주의는 국가의 공적인 역할을 축소하고 사적인 부문의 역할을 확대하는 자유만능 경제주의로서 환영을 받았지만 모든 제도가 그러하듯이 이 역시 단점이 있을 수밖에 없었다. 그것은 개인 간의 빈부격차를 심화시키고 가족해체, 사회해체의 상황을 초래케 했다. 물론 신-자유

---

1) Keynesian economics are the various theories about how in the short run, and especially during recessions, economic output is strongly influenced by aggregate demand (total spending in the economy). In the Keynesian view, aggregate demand does not necessarily equal the productive capacity of the economy; instead, it is influenced by a host of factors and sometimes behaves erratically, affecting production, employment, and inflation(wiki.com).

주의의 현상은 고독과 소외가 사회의 화두로 대두되는 지금도 지속되고 있다. 이에 대한 대중요법이 불가피하여 사회주의와 자본주의를 결합한 것이 제3의 길인 것이다. 그것은 국가개입의 절제, 소득의 분배, 복지개혁, 노/사 관계의 개혁 등이다. 이를 자연, 생태, 환경에 적용하면 생태에 대한 공익에 배치되는 보호주의나 무차별 개발주의를 중재할 인간과 생태가 더불어 공존하는 합리적인 방안이 나올 것이다.

본고에서 소개할 생태관련 이론들은 과거와 현재의 이론을 망라하려고 한다. 여태 조성된 생태학의 제 이론들은 복잡다기하다. 이를 일별하면, 신-맬서스주의(neo-Malthusianism)에 포함되는 반동적 생태주의는 구제윤리론과 인구폭탄론을 주장하고, 자연을 파괴하는 자본주의의 폐단을 수정하려는 개혁적 생태주의는 생태계와 자본주의의 관계를 용인하는 환경케인스주의와 이를 반대하는 생태사회주의로 분리되고, 인간과 자연의 조화를 염두에 두고 상/하부 계층구조를 설정하지 않은 공동체를 건설하려는 <근본적 생태주의>는 심층생태주의와 생태페미니즘을 내재화한다. 본 저술에서는 이러한 다양한 생태이론들을 소개하면서 아울러 생태학에 연관되는 석학들의 이론을 영미 시작품 속에 적용하려고 한다. 우선 적자생존의 환경결정론으로서의 다윈의 진화론, 제1원인으로서의 자연과 그 부산물인 인간과의 인과론을 주장하는 루소의 에밀, 인간의 자연에 대한 상식적인 태도를 감찰함에 있어 '너의 준칙이 보편적 법칙이 되도록 동시에 욕구할 수 있는 그러한 준칙에 의하여 행동하라'는 칸트의 정언적 명제와 환경과의 관련성, 자연과 인간의 친화성을 강조하는 미국의 초월주의를 살펴보고 이 가운데 헨리 데이비드 소로의 월든(Walden)을 소개한다. 또 다윈의 이론을 계승하여 환경적 결정론과 유전적 결정론을 접목시킨 피아제(J. Piaget)의 이론, 자연과 인간이 전체론 (holism)적으로 연관되어 있기에 전자를 무시하고 후자 중심적인 관점에서 자연파괴를 자행해온 서구적인 사고를 타파하고 자연과 인간의 상생을 사유하는 동양적 관점이 중시되어야 한다고 주장하는 신과학운동의 선구자인 카프라(F. Capra)의 환경론, 전 지구의 생태 위기를 초래한 서구의 전통윤리학의 한계를 지적하며 과학기술주의와 문명 유토피아주의를 비판하고 작금의 생태계에서 인류생존의 가능성을 탐문하는 한스 요나스(Hans Jonas)의 환경론, 이와 대조되는 이론으로, 사유하는 인간으로서의 불가피한 계몽적 인식과 그 유토피아주의를 무조건 배척할 것이 아니라 이에 대한 철저한 이해를 통하여 의무론적 윤리학과 목적론적 윤리학을 확립하려는 아펠 (Karl-Otto Apel)의 환경윤리학, 자연에 대항하는 인간적인 관점에서 가치의 물질에서 무가치의 물질로 변화되는 엔트로피(entropy) 현상을 인류에 도래하는 재앙으로 인식하고 역사적으로 증명된 에너지 제2법칙의 제 현상이 암시하는 심각한 경고를 인식하여야 함을 역설하는 제레미 리프킨(Jeremy Rifkin)의 지구 위기론, 이에 대하여 어떤 자연현상에도 재앙적인 엔트로피의 증대현상에 역행할 가능성이 내포되어 있다고 보는 동요(動搖)상태를 주장하는 프리고진(Ilya Prigogine)의 자연의 산일(散逸)구조론, 변증법적 자연주의 혹은 생태적 변증법을 통한 생태문제와 사회문제를 통합하려는 머레이 북친(Murray Bookchin)의 사회생태학, 현대사회가 심각한 환경재난의 상태에 빠져 환경으로부터 위협을 받고 있고 이에 대한 정치적 정책적인 대책이 모색되어야 한다고 주장하는 울리히 벡(Ulrich Beck)의 위험사회론, 프랑수아즈 도본느(Françoise d'Eaubonne)에 의해 창안

되어, 인간이 생태계를 착취하고 남용하듯이, 여성을 생태계의 자리에 대입하여 사회에서 여성들이 남성들에 의해 차별, 무시, 억압되는 사회 현상을 인간에 의해 파괴되는 자연환경과 같다고 보아, 생태주의와 여성주의를 상호 연관된 것이라 주장하는 생태여성주의를 소개한다.

환경이론에 적용될 시인들은 다음과 같다. 그 적용될 작품들은 독자들에게 친숙한 작품을 중심으로 소개될 것이다. 초서(Geofffrey Chaucer), 셰익스피어(William Shakespeare), 존 턴(John Donne), 마블(Andrew Marvell), 그레이(Thomas Gray), 블레이크(William Blake), 워즈워스(William Wordsworth), 콜리지(Samuel Taylor Coleridge), 바이런(Lord Byron), 셸리(Percy Bysshe Shelley), 키츠(John Keats), 휘트먼(Walt Whitman), 홉킨스(Gerard Manley Hopkins), 하디(Thomas Hardy), 예이츠(William Butler Yeats), 샌드버그(Carl Sandburg), 스티븐스(Wallace Stevens), 윌리엄스(William Carlos Williams), 로런스(D. H. Lawrence), 엘리엇(T. S. Eliot), 오언(Wilfred Owen), 커밍스(E. E. Cummings), 오든(W. H. Auden), 토머스(Dylan Thomas), 라킨(Philip Larkin), 긴즈버그(Allen Ginsberg), 휴스(Ted Hughes), 스나이더(Gary Snyder), 플라스(Sylvia Plath), 히니(Seamus Heaney), 섹스턴(Anne Sexton), 두리틀(Hilda Doolittle). 아래의 내용은 현재 전 세계적으로 회자되는 생태이론에 대한 소개와 아울러 이 이론을 적용할 텍스트의 생산자로서의 영미 시인의 선택에 관한 것이다. 이를 요약하면 다음과 같다.

1) '적자생존'의 환경결정론으로서의 다윈의 '진화론'과 '공진화론' (co-evolution): 초서(Geofffrey Chaucer), 셰익스피어(William Shakespeare),

존 던(John Donne)

2) 자연과 인간과의 인과론을 주장하여 자연으로의 귀환을 촉구하는 루소의 환원론과 에밀: 마블(Andrew Marvell)

3) 인간의 자연에 대한 상식적인 태도를 강조하는 칸트의 정언과 생태: 그레이(Thomas Gray), 블레이크(William Blake), 콜리지(Samuel Taylor Coleridge)

4) 자연과 인간의 공존을 위한 미국의 초월주의와 헨리 데이비드 소로의 월든(Walden): 워즈워스(William Wordsworth), 휘트먼(Walt Whitman)

5) 환경적 결정론과 유전적 결정론을 융합한 피아제(J. Piaget)의 이론: 바이런(Lord Byron), 셸리(Percy Bysshe Shelley)

6) 자연과 인간의 상생을 위한 동양적 관점을 중시하는 '신과학운동'의 선구자인 카프라(F. Capra)의 환경론: 예이츠(William Butler Yeats), 로런스(D. H. Lawrence)

7) 과학기술주의와 문명 유토피아주의를 비판하는 한스 요나스(Hans Jonas)의 환경론: 휴스(Ted Hughes), 스나이더(Gary Snyder), 히니(Seamus Heaney)

8) 의무론적/목적론적 윤리학을 강조하는 아펠(Karl-Otto Apel)의 환경윤리학: 샌드버그(Carl Sandburg), 윌리엄스(William Carlos Williams)

9) '엔트로피'(entropy)현상을 경계하는 제레미 리프킨(Jeremy Rifkin)의 지구 위기론: 하디(Thomas Hardy), 토머스(Dylan Thomas), 라킨(Philip Larkin)

10) 엔트로피 현상의 가역성을 탐문하는 프리고진(Ilya Prigogine)의 자연의 산일(散逸)구조론: 키츠(John Keats), 홉킨스(Gerard Manley Hopkins)

11) 변증법적 자연주의 혹은 생태적 변증법을 주장하는 머레이 북친(Murray Bookchin)의 사회생태학: 엘리엇(T. S. Eliot), 오언(Wilfred Owen), 오든(W. H. Auden)

12) 현재 인류가 환경재난의 상태에 빠져 있다고 보는 울리히 벡(Ulrich Beck)의 위험사회론: 커밍스(E. E. Cummings), 긴즈버그(Allen Ginsberg), 스티븐스(Wallace Stevens)

13) 생태주의와 여성주의를 융합하는 프랑수아즈 도본느(Françoise d'Eaubonne)의 생태여성주의: 섹스턴(Anne Sexton), 두리틀(Hilda Doolittle), 플라스(Sylvia Plath)

14) 생태계에 대한 동양적 처방으로 제시되는 노자와 장자의 '무위'/

'소요'론: 스나이더(Gary Snider)

  현재 전 세계적으로 환경에 대한 인식의 제고가 요청된다는 점에
서 본 저술의 등장은 시의적절(時宜適切)하다고 보며 영미 시작품을
통한 생태주의의 확산이 다른 언어권 문학의 영역에서도 문학과 생
태계에 대한 연구를 촉발시켜 전체적으로 전 세계문학을 통해 생태
주의의 인식을 확산시킬 수 있다. 현재 국내외에 과거부터 현재까지
생태이론 전반을 영미 시작품에 적용시킨 저술이 보기 드물고, 다른
언어권의 문학에 생태이론 전반을 적용시킨 저술 또한 보기 드문 현
실이다. 이에 본 저술은 생태이론 전반을 영미 시작품 속에 적용시
키는 국내외 최초의 저술이 될 것이며, 문학에 대한 생태이론의 실
천사례로 이질적인 장르 간의 통섭부문에 미미한 역할을 할 것으로
기대된다. 이 졸고의 목표는 21세기 매체의 시대, 지구촌 시대를 맞
이하여 직면하는 난감한 화두로서 자연, 환경, 생태에 대해 전 세계
인들과 소통을 위한 지식의 보편적 확산에 중점을 두고, 일부 식자
에 독점적인 지식을 대중에 확산시켜 시민의 문화의식을 제고하려
는 것이다.

01

진화론과 공진화론

다윈: 초서(Geoffffrey Chaucer), 셰익스피어(William Shakespeare),

존 던(John Donne)

다윈: 초서(Geofffrey Chaucer), 셰익스피어(William Shakespeare), 존 던(John Donne)

진화는 세대에서 세대로 이어지는 형질의 변화를 의미한다. 지상의 모든 종류의 생명체에서 진화가 발생한다. 물론 우주에 다른 생명체(E. T.)가 존재한다면 그것도 예외가 아닐 것이다. 과학적으로 측정된 인류의 역사 약 46억 년 전에 생존했던 인류의 조상으로부터 현재까지 진화는 진행형이다. 굳이 인간사회는 진화라는 말을 구사할 것 없이 자동적으로 진화 중이다. 그것은 새로운 종의 탄생과 아울러 기존의 종의 변형과 사멸을 통하여 입증된다. 종의 진화에 가장 영향력을 행사하는 것은 표면적이고 막후적인 환경일 것이다. 환경의 변화에 적응하려는 종의 외부적 내부적 변화는 불가피한 것이다. 이때 거죽은 형태학적인 변형이며, 속은 디엔에이의 염기서열(sequences of DNA)의 문제이며, 모양이 대동소이한 것은 계통발생학(phylogenetics)적인 문제이다. 46억 년 지구의 역사 이래로 99퍼센트의 종들이 궤멸되었으며, 현존하는 인간의 기원은 약 천만 년 전에 시작되었다는 것이 학계에서 회자되는 일반론이다. 생식적 종분화(speciation), 즉 재생산에 가담하는 암수개체의 여러 쌍이 존재하는 것이 여의치 않을 때 종의 소멸이 오는 것이다. 말하자면 경작의 편의상 농촌에서 선호하는 단일재배의 곡물은 어떤 연유로 인하여 그 종자가 소멸하기가 한층 쉬울 것이다. 나아가 히틀러에 의해 자행된 아리안(Aryan)족의 혈통만을 고집하는 아리안주의는 인류의 멸망을 재촉하는 동인이 될 것이다.

종의 사멸에 대한 인간의 입장의 표명은 19세기 중반에 이르러서야 나왔으니 장구한 인류의 역사에 비추어 아직도 최근 이론인 셈이다. 1859년 다윈(Charles Darwin)은 『종의 기원(*On the Origin of Species*)』에서 자연선택(natural selection)[1]을 주장했다. 이는 개체들이 잉여적으로 재생산되고 여기서 생존의 미래를 기약할 수 있는 것은 불과 소수라는 것을 의미한다. 선택이 되지 않고 도태되는 것. 임금이 간택하지 않은 궁녀는 자손을 생산하지 못하고 궁궐에서 폐인처럼 살아가는 것과 마찬가지다. 이것은 요즘의 상황에 더욱 적용된다. 맬서스의 인구론을 상기시키듯이 일자리는 부족하고 인간은 더 많다는 현상이 그러하다. 모든 인간의 욕구를 충족시켜 줄 환경은 없다는 것이다. 환경과 인간의 욕구충족에 대한 대안이 아니라 차안으로서 공리주의, 즉 '최대다수의 최대행복'에 입각한 정책이 최선이 될 것이다. 다윈의 관점에서 보아 인간시장의 완전고용은 애당초 불가능한 것이다. 인간에게 주어지는 한계상황 속에서 혹은 특정한 환경하에서 모든 개체가 다 원만하게 생존할 수는 없을 것이다. 이런 아비규환의 비극성이 실존주의자들을 언급할 것도 없이 인간이 태생적으로 가지고 있는 본질이다. 이 점을 초서의 「바스의 여장부(The Wife of Bath's Tale)」에서 살펴보자.

---

1) 자연에 의한 인간을 포함한 생물의 '자연선택'이라는 개념 외에도 인간에 의한 가축이나 재배식물의 '인위적인 선택'(artificial selection)도 있다(맥칼레스티, 45).

There was a Knight in King Arthur's time who raped a fair young maiden. King Arthur issues a decree that the Knight must be brought to justice. When the Knight is captured, he is condemned to death, but Queen Guinevere intercedes on his behalf and asks the King to allow her to pass judgment upon him. The Queen tells the Knight he will be spared his life if he can discover for her what it is that women most desire, and allots him a year and a day in which to roam wherever he pleases and return with an answer(wiki.com).

간단히 말하면 켈트족의 전설적 영웅 "아서"왕 시대에 젊은 여자를 "강간"한 "기사"가 체포되어 사형을 선고받았는데 "여왕"이 불쌍히 여겨 목숨을 구할 과제를 부여한다. 이 과제를 "1년 1일"의 시간적 여유를 주고 각처를 유랑하여 해결해 오면 살려주겠다는 것이다. 그것은 '여성이 가장 욕망하는 것이 무엇인가?'에 대한 해답이다. 여기서 인간사회에 죄가 되는 것은 십계명에 나오듯이 생물학적인 "강간"이다. 이때 강간은 여성을 소유하는 특정인의 권리를 침탈했다는 것이며 여성은 대상화된다. 비록 여성의 의사에 반한 그 불량한 행위를 비판해야 하지만 한편 그 만행은 생물적으로 볼 때 종족보존의 본능에 의한 무의식적인 행동이라고 볼 수 있다. 중세의 수호자인 기사의 유전자는 공동체의 지속성을 담보하기 위해 보존되어야 할 것이나 공동체의 규범인 도덕성의 저항을 받는다. 그 도덕률은 여왕의 스핑크스적 과제를 통해 여성의 욕망에 부응하려는 남성을 단죄하고 구현된다.

Outside a castle in the woods, he sees twenty-four maidens dancing and singing, but when he approaches they disappear as

if by magic, and all that is left is an old hag. The Knight explains
the problem to the hag, who is wise and may know the answer,
and she forces him to promise to grant any favour she might ask
of him in return. With no other options left, the Knight agrees.
Arriving at the court, he gives the answer that **women most desire
sovereignty over their husbands**, which is unanimously agreed to
be true by the women of the court who, accordingly, free the
Knight(wiki.com).

　기사는 여왕의 수수께끼에 대한 답을 찾기 위하여 사방팔방으로
헤매었으나 알지 못하다가 우연히 한 노파를 만나서 그 답을 듣게
된다. 답을 제공하는 조건은 이 멋진 기사가 이 추한 노파와 결혼하
는 것이다. 그것을 수락하고 기사는 여왕에게 그 답을 아뢰고 궁궐
에 모인 숙녀들의 동의를 얻은 후에야 목숨을 구한다. 그 문제와 답
은 "세상에서 여성이 가장 바라는 것이 남편을 지배하는 것"이라는
것이다.

　환경에 직면 혹은 도전하는 각 개체의 생존의 조건은 이러하다.
① 개체 간의 형태(morphology), 체형(physiology), 행동(behaviour)
이 다르다. ② 여러 특징들이 생존과 재생산에 영향을 준다. ③ 생존
에 적합한 특징들이 세대에서 세대로 이어진다. 이를 요즘 회자되는
일명 이기적 유전자(mime)라고 부를 수도 있겠다. 그리하여 생존에
민감하고 생존에 탁월한 존재들이 후대로 이어진다. 생존에 어리숙
한 존재들은 이 과정에서 도태된다. 먹고사는 인간과 굶어 죽는 인
간 사이에 상징적으로 개입하는 것이 자선의 윤리학이다. 생존에 적
합한 존재 혹은 유전자가 살아남는 것은 일종의 목적론적 법칙
(teleonomy)에 해당한다. 영화에 생생히 재현되었듯이 북한이 소연

방(USSR)의 도움으로 군비를 확장하여 야기한 6·25 남침 당시 흥남부두에서 벌어진 상황도 생존경쟁에 다름 아니다. 강자가 약자를 지배하려는 힘을 키운 북한이 힘이 없는 남한을 공격하는 것과 남한의 구세군으로 등장한 미국이 피난민들의 생사여탈권을 쥐고 있는 것도 이와 같다.[2] 자연도태는 적응의 원인이지 진화의 원인은 아니다.

진화론 가운데 '정향진화'(orthogenesis)[3]라는 말이 있다. 그것은 진화가 일정한 방향으로 진행되는 내적인 자질 혹은 추동력(driving force)을 가지고 있다는 것인데 불확실성이 테제가 되는 요즘은 진부한 주제가 되었다. 진화에 대한 연구는 항상 현장(field)과 실험실(lab)에서 실시되기에 진화에 대한 상징적 접근이라고 볼 수 있다. 그것은 진화에 대한 연구결과가 문서로 제공되기에 대상을 표현하는 기호처럼 실증적인 실험도 결국은 문학에 의존할 수밖에 없기 때문이다. 진화론은 모든 과학의 초석으로 학문의 기저에 존재한다. 천체학, 지질학, 물리학, 수학, 심리학, 인류학, 화학 등. 진화론은 인류의 정체성 탐색을 위해 요긴하게 사용되었으며, 다소 퇴색되긴 했지만 포스트-휴머니즘의 근본이 되는 무병장수를 위한 우량 유전자의 발굴을 위한 토대가 되었다.

자연선택은 하나의 과정이며 적자생존은 그 선택의 결과를 의미한다. 다윈의 진화론의 동기는 고전학파 경제학자 맬서스의 인구론

---

2) 인간의 삶은 외부적 내부적으로 나누어진다. 전자는 가시적인 삶이고 후자는 은폐된 욕망의 삶이다. 후자는 전자를 통하여 외부로 드러난다. 이 과정에서 전자와 후자는 분리, 괴리되며 후자는 전자에 의해 상징화된다. 그러니까 인간이 모두 욕망을 연기하는 배우인 셈이다. 전자와 후자는 임의적으로 볼 수도 있지만 그 임의성 또한 진실의 표현이기도 하다.

3) Orthogenesis was a term first used by the biologist Wilhelm Haacke in 1893. Theodor Eimer was the first to give the word a definition; he defined orthogenesis as "the general law according to which evolutionary development takes place in a noticeable direction, above all in specialized groups"(wiki.com).

에서 비롯된다. 그 원어는 'An Essay on the Principle of Population' 이다. 이 정전에 대해 일부의 찬사와 혹평이 엇갈린다. 그러나 세상의 어떤 학문도 참 혹은 진리일 수 없기에 미래로 나아가는 인간의 한 유예된 인식이라고 보면 된다. 그 이론의 요지는 식량은 거북이처럼 더디게 생산되지만 인구는 로켓처럼 급속하게 불어난다는 것이다. 첫 번째 전제는 식량은 산술급수적으로 증가한다는 것으로, 동일한 시간 내 동일하게 증가한다는 것이다. 두 번째 전제는 인구는 기하급수적으로 증가한다는 것이고, 세 번째 전제는 하위계층의 사람들이 생활여건을 개선하기 위해 다산(fecundity)을 선호한다는 것이다. 그러나 식량이 인구증가에 미흡하리라는 그의 기대와는 달리 산업혁명 후 농업의 기계화와 비료의 발명, 품종의 개량으로 식량생산이 급속으로 향상되었다. 물론 농업의 기계화의 과정에서 풍년을 구가한 것은 사실이나 이로 인하여 지구의 엔트로피는 엄청나게 증가되었다는 점을 간과할 수는 없을 것이다. 여기서 맬서스의 실수는 인간의 능력을 과소평가했다는 점이다.

최근 인간의 능력에 관한 진화이론에 대해서 특이한 주장을 펼치는 옥스퍼드 석좌교수 도킨스의 인기가 대단하다. 그것은 '이기적인 유전자'와 '눈먼 시계공이론'이다. 전자에서 인간의 존재이유를 설명한다. 인간의 존재이유는 이기적 혹은 이타적인 동기에 의존하며, 인간과 동물과 식물은 유전자가 만들어낸 기계라는 것이다. 그러기에 인간은 생존하기 위하여 부득이 이기적이 되어야 하고 인간에게서 신성은 기대할 수 없다. 세상은 안정지향적인 경향이 내재되어 있으며 안정성을 추구하는 과정에서 생겨난 것이 자기복제자이며, 이것이 인간의 몸과 마음을 창조했다고 본다. 이들 내면의 학문적 명칭이 유전자이며 인간은 생존기계가 된다. 다양하게 보이지만 동식물의 외형과 내형이 균일하다. 자연선택의 핵심이 되는 것은 유전자이며, 이 유전자 가운데 이기적인 유전자가 최종적으로 살아남는다고 본다. 유전자가 동식물의 행동양식을 제어하고, 집단은 안정성의 전략(ESS)을 고수하고 이 또한 진화된다. 그 원어는 'evolutionarily stable strategy'이다. 복수의 개체가 각기 다른 비율로 한 공간에서, 어떤 환경에서 공존할 때 한 개체의 점유율이 증가할 때 증가한 개체가 감소한 개체와의 불균형이 초래되어 그 공간의 구도가 불안정하기에 상호 안정적인 비율을 유지하는 것이 좋다는 것이다. 남녀의 관계를 예를 들어, 남>여, 여>남, 남=여의 유형이 있는데, 이 세 가지 유형에서 가장 바람직한 것이 세 번째이다. 이 제도가 여태 채택되어 유지되고 있는 건 이것이 남녀의 존속을 위한 최선의 생존전략이라는 것이고 이 안정된 전략을 허물기가 쉽지 않다는 것이다. 이를 한반도를 둘러싼 국제정세에 대입해보면, 중국이 북한을 지지하는 이유가 동남아에서 미국, 한국, 일본의 강력한 동맹을 견제하기 위한 안정적인 전략이고, 설사 북한이 핵실험을 한다고 하여 쉽사리 포기할 수 없는 것이다. 미국 또한 일본이 한국과 역사분쟁이 있지만 이 지역의 안정을 위해 상호 동맹관계를 포기할 수 없을 것이다.

인간을 포함한 생물체의 암수는 상호 투쟁한다. 서로 상대적이며 투쟁적이지만 상보적인 관계를 유지해야 공존할 수 있다. 암컷만의 세상, 수컷만의 세상은 절대 존재할 수 없다. 요즘 수컷은 암컷과 세상을 지배하기 위해 투쟁하지만 능력과 권력에서 밀려나 노예의 신세를 유지하고 페미니즘이라는 윤리학에 호소한다. 한편 암컷상위시대라는 지배담론에도 불구하고 암컷의 생존전략은 수컷에 의지하는 수밖에 딴 도리가 없다. 우량한 수컷을 유혹하여 그 양질의 씨앗을 수정하여 그 후손을 통해 생존의 권리를 보장받는다. 조선시대에 왕가에 시집간 여성들이 왕의 씨앗을 받으려고 하는 사례가 이를 입증한다. 암컷이 상대에 기대하는 것은 현재의 물질적 풍요와 우량한 유전자인 셈이다. 인간들은 동성적, 민족적, 인종적, 정치적, 경제적으로 무리를 지어 다른 무리들을 상대한다. 인간이 동질적인 집단을 유지하는 목적은 이질적인 집단의 약탈로부터 각자를 보호하기 위한 이기적인 것이다. 그리하여 기꺼이 집단을 유지하기 위한 여러 가지 의무를 부담한다. 국방의 의무와 납세의 의무. 개인과 국가는 대립하면서도 협력해야 한다. 개인은 세상의 강자로부터 자기의 이익을 지켜줄 정의를 미덕으로 삼는 국가가 필요하다. 그러니까 국가는 개인에게 이기적인 동기로 필요한 집단이며, 국가가 개인의 자유에 위해하지만 필요악이다. 중세 유럽인들이 귀족, 신부, 왕의 횡포를 피해 자유를 찾아 아메리카로 이주하였으나 이곳 역시 이기적인 그들을 보호해줄 필요악의 조직이 역시 필요한 것이다.

도킨스는 복제자의 일종인 '밈'을 창안한다. 그것은 인간이 언어를 구사하고 본능에 역행하는 문화를 창조하기 때문이다. 세포적인 유전자 대신 문화적인 유전자를 밈이라고 부른다. 세포적인 유전자 속에 문화적인 유전자가 내재되어 있는 것일까? 전 세계로 확산되는 한류의 밈, 인간이 종교를 가지는 실재를 향한 밈, 전 세계에 확산되는 공용어로서의 영어의 밈, 피아니스트들이 쇼팽을 반복 연주하여 쇼팽의 곡을 복제하는 밈의 경연인 쇼팽콩쿠르, 전 세계 여성들이 애호하는 명품가방도 유행의 밈이라고 볼 수 있다. 이와 달리 이기적인 동기의 폐해에 대해 죄수의 딜레마(prisoner's dilemma)를 참조할 수 있다. 이기적인 동기를 추구하는 죄수들이 흔히 배신을 유익한 수단으로 고려하지만 애초에 불리하다고 생각했던 협력이 더 유익하다는 것이다. 자백하면 형량을 면해준다는 말에 현혹되어 두 죄수는 각기 이기적으로 자백하지만 서로를 보호하기 위해 침묵한 결과의 형량보다 더 무거운 형량을 받게 된다는 것. 여기서 딜레마라 함은 두 이기적인 죄수가 서로 자백 혹은 침묵 가운데 무엇을 선택할지 모른다는 것이다. 상호 배신은 상호 협력보다 나쁜 결과를 초래한다. 그렇다면 깊은 산속의 옹달샘에 존재하는 물고기는 어떻게 존재하는가? 이에 대한 도킨스의 답은 이러하다. 천지창조에 의한 것이 아니라 그 환경에 존재하기에 적합한 이기적인 개체가 자기복제를 통해 스스로 존재한다는 것이다.

『눈먼 시계공(*The Blind Watchmaker*)』[4]은 도킨스가 과학적인 관점에서 신은 부재한다는 무신론을 주장하면서 인격화된 창조주를 숭배하는 기독교를 비판하고 있다. 그는 로버트 피시그(Robert Pirsig)의 말을 인용하며 종교를 부정한다. '누군가 망상에 시달리면 정신이상이라고 하고, 다수가 망상에 시달리면 종교라고 한다'(when one person suffers from a delusion it is called insanity. When many people suffer from a delusion it is called religion.). 그에게 종교보다 중요한 것은 환경에 따라 존재와 사멸을 반복하는 이기적인 유전자의 능력이다. 그러니까 어떤 환경에 어떤 개체가 존재하는 이유는 외부에 있는 것이 아니라 내부에 있다는 것이다. 그는 존 레논의 노래가사에 있는 것처럼 종교가 없다면 전쟁이 없을 것이라고 진단한

---

4) 윌리엄 페일리가 『자연신학』에서 복잡한 물건은 반드시 설계자가 있게 마련이라며 예로 든 것이 바로 시계공인데, 그걸 도킨스가 되받아 진화 과정에 만일 설계자가 존재한다면 그는 필경 눈이 먼 시계공일 것이라고 꼬집은 것이다(wiki.com).

다. 구약에도 나오는 수천 년 동안 벌어지고 있는 기독교와 이슬람 간의 전투가 없을 것이고, 십자군, 마녀사냥, 종교개혁도 없을 것이다. 그러나 타락하고 이완되기 쉬운 인간사회의 속성상 기율을 바로잡기 위한 다른 제도가 필시 존재할 것이다.

비유적으로 말하여 모든 건축과 기계의 존재에 반드시 설계자가 있음을 부인할 수 없기에 사물을 창조한 조물주가 시계공이라면 눈이 없는 시계공이라는 것이다. 그것은 조물주가 진화에 대해서 속수무책이기 때문인데, 이 또한 모든 사물에 자유의지를 부여한 신의 뜻인지도 모르겠다. 다윈의 진화론은 시작과 현재에 이르도록 일관성 있게 주장되었지만 창조론은 일관성이 없다고 주장한다. 진화론에 의하면 수십 억 년에 걸쳐 단세포에서 물고기, 양서류, 유인원, 현생인류에 이르는 인간 생성의 과정이 일관적이다. 이와 달리 현재의 사물들은 생존을 위한 이기적인 유전자의 활동의 소산이라고 주장하고 창조론의 주인공을 사물의 진화에 대해 무지한 눈먼 시계공이라고 부정한다. 말하자면 사물이라는 시계를 고칠 수 없는 무능한 시계공이라는 것이다.5) 설사 조물주가 존재한다 하더라도 완전히 사물의 진화를 장악하지 못하고 그저 임기응변식으로 예측불가능하게 움직인다는 것이다. 그런데 유/무신론의 관점을 떠나 인간과 차원이 다른 초월적인 피안의 신의 의도를 어찌 지상의 저자거리에 존재하는 양서류 출신의 도킨스의 의도대로 꿰어 맞출 수가 있겠는가? 이때 시계는 사물이고 시계 속의 부속품은 유전자이고 시계공인 조물주는 시계를 제대로 수리할 수 없다. 도킨스가 이런 불평을 토로

---

5) 1965년 자크 모노, 안드레 르보프와 함께 노벨생리의학상을 수상한 프랑스의 유전학자 프랑수아 자코브(Francois Jacob)는 그의 명저 『가능과 실제(*The Possible and the Actual*)』(1982)에서 이 같은 자연선택의 모습을 '진화적 땜질'(evolutionary tinkering)이라고 표현했다(wiki.com).

하는 것은 유전자의 진화방향이 선형적으로 예측가능하지 않고 비선형적으로 천방지축이기 때문이다. 마치 프로축구선수가 예측한 방향으로 최선을 다해 슛을 했으나 골대를 벗어나는 경우 눈먼 축구선수라고 할 수 있다. 최근 게놈 연구(Human Genome Project)로 드러난 인간의 유전자 수는 20,000-25,000개라고 한다. 따라서 슈퍼컴퓨터가 가동되고 있는 이 시점에서도 한두 개가 아닌 인간 유전자의 진화방향을 예측하기가 사실상 불가능하다. 이 점을 셰익스피어의「소네트 18」에 적용해보자.

> 내 그대를 어찌 여름날에 비할 수 있으랴?
> 그대가 훨씬 사랑스럽고 화사한 것을.
> 매서운 바람이 오월의 향긋한 꽃봉오리를 흔들고,
> 여름의 임대기간은 너무 짧구나.
> 간혹 하늘의 눈이 뜨겁도록 반짝이고,
> 그 황금빛 안색이 흐려지는 것도 다반사.
> 우연, 또는 자연의 무상한 이치로
> 세상의 모든 가인(佳人)은 때에 따라 시든다;
>
> 하나 그대의 영원한 여름만은 시들지 않으리.
> 그대의 아름다움도 소멸치 않으리.
> 죽음도 자기 그림자 속에서 그대가 허우적거린다고 허풍을 떨지 못하리.
> 영원불멸의 시행 속에서 그대는 시간과 하나가 되도다.
> 인간이 숨 쉬고 눈으로 볼 수 있는 한
> 이 시는 살아 그대에게 생명을 주리니.
>
> Shall I compare thee to a summer's day?

Thou art more lovely and more temperate:
Rough winds do shake the darling buds of May,
And summer's lease hath all too short a date:
Sometime too hot the eye of heaven shines,
And often is his gold complexion dimm'd;
And every fair from fair sometime declines,
By chance, or nature's changing course, untrimm'd;

But thy eternal summer shall not fade
Nor lose possession of that fair thou ow'st;
Nor shall Death brag thou wander'st in his shade,
When in eternal lines to time thou grow'st;
So long as men can breathe or eyes can see,
So long lives this, and this gives life to thee.

　여기서 우리는 경험과 초월을 체험한다. 이는 마치 우리가 현실에서 디지털 안경을 쓰고 그 속의 상황을 체험하는 것과 같다. 물론 이 작품 속에서 우리가 발견하는 두 종류의 현실 또한 가상의 현실임이 분명하다. 그것은 작품 자체가 가상현실이기 때문이다. 아무리 현실을 정교하게 묘사해도 그것은 한낱 가상에 불과하며 현실보다 더 잘 묘사했다고 할 경우 그것도 요즘 진짜보다 더 진짜처럼 보이는 가짜가 되는 '하이퍼 리얼'이 되는 것이다. 그러니까 현재의 '하이퍼 리얼'의 문화적 경향은 중세기에 인간이 시작품을 읽고 그 속의 상황을 마음속에 그리는 순간 이미 시작되었다고 볼 수 있다. 인간이 시작품 속에 전개되는 상황 속에 몰입하는 것과 인간이 디지털 안경을 쓰고 그 속의 상황에 몰입하는 것은 별반 차이가 없다. 전자의 경우 인간이 상황을 마음속에 그려야 하는 능동적인 자세를 취해야 하지만 후자는 디지털 안경이 보여주는 생생한 상황을 수동적으로 수용하면 그만이고 마음과 스크린은 가상의 현실을 느끼는 동일한 공간이 된다. 마음의 스크린을 활용하여 가상현실을 즐길 수 있는 시작품으로 콜리지의 「쿠블라 칸」이나, 워즈워스의 「수선화」, 파운드의 「지하철에서」를 들 수 있다. 아니 거의 모든 시작품이 작품 속에 각각의 가상현실을 제공하고 있다. 그러나 각자 마음의 상태에 따라 환상을 즐길 수도, 그렇지 않을 수도 있지만, 디지털 안경은 각자의 마음의 상태와 상관없이 강제로 가상현실을 보여준다. 이 작품에서 보이는 첫 번째의 가상현실은 여름날의 광경이다. 그것은 사물에 발산되는 "하늘의 눈"으로서의 태양의 정열과 매력을 발산하는 "꽃", 화사한 "가인"으로 대변되는 사물의 생명력이며, 이를 추동하는 "무상"(無常)한 "자연"의 변치 않는 힘이다. 이 가상현실은 우리가 여름의 상황을 실제로 겪기보다 더 현실적으로 다가오는데 이것은 '하이퍼 리얼'한 상황 속에 우리가 몰입하는 순간에 가능하다. 1-8행에 나오는 현실의 감각적인 여름은 텍스트 속에서 불멸의 존재로 둔갑한다. 그것은 시작품이 인간의 수명을 뛰어넘어 대대손손 후세에 전해지는 영구적 물질성을 가지고 있기 때문이다. 이 시작품속 "여름"과 "황금빛 안색"이 지시하는 태양은 셰익스피어 시대를 500년 뛰어넘어 현재에도 여전히 그 광휘를 발하고 있고, 로미오와 줄리엣의 사랑과 가문 사이의 갈등은 우리가 그 텍스트를 대하는 순간 여전히 지속되고 있다. 그런데 인간에게 가상현실을 제공하는 수단으로서 텍스트든 디지털 안경이든 간에 인간이 향유할 수 있는 조건은 인간이 살아 숨 쉬며 지각이 있어야 하는 심신의 총체성을 요구한다. 이는 텍스트라는 장구한 통시성 위에서 잠시 교대로 입장과 퇴장을 반복하는 인간의 공시적 유한성을 의미한다. 도킨스의 이기적인 유전자가 이 작품을 통해서 파생되는 의미는 이러하다. 나무 펄프로 만든 텍스트에서 신소재로 만든 디지털 안경으로 진화된 매체를 통해, 전자의 경우처럼 가상현실을 인간이 각자 어렵사리 그려야 하지만, 후자의 경우처럼 반강제적으로 인간의 눈앞에 가상현실을 재현하는 것이 지금 인간의 성장과 생존에 더 유리하다고 보는 어떤 '이기적인 유전자'의 의도가 있는 것일까? 실제적인 차원에서 비실제적인 차원으로의 이행하고 현실과 가상현실 사이를 내파(implosion)하여 인간들을 극도의 정신분열 속에 빠뜨리는 것이 '이기적인 유전자'의 음모인가?

사물을 둘러싼 환경은 두 가지가 있는데, 그것은 물리적 환경(physical environment)과 생물환경(biotic environment)이다. 전자를 비생물적 환경(abiotic environment)이라고 부르고, 이는 온도, 습도, 일조량에 해당하며, 후자는 한 생명체의 주변에 존재하는 다른 생명체와의 관계와, 한 인간의 주변에 존재하는 인간의 군상을 의미한다. 양자의 차이는 후자는 공존하는 생물들과 함께 변화, 즉 공진화하지만, 전자는 변화하지 않는다. 이런 점에서 꽃과 나비는 상호 공진화하고, 쫓고 쫓기는 가젤과 치타 또한 공진화하며, 공격하는 기생생물과 방어하는 숙주생물도 공진화한다. 또한 군비경쟁의 일환으로 핵무기를 개발하려는 국가들과 핵무기를 억제하려는 국가들 또한 공진화한다. 이를 공진화적 군비경쟁(co-evolutionary arms race)이라고 부를 수 있을 것이다.

진화와 비슷하게 들리는 공진화는 개체의 진화는 개채와 개체 사이의 관계가 중요하다고 보고 개체들 간의 관계를 연구하는 분야이다. 일방의 개체의 상황이 다른 개체의 상황에 영향을 준다는 것은 지극히 타당한 이론이다. 배우자나 친구나 이웃을 잘못 만나면 패가망신한다는 말이 상기되듯이, 주변 대상의 유전자의 변화가 필연적으로 개체의 진화에 영향을 준다는 것이다. 이때 공진화가 발생하며, 일종의 영향이론이라고 볼 수 있다. 이 개념을 다윈이 『종의 기원』에서 소개했다. 바이러스와 숙주(host)의 관계에서 공진화가 발생한다. 북미에서 방목한 가축들의 치아와 풀의 관계도 공진화에 해당한다. 풀의 특성에 따라 치아가 진화한 경우. 따라서 진화의 법칙에서 개체 홀로 진화하는 것이 아니다. 또 공진화는 거시적이고 가시적인 차원에서뿐만 아니라 현미경이 동원되는 미시적인 차원에서의 생물에게서도 발생한다. 각 개체는 주변의 상대 개체들에게 생존을 위한 선택의 기회를 강요하고 그 결과를 성취한다. 숙주와 기생개체(parasite)의 상호주의의 사례가 공진화이다. 그러나 비생물적인 진화, 즉 생물개체와 날씨, 기후의 변화와 같은 비생물적인 요소에 따라 발생하는 진화는 생물학적 공진화에 포함되지 않는다. 공진화는 다윈이 주장한 생물학적인 개념이지만 지금 여러 분야, 즉 경제학, 정치학, 천체물리학, 컴퓨터 공학, 사회학 등에 원용되고 있다.

기생과 숙주의 관계는 평화롭지 않다. 그것은 숙주가 기생당하지 않기 위하여 방어시스템(defence mechanism)을 가동해야 하고 기생체는 그 시스템을 뚫고 숙주에 침투해야 하기 때문이다. 말하자면 컴퓨터와 그 바이러스와의 관계, 시스템과 그 해킹의 관계와 유사하며 이 양자의 관계는 상호 견제하고 상호 방어하며 발전해 나아간다. 여당의 정책을 비판하는 야당의 정책이 숙주와 기생의 관계를 의미한다. 기생과 숙주 가운데 상대를 용인하지 않으면 둘 중 하나는 사라진다. 기생하는 것도 능력이 있어야 하며 숙주는 기생당하지 않기 위해 최선을 다한다. 그러나 기생과 숙주의 공동영역은 환경 혹은 서식지이다. 이를 영역(sphere), 분야(field), 환경(environment), 자연 (nature), 공동체(community) 등으로 열거해볼 수 있다. 기생과 숙주는 상호 경쟁하며 공동의 매트릭스를 벗어날 수 없다. 이것을 '붉은 여왕의 가정'(the Red Queen hypothesis)[6]이라고 한다. 각 개체의 생존을 위한 몸부림은 포식자의 그늘에서 벗어나 보다 취약한 숙주를 향해 나아가는 것이다. 마치 경계가 느슨한 지역으로 적군이 침투하듯이. 약탈자 혹은 해커는 개체의 방어시스템에 맞추어 스스로 진화한다. 꽃들은 생존하기 위하여 수정(pollination)을 해줄 매체인 곤충(pollinator)을 유혹하기 위하여 화려한 색상을 띠려고 경쟁한다.

공진화가 필요한 현대적인 상황으로서 하드웨어와 소프트웨어가 있다. 이 양자는 컴퓨팅을 위해 상호 분리될 수가 없다. 소프트웨어는 어디까지나 하드웨어를 통하여 기능을 발휘할 수 있다. 하드웨어는 소프트웨어가 없이는 하나의 기계덩어리에 불과할 뿐이다. 마찬가지로 인간사회에 하드웨어로 인간이 있고 정치 혹은 정책은 인간을 여하히 움직이는 소프트웨어로 기능한다. 우리 사회를 문화화 혹은 선진화하기 위해서는 정치 혹은 정책의 개선도 필요하지만 이를 개개인이 적용하여 실천하는 개별적인 조치가 필요하다. 이 개별적인 조치를 작용하도록 자극하는 것이 교육의 힘이다. 인간과 정치 혹은 정책은 공진화의 관계를 구성하기에 국가와 국민의 수준은 상

---

6) The gist of the idea is that, in tightly coevolved interactions, evolutionary change by one species (e.g., a prey or host) could lead to extinction of other species (e.g. a predator or parasite), and that the probability of such changes might be reasonably independent of species age. Van Valen named the idea "the Red Queen hypothesis," because, under this view, species had to "run" (evolve) in order to stay in the same place (extant)(http://www.indiana.edu/~curtweb/Research).

호 의존하는 기생과 숙주의 관계 다름 아니다. 이 점을 존 던의 「해 돋이("The Sun Rising")」에 적용해보자. 미리 말하자면, 이 작품에 서는 여성을 이브의 후예로서 저주의 대상이 아니라 성모 마리아의 후예로서 숭배의 대상으로 바라보는 중세의 여성관을 탈피하여 르 네상스 시대의 여성관을 대변하는 페트라르카적인 관습(Petrarchan tradition)을 따르고 있으며, 민초와 제왕, 연인과 태양과의 문제를 치밀한 논리와 역설로 전자중심의 관점을 펼치고 있다.

> 분주한 늙은 어릿광대, 망나니 같은 태양아,
> 너는 왜 이렇게
> 창문을 통해 커튼 사이로 우리를 방문하는가?
> 너의 동작에 맞추어 연인들의 계절도 달려가야만 하니?
> 거만하고 거드름 피우는 녀석아, 가서 꾸중하라
> 지각한 아이들과 시큰둥한 도제들을.
> 가서 알려라 궁전 사냥꾼들에게,
> 임금님이 사냥행차 나가신다고,
> 불러라, 시골개미들을 수확의 벌판으로.
> 사랑은 한결같아 모르노라, 계절도, 기후도,
> 시간의 넝마에 불과한 시간도, 날도, 달도.
>
> 너의 광선이 그렇게 거룩하고 강력하다고,
> 왜 그런 생각을 하니?
> 나는 윙크한번으로 너의 광선을 흐리게 하고 가릴 수도 있다,
> 그러나 그녀의 시선을 무한정 놓치는 것은 아냐.
>
> 그녀의 두 눈이 너의 눈을 멀게 하지 않았다면
> 보라, 내일 늦은 시간에, 말하라,
> 향료와 황금이 나는 인도 두 곳이 네가 보았던 곳에 있는지,

아니면 여기 나와 함께 누워 있는지를.
네가 어제 보았던 임금님들이 어디에 있는지 찾아보아라,
그러면 너는 듣게 되리라, 모두가 여기 한 침대에 누워 있음을.

그녀는 세상의 모든 제국, 나는 세상의 모든 제왕,
그 이외엔 아무것도 존재하지 않는다.
제왕들은 단지 우리들을 흉내 낼 뿐, 이에 반해
모든 명예는 모조품이요 모든 재산은 연금술이다.
태양아, 너의 행복은 우리 행복의 절반밖에 안 된다,
너의 세계가 여기에 이처럼 축소되어 있으므로.
노쇠한 너에게는 편안한 휴식이 필요로 하고,
또 세상을 따뜻하게 하는 것이 너의 임무라면,
우리를 따뜻하게 해줄 때 사명을 다한 것이다.
여기 우리를 비추어라, 그러면 너는 도처에 존재하는 셈이니;
이 침대는 너의 중심이고, 이 벽들이 너의 구역인 것을.

Busy old fool, unruly Sun,

Why dost thou thus,

Through windows, and through curtains, call on
us?

Must to thy motions lovers' seasons run?

Saucy pedantic wretch, go chide

Late schoolboys, and sour prentices,

Go tell court-huntsmen that the king will ride,

Call country ants to harvest offices,

Love, all alike, no season knows, nor clime,

Nor hours, days, months, which are the rags of
time.

Thy beams, so reverend and strong

Why shouldst thou think?
I could eclipse and cloud them with a wink,
But that I would not lose her sight so long:

If her eyes have not blinded thine,
Look, and tomorrow late, tell me
Whether both the'Indias of spice and mine
Be where thou leftst them, or lie here with me.
Ask for those kings whom thou saw'st yesterday,
And thou shalt hear: 'All here in one bed lay.'

She'is all states, and all princes I,
Nothing else is.
Princes do but play us; compar'd to this,
All honour's mimic, all wealth alchemy.
Thou, sun, art half as happy'as we,
In that the world's contracted thus;
Thine age asks ease, and since thy duties be
To warm the world, that's done in warming us.
Shine here to us, and thou art everywhere;
This bed thy centre is, these walls, thy sphere.

In that the world's contracted thus;
Thine age asks ease, and since thy duties be
To warm the world, that's done in warming us.
Shine here to us, and thou art everywhere;
This bed thy centre is, these walls, thy sphere.

이 작품에서 형이상학파적 경향으로만 접근할 수는 없을 것 같다.

일단 형이상학파적 경향으로는 시작품이 하늘에서 달과 별을 따는 중세의 황당한 내용의 시작품과는 달리 논리, 합당, 상식, 이성, 현실을 중시하면서 아이러니와 역설을 통해 현란한 수사의 기지(conceit)를 보여준다. 마치 소피스트들의 그럴듯한 궤변처럼 독자를 즐겁게 해준다. 태양의 시간에 맞추어진 인간의 삶을 비판한다는 점에서 기존의 공론을 전복시키는 갈릴레오적, 탈-중심적인 경향이 노정되고, 자연의 제왕으로서 태양의 폭력에 저항한다는 점에서 생태주의에 역행하는 관점이 보인다. 일상에 대한 태양의 지배를 인정하면서 태양이 인정을 받기 위해서 화자의 동의를 필요로 한다는 점에서 세상의 존재는 어디까지나 개인의 존재함으로부터 출발해야 한다는 하이데거적, 실존주의적 관점이 미리 노정된다. 태양을 포함한 사물은 인간이 창작한 기호 속에서 존재한다는 점에서 태양은 외적으로 거시적인 존재이지만 그것이 존재하기 위하여 인간에게 기호적인 동의를 구해야 한다. 그것은 태양이 존재하기 위하여 어디까지나 태양은 인간의 의식을 통해 의미화되어야 하기 때문이다. 따라서 우리가 바라본 태양은 실체로서가 아니라 제각각의 관점에서 추상화, 의미화된 상호 주관적인 것이다. 그리하여 태양은 화자에게 온화한 태양이 되기도 하고, 사막의 나그네에게 뜨거운 태양이 되기도 하고, 이집트인에게 신성한 태양이 되기도 한다. 아울러 생태계의 관점에서 인간/태양, 남성/여성의 공진화적 관점이 고려된다. 인간은 태양에 의하여 태양은 인간에 의하여, 남성은 여성에 의하여 여성은 남성에 의해 버텨 지속하는 존재임을 인식해야 한다. 인간은 태양이 제공하는 탄소동화작용에 의해 음식을 조달한다는 점에서 기생이라고 할 수 있으며 태양은 인간에 의해 부패되지 않는 불멸의 숙주가 된다.

태양의 음식을 먹고 인간의 모습은 나날이 변신을 거듭한다. 마치 애벌레가 풍뎅이로, 나방으로 변신하는 것처럼. 남녀가 구분되는 본질적인 인간, 남녀가 혼동되는 동성애적 인간, 인간과 기계가 혼재하는 포스트휴먼적 인간. 만약 창조주가 이성이 동성으로, 기계가 인간의 일부가 되는 요즘의 괴상망측한 변신을 예측하지 못했다면 눈먼 시계공에 해당한다. 따라서 평범한 월급쟁이가 어느 날 풍뎅이로 역진화한 것을 극화한 카프카의 『변신(*Metamorphosis*)』은 인간의 변화무쌍한 미래를 예견한 선각자적인 비전이다.

02

자연주의

루소: 마블(Andrew Marvell)

루소: 마블(Andrew Marvell)

일반적으로 파리지앵이라고 짐작할 수 있지만 사실 장자크 루소 (Jean-Jacques Rousseau)는 스위스 제네바 출신이다. 그런데 그의 활동 구역은 파리였다. 그에게 수여되는 호칭들은 호화찬란하다. 사회계약론자, 직접민주주의자, 공화주의자, 계몽주의자. 어릴 적 조실 부모하여 불우한 시절을 보냈다. 불가피하게 자립의 길을 통해 인생의 고해 속에 몸을 연단할 수밖에 없었으며, 이 쓰린 경험은 하나의 외상으로 그의 집필에서 지속적으로 드러난다. 자연과 생존과 교육의 주제가 그것이다. 초년에 신학과 음악을 통해 표상의 세계에 진입하며, 여러 귀족부인들의 지원을 받으며 몸을 의탁하며 살아간다. 그의 이력에서 특이한 것은 그가 음악에도 능통하여 오페라 <마을의 점쟁이>를 작곡했다는 점이다. 그는 인간의 태생적으로 불평등하게 되는 원인을 천착하였는데, 그것은 소유권이라는 제도와 사회조직의 발전에서 비롯되는 것이라 결론을 짓고 이에 대한 대안으로 자연 상태로의 회귀로 마무리 지었다. 공동체 생활을 하는 인간의 특성상 인권을 보호하기 위한 장치로 사회계약론을 주창하였는데, 그것의 요지는 권력의 정당한 행사를 위한 조건은 합당한 일반의지에 입각하고 대의정치가 아니라 직접적인 다수결의 원리에 의한 것이다. 니체가 권력의지를 주장했는데 이와는 다른 상당히 인간적인 의지이다. 그리고 기존의 종교제도를 비판하는 내용이 주종을 이루는 에밀로 인하여 종교계의 박해를 자초하여 스위스로 망명하기도 했다. 기존의 제도를 파괴하는 혁신적인 사상을 부르짖는 그에게 우호적인 동지들은 거의 없었다. 가톨릭 사제들, 당대의 석학 디드로, 볼테르로부터 신랄한 비판을 받았다. 그의 사색의 정점은 『고백론』에서 이루어진다. 자신의 인생의 과오를 가감 없이 기술한 진솔한 참회록이다. 그가 주장하는 일반의지는 상호 도생을 위해서 공리를 추구하면서도 개별적으로는 자유로운 의지, 즉 공동체의 공동선에 협력하면서도 개별적으로 자유로운 의지를 말한다. 그러니까 국가의 일원이면서 독재국가처럼 개인이 국가에 종속되어 노예화되는 것이 아니라 평시 혹은 전시에 국가의 발전과 유지에 기여하면서도 개별적으로 자유로운 상태를 유지하는 공/사 편의주의를 의미한다. 이런 주의에 찬동하는 개인들이 국가와 계약함으로써 공익을 도모하면서 동시에 사익도 추구한다. 이때 국가와 개인이 공조하는 계약제도에 기초가 되는 이념이 평등주의이다. 이 이념은 지식을 독점하는 상류층이 하류층에게 부여하는 선언적이고 형식적인 개념이 아니라 실천적인 개념이다. 지식을 동력으로 삼는 문명사회에서 지성인과 문맹인 사이의 빈부의 차이는 필연적이다. 여기서 사회갈등이 발생하고 분쟁이 생긴다. 이에 대처하기 위해 강조되는 공공선이 일반의지론이다. 이와 비교되는 것이 이탈리아의 사회혼란을 타개하기 위한 사회통합을 위하여 사자와 여우의 통치술을 강조한 마키아벨리즘이다. 공공선을 통하여 경제적 평등을 기도하는 것은 개인과 개인 간의 공존을 추구하는 공화국 개념과도 부합한다.

　루소가 보기에 인간은 '자유롭게 태어났지만 태어나자마자 족쇄를 찬다'는 것이다. 그리하여 그가 주장하는 주제는 '자연으로 돌아가자!'이다. 이는 인간이 자연의 야성을 회복하여 본능으로 살아가자는 것이 아니라 인간성을 회복하자는 말이다. 폭력적인 구속을 배제하고 자유와 평등을 가지고 살아가자는 것이다. 야생에서 자연의 법칙에 따라 살아가는 원리는 강자가 정의의 주체가 되는 약육강식이기에 이를 루소가 주장했다고 보기 어렵다. 그는 인간발전의 첫 단계가 야만의 단계가 아니라 야수와 동물 같은 원숭이 상태와, 퇴폐적인 문명의 인간 사이에 위치하는 지점이라고 본다. 이와 연관되는 용어가 존 드라이든(J. Dryden)이 만든 '고상한 야만인'(noble savage)[1]인데, 이 용어는 루소의 자연주의를 한마디로 압축한다. 루소는 「학문과 예술의 발달은 도덕을 타락시키며 정화하는가?」라는 논문에서 철학이 있는 곳에 도덕적 타락이 있으며, 성찰행위는 자연에 역행하고, 사고하는 사람은 타락한 동물이며, 교육은 인간을 영리하게 악한 일을 행하게 한다고 본다(듀란트, 282). 나아가 이는 문명 이전의 사회인 강자와 약자 사이에 갈등 없는 하나님 치하의 에덴동산의 자연으로 돌아가자는 주장으로 해석해볼 수도 있다. 칸트조차 루소의 평등사상에 심취했음은 주지의 사실이다. 루소가 바라보는 자연은 인간을 선하게 자유롭게 행복하게 만드는 터전이었지만, 반면에 사회가 인간을 악하게, 구속받도록, 불행하게 했다는 것이다. 이런 점에서 루소의 자연은 야생의 자연이 아니라 공공의 선이 실현되는 복

---

1) A noble savage is a literary stock character who embodies the concept of an idealized indigene, outsider, or "other" who has not been "corrupted" by civilization, and therefore symbolizes humanity's innate goodness(wiki.com).

지환경을 의미한다. 이것을 자유정치(liberal politics)라고 하며, 이는 개인이 자유를 '개인이 기분이 좋으면 좋은 것이고, 개인이 기분이 나쁘면 나쁜'(Harari, 439) 수준으로 향유함을 의미한다. 이 점을 마블의 「사랑의 정의("The Definition of Love")」에서 적용해보자.

> 내 사랑은 드문 기원을 가지고 있습니다.
> 신기하고 고귀한 것들이 그러하듯,
> 그것은 절망으로 얻어지는 것이니,
> 불가능 위에서.

> 관대한 절망만이
> 내게 그토록 신성한 사랑을 보여줄 수 있기에,
> 결코 날 수 없는 희미한 희망이,
> 그 반짝이 날개를 다만 헛되이 퍼덕이는 곳에서.

> 그럼에도 나는 속히 도착할 것이니
> 나의 확장된 영혼이 고정된 그곳으로.
> 그러나 운명은 항상 강철 쐐기를 질러,
> 우리들 사이에 끼어듭니다.

> 그것은 질투의 시샘을 하는 운명이
> 완전한 두 사랑이 가까워지도록 허락지 않습니다.
> 그들의 결합은 곧 운명의 파멸이 되어,
> 그녀의 폭압적인 힘을 약하게 만들 테니까요.

> 그리하여, 그녀의 강철 같은 포고는
> 우리를 가장 먼 극단(極端)에 데려다 놓았습니다.
> (비록 사랑의 세계는 우리를 축으로 하여 돌지만),

우리들 자신은 서로를 포옹할 수 없도록 말입니다.

저 아찔한 하늘이 무너져 내리고,
땅에서 새로이 지진이 일어나지 않는 한.
그리고, 우리가 서로 만나려면,
이 세상은 평면으로 죄어들어야 하겠지요.

사랑은 비스듬한 직선과 같아서,
어떤 각도에서든 서로를 만날 수 있습니다.
그러나 우리의 사랑은 너무나도 평행하여,
영원하지만, 절대로 만날 수 없는 것입니다.

그러므로 우리 둘을 한데 묶은 이 사랑은,
하지만 운명이 이토록 시기하여 방해하는 이 사랑은,
마음은 하나요,
별들의 충돌인 것입니다.

MY Love is of a birth as rare
As 'tis, for object, strange and high;
It was begotten by Despair,
Upon Impossibility.

Magnanimous Despair alone
Could show me so divine a thing,
Where feeble hope could ne'er have flown,
But vainly flapped its tinsel wing.

And yet I quickly might arrive
Where my extended soul is fixed;
But Fate does iron wedges drive,

And always crowds itself betwixt.

For Fate with jealous eye does see
Two perfect loves, nor lets them close;
Their union would her ruin be,
And her tyrannic power depose.

And therefore her decrees of steel
Us as the distant poles have placed,
(Though Love's whole world on us doth wheel),
Not by themselves to be embraced,

Unless the giddy heaven fall,
And earth some new convulsion tear.
And, us to join, the world should all
Be cramp'd into a planisphere.

As lines, so love's oblique, may well
Themselves in every angle greet :
But ours, so truly parallel,
Though infinite, can never meet.

Therefore the love which us doth bind,
But Fate so enviously debars,
Is the conjunction of the mind,
And opposition of the stars.

　　화자가 보는 "사랑의 정의"는 이러하다. "마음"은 "하나"지만 "별"들의 "충돌"이라는 것이다. 사랑은 "마음"으로 하기 참으로 쉽다. 하지만 이 "마음"이 가는 곳에 몸이 따라가기가 어렵다. 사랑하는 "마음"으로 노래하지 않고 연인의 집 담벼락을 넘었을 경우 중요한 범죄가 발생한다. 이것이 사랑으로 인한 물리적인 고통, 즉 "별들의 충돌", 즉 비극의 발생이 아닌가 싶다. 인간사회에서 거리를 지나가는 고혹적인 여인을 보고 "마음"속으로만 흠모해야지 행동으로 표현할 경우 범죄가 되는 것이다. 따라서 불가능한 현실을 암시하는 "이 세상은 평면으로 죄어들어야 하겠지요"에 나타나는 의미 역시 물리적인 사랑의 고충을 토로하는 것이다. 이렇듯 인간의 마음은 원(願)이로되 그것을 행동으로 실천하기 어려운 것이다. 그것은 인간을 구성하는 것이 물리적/심리적인 양면이기 때문이다. 비중을 가지는 전자는 공간의 제약을 받지만 에테르 같은 후자는 공간의 제약을 받지 않는다. 그래서 마음으로 사랑을 하긴 쉬워도 육체적으로 사랑을 하기는 어렵다. 이것이 사랑의 모순적인 이중성이다. 심리적인 사랑은 가깝지만, 마음은 같이 있지만, 육체적인 사랑은 요원하고 공간의 제약을 받는 것이다. 이 사랑의 물리적인 거리를 메우는 것이 비본래적인 매체인 것이다. 그리하여 "사랑은 비스듬한 직선과 같아서,/어떤 각도에서든 서로를 만날 수 있습니다./그러나 우리의 사랑은 너무나도 평행하여,/영원하지만, 절대로 만날 수 없는 것입니다"에서 나오듯이 사랑은 말 그대로 용이한 듯하지만 현실은 그리 호락호락하지 않는 모순적이고 난해한 일인 것이다. 루소의 말대로 인간이 자연 속에서 원시인으로 존재할 때에 이성 간에 발생하는 사랑은 인식론적 단절(epistemological disruption)과 상관없는 본능적인 순수한 사랑이 실천될 것이지만 인간의 구성요소는 신성과 야성이 공존하고, 인간사회는 서로의 자유를 보장하기 위한 규범과 윤리학이 건재하기에 자연주의는 사실상 공염불에 불과한 마음속의 염원인 것이다.

　루소가 보기에 과학과 예술의 진보가 인간의 윤리와 도덕을 파괴한 원흉이다. 이것이 '인간 불평등 기원론'의 토대가 되었다. 그것의 요지는 인간의 본성은 선(善)하나 역사적으로 현재의 사악한 사회를 초래한 문화의 발전으로 인하여 타락하게 되었다는 것이다. 그런데 루소가 테레즈 르바쇠르(Therese Levasseur)와 사실혼의 관계를 맺어 슬하에 5명의 자녀를 낳고 이 아이들을 전부 고아원에 위탁한 것은 루소의 말대로 자연주의의 방식에 입각한 자유방임이 아닌지 모르겠다. 물론 나중에 『고백론』에서 공사 간의 모든 비행과 우행에 대해서 소상히 반성하였다. 그러나 자신의 과오를 반성하지 않고 은폐하려는 후안무치한 국내외 위인들이 많음을 고려할 때에 루소는 순수한 영혼을 갈구한 지성인이라고 볼 수 있다. 그는 줄곧 인간의 불평등에 대한 논의를 제기했다. '왜 인간은 불평등하게 살아야만 하는가?'에 대한 의문을 떨칠 수가 없었다. 그것은 주로 신분, 빈부, 피부, 성별, 국가의 상징적 차이로 인한 것이고, 이 차이가 현실의 불평등으로 이어진다. 의미가 부여되지 않는 실재적인 차원에서는 평등한 인간이 의미가 부여되면서 차별을 당하는 것이다. 이에 대한 루소의 답변이 '인간불평등기원론'인 것이다. 이 저술은 당연히 프랑스의 귀족과 가톨릭으로부터 신랄한 비판을 받는다. 그는 요즘 흔히 말하는 경계가 없는 유목인으로 지인들의 후원을 받아 유럽 각처를 떠도는 유랑자였다. 프랑스, 스위스, 독일, 영국 등으로 가는 곳마다 논쟁을 일으키고 염문을 뿌린, 니체 못지않은 이단자였다.

　우연히도 성인 아우구스티누스의 저술과 동명의 타이틀을 가진 『고백론』에서 진솔하게 과거사를 뉘우친다. 누구라도 회고록에 그러하듯이 그런 불미스러운 사건들에 대한 자기변호와 합리화도 없진 않다. 하여튼 루소는 디드로, 볼테르, 데이비드 흄과 교제할 정도로 당대 최상급의 지성임에 분명하다. 당시 이성을 중심으로 하는 시대사상과 배치되는 그의 독특한 존재론을 비판하는 주변세력과의 마찰과 사생활에 관한 문제로서 여러 귀부인들과의 불륜에 대해서도 소상히 밝힌다. 그러므로 그의 자유분방, 공사다망함을 밝힌『고백론』에서 주위의 불화를 염두에 둠으로써 함축적인 긴장이 도사리고 있다. 그런데 루소를 계몽주의 철학자라고 부르기에는 문제가 있다. 그것은 계몽주의의 철학기조가 이성, 상식, 합리에 바탕을 두었기 때문이다. 그래서 루소는 계몽주의에 반하는 언행일치의 자세, 즉 관습타도의 입장을 보였기에 오히려 반-계몽주의 철학자로 봄이 타당하다. 만약 루소가 계몽주의자였더라면『고백론』을 쓰지 않았을 가능성이 농후하다. 루소와 데카르트의 차이는 감성과 이성의 차이일 것이다. 세상에 대한 목적론적인 관점을 주장하는 아리스토텔레스와 달리 데카르트는 명증한 의식에 목숨을 건다. 합리적으로 보아 물질세계는 공간의 확장에 의해 구성되고 이 공간은 기계적인 법칙에 의해 지배되며, 이는 수학적인 관점에서 이해된다는 것이 그의 요지이기에 루소의 반이성주의 입장과 배치되는 것은 당연하다.

과학과 형이상학에서 윤리학과 정치학으로 철학자들의 논의가 이어져 무위의 자연과 인위의 환경에 포위된 현존재(dasein)의 생태학적인 접근을 시도한다. 그들은 인간의 본질에 겹겹이 둘러싸인 비본질적인 포장지를 뜯고 본질을 보려 한다. 그리하여 그것에 합당하는 새로운 제도와 정치를 확립하고 진단하려 한다. 문명이든 원시이든 환경으로서의 자연의 상태 속에 존재하는 인간의 상황을 묘사한 사상가의 범주에 루소 이전에 홉스(T. Hobbes)와 로크(J. Locke)가 있다. 홉스는 인간이 자기중심적이기에 자연의 상태, 즉 생존의 터전에서 서로의 이해가 상충되어 상호 투쟁이 불가피하다고 본다. 이런 비극을 방지하기 위한 장치가 필요한데, 물론 그렇다 하더라도 상호 투쟁은 지속되고 있지만, 이것이 통치자 혹은 절대자의 필요성이다. 그런데 로크는 인간이 공존을 위하여 이기주의가 아니라 상호 동등한 천부 자연권에 입각하여 상호 의무를 수행해야 한다고 본다. 홉스는 공존공생을 위하여 질서유지의 집행자를, 로크는 개인과 개인의 상호 의무를 설정할 것을 주장한다. 홉스는 통치자가 질서 유지의 책임을, 로크는 개인과 개인이 질서유지의 책임을 진다. 이런 점에서 홉스보다 로크가 더 시민민주주의에 가깝다. 홉스의 주장이 원만하게 관철되기 위해서는 세종대왕, 링컨과 같은 현군이 나와야 할 것이고, 로크의 주장이 적용되기 위해서는 혹세무민의 선동에 부화뇌동하지 않는 인격적으로 성숙된 개인들로 사회가 구성되어야 할 것이다.

루소는 과학과 예술이 인간의 도덕성을 개선하거나 정화한다고 보지 않는다. 과학과 예술이 국가를 융성하게 하였으나 그로 인한 부작용인 인간의 사치와 유흥으로 망했다. 역사적으로 소크라테스의 그리스, 클레오파트라의 이집트, 시저의 로마가 다 그런 파멸의 경로를 밟았다. 루소는 과학과 예술을 배척한 스파르타에, 예술과 과학이 초래할 부패를 예견한 소크라테스에게 호의를 보였다. 루소는『고백론』에서 소크라테스 시대의 예술가와 철학자들이 경건, 선행, 미덕의 지식에 대해 이런저런 주장을 하였으나 실제로는 이것에 대해 정확히 몰랐다고 주장했다. 그리고 유구한 역사를 자랑하는 중국 또한 예술, 과학, 학문이 융성하였으나 그 오용으로 인해 오히려 고통받은 국가였다고 주장했다. 거꾸로 루소는 인간의 악행이 예술, 과학, 학문을 발달시켰다고 본다. 천문학은 미신으로, 야망/증오/아첨/허위가 웅변으로, 탐욕이 기하학으로, 호기심이 물리학으로, 자만심이 철학으로 전환되었다는 것이다. 일견 학문, 예술, 예술의 역기능을 지적한 사려 깊은 지적이다.

무지한 인류에게 지식의 빛을 안겨준 18세기 계몽주의를 오히려 신랄하게 비판한(Campbell, 388) 루소는 과학이 인간의 인성에 긍정적인 기여를 하지 못했다고 지적하고, 애국/친구/빈곤층에 대한 사랑을 앗아갔다고 지적한다. 아울러 몸과 마음, 행성의 궤도, 물리법칙이 인성의 개선에 기여하지 못했다고 비판한다. 과학은 인간의 사치스러운 생활에 기여하여 인간을 인성의 고양으로 안내하는 것이 아니라 인간의 타락으로 유도했다고 지적했다. 예술을 비판한 이유는 그 것의 동기가 욕망에서 비롯된 것이고, 그것은 타자보다 우월하다는 자만심의 증거라는 것이다. 그리고 공동체 또한 이에 편승하여 절제, 관대, 용기라는 미덕을 중시하기보다 예술가의 재능을 칭송한다는 것이다. 쇼팽콩쿠르에서 우승한 한국의 한 무명의 피아니스트를 칭송하는 전 세계의 언론들이 이에 해당한다. 또 예술은 마약 같은 것이라서 공동체 구성원들의 의식을 몽롱하게 하여 외세의 침입에 대응하는 힘을 상실케 한다는 것이다. 한국이 쇼팽의 음악에만 심취해 있다면 북과 주변국의 침략을 감당할 수 있겠는가? 그런 의미에서 예술에 대한 무지가 한반도의 살벌한 현실에서 다행스러운 일이다. 이때 플라톤의 국가발전에 쓸모없는 현실도피자로서의 '시인 추방설'을 상기한다. 이에 루소는 예술가보다 '신-기관'을 주장하는 베이컨, 명증한 의식을 강조하는 데카르트, 사과의 낙하에 대한 신비한 몽상을 해체하는 중력을 발견한 뉴턴을 칭송한다.

인간의 불평등에 대해서 루소는 깊은 회의를 표명한다. 인간의 사회는 인간의 건축물이자 발명품이며 인간은 사회화로 인하여 속성이 변질되었다는 것이다. 예전이나 지금이나 자연 상태 속의 인간의 삶은 고독하고, 가난하고, 거칠고, 짜증 나고, 단속적인 전쟁의 연속이다. 타자와의 전쟁상태에서 인간이 궁리한 것은 잠재적인 위협에 대처하는 일이다. 이때 타자는 인간, 천재지변, 동물, 식물을 포함한 모든 위협적인 요소에 해당한다. 루소가 그린 자연 상태의 인간의 모습을 한마디로 요약하면 속수무책이다. 고립무원, 순진무구, 천하태평의 상태. 이는 홉스와 로크의 사상과 괴리된다. 그러니까 루소의 자연 상태의 인간은 거의 원시인 수준이다. 따라서 루소가 동경하는 자연 상태의 인간은 통치 차원에서 홉스와 로크가 바라보는 시민으로서의 인간과 많이 다르다. 그러나 사물의 진화 속에서 진행되는 인간의 진화를 고려하지 않는 측면이 있는 루소의 이런 순진한 생각은 다윈이나 멘델이 말하는 적자생존의 유전법칙이나 근래에 도킨스가 말하는 이기적인 유전자의 진화를 고려할 때 상당히 낭만적이다.

루소가 바라보는 인간의 심성 가운데 자기보존과 타자연민이 있다. 전자를 동물도 공유하고 있지만 후자는 인간만의 유일한 자질이다. 레비나스(E. Levinas)의 주장처럼 자신의 이익을 억제하고 타자에게 시혜하는 행동. 말하자면 자신의 식탐을 누르고 무명으로 자선단체에 쌀가마니를 기부하는 인정스러운 행위를 개, 소, 말, 돼지에게서 찾아볼 수 없다. 루소의 핵심개념이 되는 이상적인 인간을 '고상한 미개인'라고 부른다. 이 개념은 존 드라이든의 『그라나다의 정복

(*Conquest of Granada*)』에도 나온다. 이것은 문명에서 벗어난 이상적인 인간의 상태, 즉 문명의 해악에서 오염되지 않은 순수한 인간의 상태를 의미한다. 그런데 자연 상태에서 인간이 생존하기 위해 도구와 언어의 발달은 불가피하다. 동물사냥을 위한 협조를 위해 언어가 생겨났고 언어는 수사법의 발달과 더불어 점차 인간의 자연 상태를 오염시켜 자연과 인간을 분리시킨다. 결국 언어가 인간의 마음을 대체하게 되고 인간은 상징에 포위된다. 사실 인간과 자연 사이에 언어라는, 상징이라는, 기호라는 보이지 않는 차양막이 존재한다. 언어가, 상징이 인간의 삶에 개입하면서 인간과 인간 사이에 갈등과 균열이 발생하고, 불평등, 경쟁, 갈등, 전쟁이 발생한다. 동시에 노동의 범주가 발생하여 육체적 노동을 하는 사람, 도구를 제작하는 사람, 통지와 조직을 하는 사람으로 구분된다. 인간 사이의 소통의 수단이었던 언어는 수사법의 발달로 궤변의 수준에 이르러 무형의 칼날이 되어 각자의 실존을 훼손한다. 그리하여 인간은 각 분야의 정치적 담론에 의해서 운명이 좌우된다. 결국 인간은 문명의 이기로서 소통의 이기로서 창안한 언어, 상징에 의해 존재를 말살당한다. 의식을 가진 인간이 겪는 자가당착(自家撞着), 자승자박(自繩自縛)의 궁지는 인간의 필연적인 운명이다. 자연으로의 회귀를 주장하면서도 한편으로 공동체의 존속을 위해 사회계약을 주장하는 루소의 모순적인 입장이 우리의 입장이다. 자기가 살기 위하여 자기를 소모하여야 하는 우리의 모습, 즉 노동이라고 하는 피땀의 결과를 통해 얻어지는 식량을 먹고 사는 인고의 운명이기에 우리에게 주어지는 환경은 푸른 바다(blue ocean)가 아니라 피와 땀으로 얼룩진 붉은 바다(red ocean)인 것이다. 우리는 목숨을 담보로 매일매일 일상과 죽음

의 레이스를 펼치고 있기에 우리의 운명은 항상 백척간두(百尺竿頭)에 위치한다. 루소의 주장은 자연 상태의 인간은 라캉이 말하는 상상계의 인간처럼 동등하고 화평하지만 사회화의 과정 속에서 불평등, 경쟁, 이기심이 유발하는 비극을 겪는다고 본다. 그런데 인간은 자연 상태 속에서도 경쟁, 갈등, 불만이 있으리라고 본다. 그렇지 않다면 인간이 아니기 때문이다. 그리스 신들이 올림포스 산정에서 아래의 지상에서 펼쳐지는 피땀이 나는 인간시장의 콜로세움을 즐기듯이 인간은 인간다워야 인간적이라고 볼 수 있다. 따라서 탐욕과 이기심, 갈등과 전쟁은 필연적이다.

누이 좋고 매부 좋은 식으로 국가와 개인이 공존하기 위해 루소가 고안한 것이 사회계약의 기반이 되는 일반의지이다. 국가와 개인에게 모두 유익한 공중 의식 혹은 이타의식의 실천. 이 사상은 님비(not in my backyard)사고가 만연한 한국에 절실히 필요한 사상이다. 개인의 개별의지와 공공의 일반의지가 상충할 때 갈등이 발생한다. 이때 루소는 이를 절충할 세 가지 묘안을 제시한다. ① 모든 행동에 일반의지를 따른다. ② 모든 특별한 의지가 일반의지에 부합하도록 하라. ③ 공공의 요구가 충족되어야 한다. 그런데 일반의지를 존중하는 의식은 야만적이고 이기적인 상태에서 발생할 수 없고, 시민들이 평등의식을 가지고 준법정신이 있을 때에나 가능하다. 사실상 루소의 일반의식의 실천은 긍정적이긴 하나 전 세계적으로 문화의식이 발달한 선진국에서나 가능하다. 세계 어느 나라보다 각자도생의 생존본능에 탁월한 이기적인 한국사회에서 과연 루소의 일반의지를 실천할 수 있겠는가?

홉스에 따르면 법의 준수는 사람들의 공포의 정도에 좌우된다. 미국의 경우 흡연금지구역에서 흡연 시 벌금이 수백 달러, 쓰레기 투기에 수천 달러에 달하기에, 그리고 공권력에 저항할 시 총을 맞을 수 있기에 법의 준수에 공포를 느낄 만하다. 이에 반해 알다시피 자유만능의 한국에서는 도심의 대로를 마음대로 오가며 시위하고, 관공서를 부수고, 경찰을 폭행해도 별문제가 없다. 그러나 루소의 관점에서 법이 일반의지와 부합할 때 선량한 시민은 설사 개인의지에 반하더라도 국가와 동료 시민들을 존중해야 한다는 것이다. 하지만 이것은 자연의 야성을 주장하는 루소의 소신에 반한다. 인간불평등기원론에서는 문화가 닿지 않은 인간의 순수한 자연 상태에서부터 사회계약을 통한 시민이 되기까지의 장구한 과정이 소상히 기술된다. 인간 생태계에 대한 루소의 단말마(斷末魔)는 사회계약론에서 '인간은 자유롭게 태어난다. 그러나 도처의 족쇄에 매여 있다.'는 것이다. 루소의 취지를 따른다고 해도 개인의지에 반하는 일반의지는 자유주의와 공동체주의 사이에서 갈등한다.

루소는 일반의지가 개인을 구속하는 것이 아니라 오히려 개인의지의 발휘를 도와주는 방파제의 구실을 한다고 주장한다. 북한, 시리아, 리비아의 상황을 보듯이 독재자가 유일한 강자인 약육강식의 무자비한 공동체 속에서 개인의 의지가 발휘되지 않음은 분명하다. 그리고 일반의지는 특정 시민의 이기심이 과하게 발휘되어 동료시민이 피해를 볼 때 개입할 수 있다. 이때 일반의지를 실천하는 주체는 불편부당하여 정의롭고 공정해야 할 것이다. 물론 일반의지의 주체가 규율, 파당, 계층, 정부가 될 수 있다. 그렇다 하더라도 이 주체는 평등하게 일반의지를 행사해야 한다. 일지매, 홍길동, 양산박, 삼국지 유비와 그 삼형제처럼. 그런데 현실적으로 일반의지는 독재자,

탐관오리가 주로 행사한다. 하나님이 의로운 사람이라고 그토록 사랑한 다윗 왕조차 부하의 아내를 빼앗고 부하를 전쟁터에 내보내 죽게 하지 않았던가? 개인들의 의지에서 각자의 이기심의 내용을 가감하면 일반의지가 남을 것이다. 불경기에 정부가 개입하는 것도 일종의 일반의지의 발로라고 볼 수 있다. 미국의 경우 1920년대에 실시한 국책사업인 테네시 개발 사업이나 한국의 경우 선진화운동의 일환으로서 새마을 운동의 경우도 일반의지의 실천 사례로 볼 수 있다. 또 여러 가지 부정적인 점이 있지만 중국의 근대화의 일환으로서 문화혁명도 일반의지의 실천으로 볼 수 있다. 일반의지가 적절히 발휘되기 위하여 국가와 개인 사이에 균형이 필요하다. 국가는 개인의 자유를 보장하고 크게 훼손하지 않는 범위에서 공익의 관점에서 일반의지를 실천해야 한다.

루소는 『에밀』에서 교육에 대한 그의 입장을 밝힌다. 이 책으로 인하여 루소는 당국과 교회로부터 상당한 박해를 당했다. 전통적인 종교관에 반기를 든 우상파괴주의자로 군림했다. 일인칭 소설과 철학이 결합된 책이다. 일인칭인 화자가 개인 지도하는 학생이 "에밀"이다. 여기서 인간의 본성을 근본적으로 선한 것으로 본다. 그가 추구하는 교육의 목표는 자연스러운 심성의 배양이다. 인간의 자연 상태는 원초적인 상태가 아니라 문화적으로 오염된 상태이다. 인간이 태어난 순간 세상의 소음 속에서 순수성을 상실한다. 인간은 언어, 문화가 부재한 미개한 상태로 되돌아갈 수 없다. 그것은 인간은 교육을 받고 각자의 역할을 수행하기 위해 사회의 각 분야에 참여해야 하며 이 과정에서 다른 개인들과 교류하여 본성이 점차 변한다. 그런데 인간이 태생적으로 고독하게 태어나는데 어찌 자연스레 사회에 참여할 수 있겠는가? 이 모순적인 회의에 대해 루소는 두 가지 점을 주장한다. 그것은 자기애에 대한 두 가지 양식으로 붙어로 'amour- propre'와 'amour de soi'인데 전자는 '자기애', 후자는 '이기심'을 의미한다. 전자는 자기보존과 이기심에 연유하여 선천적으로 타자에 의존하지 않는 자기에 대한 자연적인 사랑을 의미하고, 후자2)는 타자와 비교하여 비자연적으로 인간관계적인 측면에서 자기를 사랑하는 방법으로 나르시시즘, 우월감, 자만심 같은 것이다. 인간의 자유를 의미하는 것은 전자지만, 독단적이기에 타락할 가능성이 있고, 이 저술의 목적은 과도한 자기애를 경계하려는 것이다.

루소가 강조하는 교육관은 공동체와 개인의 공존을 모색하는 것이고 계급, 권위, 권력에 휘둘리지 않는 자아에 대한 존중과 가치를 인식하는 것이다. 그런데 루소의 사생활은 귀족부인들과의 불륜으로 점철되어 있는데 도덕과 윤리를 주장함이 모순적으로 보이지만 그것은 자신의 미미한 존재근거에 대한 일종의 보상심리로 봄 직하다. 인간의 공동체는 그야말로 만인의 만인에 대한 투쟁의 역사를 지금도 반복하고 있다. 이 와중에도 인간의 본성이 원래 선(善)한데 공동체 속에서 악으로 변질되었다고 보는 루소는 미덕을 강조한다. "에밀"과 대조되는 "소피"(Sophie)가 등장하는데 전자는 루소가 바라보는 남자의 전형이며, 후자는 여자의 전형이다. 남자는 여자보다 힘이 더 세고 독립적이라는 점을 인정한다. 그러나 남자들은 여자들을 욕망하기에 여자에게 의지한다. 반면에 여자들은 남자들을 욕망하고

---

2) Amour de soi (French, "love of self") is a concept in the philosophy of Jean-Jacques Rousseau that refers to the kind of self-love that humans share with brute animals and predates the appearance of society. Acts out of amour de soi tend to be for individual well-being. They are naturally good and not malicious because amour de soi as self-love does not involve pursuing one's self-interest at the expense of others.

아내로서 자연적인 역할을 수행한다. 여자들은 남자들에게 복종적이지만 남자들은 여성들을 건사하고 보호해야 한다. 그런데 루소가 여성이 남성보다 열등하다고 보았다고 생각하면 오산이다. 그것은 그가 여성이 남성에게는 없는 육감을 지닌 특별한 능력의 소유자이고, 남성이 원초적으로 희구하는 모성의 매트릭스를 가지고 있다고 보기 때문이다.

루소는 인간에게 진리로 안내하는 길잡이가 있다고 보았는데, 그것은 '내면의 빛'(inner light)이다. 이것은 집단무의식의 원형으로 인간의 미래를 계시하는 현자(wise man)를 상기시키며, 이 원형은 인간이 본질로부터 멀어지는 것을 방지하여 근본적으로 인간사회유지에 기여한다. 그는 인간사회를 개선하기 위한 두 가지 방안을 고려했다. ① 자유와 평등을 존중하는 합리적인 정치제도와 ② 이기심보다 공익을 우선하는 올바른 시민을 양성하기 위한 어린이 교육. 그런데 그가 군주제도하의 폭력적인 현실을 망각하고 당시의 정치제도와 종교제도를 비판한 것은 분명히 순진하고 낭만적인 사건이다. 그는 삶의 모델로 플루타르크를 삼았으며, 인간의 근본을 천착하기 위해 사제교육을 받았으며, 신의 임재를 체험했다고 고백한다. 인간은 근본적으로 선한데 사회에 의해서 악해졌으며, 사회생활에서 유발되는 우월감/열등감이 사회악이라는 것이다. 그런데 공동체에 근본적으로 선인들만 존재한다면 악인들이 존재할 수 없으며, 무엇이 참다운 선인가에 대한 규정도 인간적으로 하기 어렵다. 루소가 보기에 인간의 심성은 원래 도덕성을 가지고 태어났기에 공동체에서 일반적으로 규정하는 도덕성은 도덕성이 아니고, 흉악한 살인마라도 도덕성을 가지고 태어났으나 공동체가 그를 살인마로 만들었다는 것이다.

인간은 본능적으로 생존의 욕망을 가진다. 이것을 자기애(amour de soi, self love)라고 규정한다. 빈민의 서러움을 노래 가락으로 극복한 백결선생도 있지만 인간은 의식이 족해야 예절을 안다는 점에서 생물학적인 욕망에 충실한다. 그리고 자신을 보존하고 유지하면서 주변의 개체에 대한 동정심(pitié)을 표시하기에 이는 일종의 인간성의 진화라고 볼 수 있다. 인간은 사회적으로 타자와 연계하여 육체적, 정신적 공진화를 겪는다. 세월이 흘러서 얼굴과 마음이 서로 닮아가는 부부를 이러한 사례로 볼 수 있다. 바흐 음악을 애호하는 사람이 바흐를 닮듯이. 미개한 시대의 인간의 만남은 고상한 기호적 취미의 소통이 아니라 주로 종족의 번식을 위한 성교와 영역의 차지를 위한 전쟁과 같은 동물적인 만남이었다. 현재 인간은 다른 동물과 달리 초월적이고 비가시적인 영역을 향해 달려가는 동물 아닌 동물이다. 인간의 역사는 미미한 촌락, 즉 공동체의 구성에서 출발한다. 타자와의 비교의식에서 비롯되는 자기사랑이 'Amour propre'이며 인간의 타락과 구원의 가능성을 동시에 예시한다. 열등한 자로부터 박수갈채를 받는 것은 진정한 자아실현의 만족이 될 수 없으며, 열등한 자가 타자에게 아첨을 하는 것은 자아실현과 거리가 멀다는 것이다. 개인이 공동체에 속하는 순간 윤리와 도덕으로부터 벗어날 수 없지만, 원초적인 것은 윤리와 도덕과 아무 상관이 없다. 인간사를 이성적, 합리적으로 처리하기 위해 필요한 정신적인 능력이 심층의 양심(conscience)이다. 인간은 도덕심을 발휘함에 있어 스스로를 기만할 수 있다. 소영웅심 혹은 전시효과를 위하여. 비극 속에 자행되는 악한의 만행에 치를 떨고 피해자에게 무한한 동정을 느끼면서도 나중에 스스로 그 이상의 악행을 저지르는 경우도 많다. 성경적으로 다윗 왕이 평소 백성들에게 선행을 권장하면서도 스스로 용서할 수 없는 악행을 저지르지 않았던가? 신하의 아내를 범하고 그 신하를 전쟁터에 보내 죽이기. 인간의 철학은 인간의 악행에 대한 자기합리화 혹은 자기기만을 위한 수단이지만, 자연의 법칙은 우리에게 국가적, 정치적, 경제적, 군사적으로 강자가 약자를 지배하는 약육강식의 냉엄한 현실을 보여준다. 미국, 중국, 러시아, 일본이 한국을 에워싸고, 다수당이 소수당을 지배하고, 거대기업이 소기업을 합병하고 있지 않는가? 조물주의 흘러넘치는 자비가 인간에게 내려오듯이, 흘러넘치는 강자의 힘은 약자에게 흘러내린다. 이것이 일명 홍수이론이다. 여기서 루소가 주장하는 약자에 대한 동정이 개입할 여지는 없다. 한국이 과거 일본의 만행에 대해 아무리 거칠게 항의해도 현재 한국의 힘이 일본의 힘보다 미약하기에 일본은 요동치 않는 것이다. 결국 일본의 한반도 침략에 대한 진정한 사과는 한국이 일본보다 힘의 우위에 있을 때 실천될 것이다. 루소의 정치철학은, 그의 명저『사회계약론』에 자주 나오듯이, 간단히 말하여 국가는 구성원들의 일반의지에 의해 운용됨이 합법적이라고 본다.

03

자연과 책임

칸트의 명제: 그레이(Thomas Gray),

블레이크(William Blake),

콜리지(Samuel Taylor Coleridge)

칸트의 명제: 그레이(Thomas Gray), 블레이크(William Blake), 콜리지(Samuel Taylor Coleridge)

독자들은 이성과 사색의 아이콘으로서의 칸트를 자연, 생태, 환경과 연관시킴에 대해서 다소 의아해할지 모른다. 그것은 칸트에게 일반적으로 부여된 형이상학의 낙인이다. 그런데 인간이 자연에 대해 접근하려고 할 때 육체만 저돌적으로 나아가는 것은 사실 인간의 본래의 모습이 아닐 것이다. 인간은 정신과 육체라는 모순적인 양면을 소유한 특이한 피조물이기에 육체가 가는 곳에는 항상 정신도 함께 동반되는 것이 일반적이다. 물론 법보다 주먹이 빠른 경우도 있을 것이다. 정신과 육체의 이분법을 떠나 대개 정신이 육체의 행동지침을 관장한다. 정신의 지배를 받지 않는 육체는 이미 동식물과 동일하다. 무자비한 살인마를 동물인간, 심신이 마비되어 호흡만 하고 있는 인간을 식물인간이라고 부르지 않는가? 또 피안의 신을 흠모하는 이성을 가진 인간을 반신반인(半神半人)이라고 부를 수 있다. 이런 점에서 인간의 무차별 자연개발로 인한 그 반대급부인 부메랑으로 인해 고통을 당하는 요즘 만물과 조화롭게 존재하기 위해 인간이 가져야 할 의식의 상태를 재조명하지 않을 수 없을 것이다. 그 마음의 상태, 정신의 상태, 의식의 상태를 재정립하기 위하여 이성에 대한 엄격한 지침을 수립한 칸트의 주장을 반추하는 것은 환경파괴의 현실을 고려하여 의미가 있다. 비록 칸트가 정치인은 아니지만 인간 생태계의 자유와 윤리를 표명하는 과정에서 자연스럽게 정의를 논하고 있으며, 사회계약에 입각한 정의의 이론을 옹호하지만 공리주의를 배격한다(Sander, 138). 하지만 공리주의는 개인의 호, 불호를 막론하고 일종의 억압기제로서, 권위적인 타자로서 개인의 운명을 좌우하는 현실로 존재한다. 인간의 현실은 구체적 현실과 추상적 혹은 초월적 현실로 구성되어 인간이 존재하기 위하여 전자와 후자는 상보적인 관계를 유지하여 삶의 전체성을 구성하고 있기에, 유물론자가 비판하는 후자에 속하는 이성, 상상, 몽상, 공상, 환상을 허무맹랑하게 생각할 수가 없을 것이다. 유물론자의 자본주의에 대한 비판 또한 추상적인 사색의 결과가 아닌가?

칸트가 이성비판을 통하여 주로 의식의 검증에만 치중하였다고 생각하지만 사실 동서고금의 모든 위인들이 그러하듯 칸트는 자연과 인간의 관계를 늘 고민해온 듯하다. 고단한 학문연구에 대한 휴식의 일환으로 숲이 우거진 오솔길을 평생 산책하면서 상기되는 자연의 법칙과 물체의 법칙에 대한 명상이다. 삼라만상이 어떻게 운행되는가? 물체는 왜 존재하며 필시 사멸하는가? 불가피한 일이지만 칸트가 참조한 과학자들은 당대의 과학자들과 사상가들이다. 뉴턴, 라이프니츠, 그리고 데카르트. 만약 칸트가 아바타, 사이보그, 로봇이 활개 치는 지금 포스트휴머니즘의 시대에 생존한다면 그의 주장도 상당히 수정을 해야 할 것이다. 원반모양의 은하수, 계층적 우주구조를 생각하며 물체와 공간은 추상적이면서도 구체적이라고 본다. 칸트의 이성론과 뉴턴의 우주론이 교차하는 지점은 세계존재들의 기본요소로서의 불변의 지속적인 실체를 확신하는 부분이다. 이 영구적인 실체는 다름 아닌 불가분의 원자이다. 인간은 탄생, 성장, 사망의 과정을 거쳐 소멸하지만 이는 원자화의 과정일 뿐이다. 인간을 구성하는 원자의 실체는 추상적이 아니라 구체적이기에 유물론의 입장이 부각된다. 원자론의 기원에 대하여 일반적으로 고대 그리스의 데모크리토스(Demokritos)를 상기한다. 자연이라는 무대는 원자들로 구성된 각가지 형체들의 이합집산의 과정으로 볼 수 있다. 물리적으로 보아 거리를 떠도는 군중들은 원자덩어리의 다양한 개성의 집합체이다. 정치, 인연, 인과, 목적으로 엮여지는 이합집산이 원자의 본질이다. 그러면 인간의 외양은 원자이고 이성은 유령인가? 아니다. 실체 없는 의식의 활동도 원자의 활동에 귀속되어 심/신이 온전히 원자의 활동에 속하게 된다. 의식은 원자의 총체에 의해서만 확인되기 때문이며, 원자가 분산된 상황에서는 개인의 의식을 확인할 방도가 없다. 이원론이 일원론이 되는 순간이다. 그러니까 인간에게 발생하는 존재론적, 인식론적 관점이 모두 원자론적 관념에 포섭된다. 육체를 떠난 의식은 인간적인 수준에서 사실상 확인이 불가능하기 때문이다. 이것이 인식론적 유물론이다. 이 형이하학은 한동안 신성의 형이상학에 가려져 있었으나 인간이 신을 저버린 계몽시대에 와서야 빛을 보게 되었다. 이것은 르네상스, 계몽철학, 자연과학, 경험론으로 이어진다. 이런 점을 그레이의 「시골교회마당에서 쓴 비가("Elegy Written in a Country Churchyard")」에 적용해보자.

　　만종은 낮이 떠나감을 종소리로 알리고
　　소떼 나직이 우니 풀밭 위로 느린 바람이 인다.

밭가는 사람은 터벅터벅 집으로 지친 발걸음 옮기고
이 세상엔 어둠과 나만이 남는다.

가물거리는 풍경도 점점 사라져
엄숙한 고요가 온 세상을 감싼다.
다만 풍뎅이 붕붕 날아다니고
종소리 졸린 듯 댕댕 먼 산골에 울린다.

저편 담쟁이 뒤덮인 탑에서는
속상한 올빼미만이 달에게 투정하고 있다.
사람들이 자신의 은신처를 어슬렁거리며
혼자만의 영역을 침범한다고.

저 주름투성이 느릅나무 밑 주목 그늘 아래,
썩어가는 무덤 위 잔디 덮인 곳,
비좁은 칸에 영원히 누워
무지렁이 마을선조들이 잠들어 있다.

향기로운 아침의 부드러운 숨결도,
지푸라기 집에서 들려오는 제비의 지저귐도,
목청껏 우는 수탉의 나팔소리도, 울려 퍼지는 뽈피리소리도
이제는 그들을 그 초라한 잠자리에서 깨우지 못하리라.

그들을 위해 타오르던 난로불도 꺼져버리고,
분주한 아내가 종종거리며 돌볼 일도 없을 것이다;
집으로 온 아버지에게 달려와 옹알거리고
다투어 입 맞추려 무릎에 기어오르는 아이도 없을 것이다.

그들의 낫에 가을걷이가 이루어졌으며,
그들의 밭갈이에 모진 땅은 부수어졌었다.

들판에서 함께 소를 모는 일은 얼마나 즐거웠던가!
그들의 힘센 도끼질에 나무들도 고개를 숙였었지!

야망이여, 비웃지 말라, 그들의 값진 노고를,
또한 그들의 소박한 즐거움과 보잘것없는 운명을;
위세여, 거만하게 웃으며 듣지 말라,
가난한 이들의 짧막하고 수수한 경력을.

자랑할 만한 가문, 화려한 권세,
그리고 그 모든 아름다움과, 그 모든 재산도,
피할 길 없는 시간은 똑같이 기다리고 있으니.
영광의 길이 이르는 곳은 무덤일 뿐이다.

The curfew tolls the knell of parting day,
The lowing herd winds slowly o'er the lea,
The ploughman homeward plods his weary way,
And leaves the world to darkness and to me.

Now fades the glimmering landscape on the sight,
And all the air a solemn stillness holds,
Save where the beetle wheels his droning flight,
And drowsy tinklings lull the distant folds:

Save that from yonder ivy-mantled tower
The moping owl does to the moon complain
Of such as, wandering near her secret bower,
Molest her ancient solitary reign.

Beneath those rugged elms, that yew-tree's shade,
Where heaves the turf in many a mouldering heap,

Each in his narrow cell for ever laid,
The rude Forefathers of the hamlet sleep.

The breezy call of incense-breathing morn,
The swallow twittering from the straw-built shed,
The cock's shrill clarion, or the echoing horn,
No more shall rouse them from their lowly bed.

For them no more the blazing hearth shall burn,
Or busy housewife ply her evening care:
No children run to lisp their sire's return,
Or climb his knees the envied kiss to share,

Oft did the harvest to their sickle yield,
Their furrow oft the stubborn glebe has broke;
How jocund did they drive their team afield!
How bow'd the woods beneath their sturdy stroke!

Let not Ambition mock their useful toil,
Their homely joys, and destiny obscure;
Nor Grandeur hear with a disdainful smile
The short and simple annals of the Poor.

The boast of heraldry, the pomp of power,
And all that beauty, all that wealth e'er gave,
Awaits alike th' inevitable hour:-
The paths of glory lead but to the grave.

이 작품에 등장하는 사람과 사물과의 관계는 자의적이다. 그것은 사람과 사물들이 각각의 바퀴를 운행하기 때문이다. 대지는 무대이며 여러 사람과 다양한 사물들은 배우로서 각각 운명의 시간을 준수하며 살아간다. 각각 보이지 않는 기획자의 연출에 따라 시간과 공간을 메우다 사라진다. 여기서 배우들은 재출연의 가능성이 희박해 보인다. 일회 출연이 이 무대의 미덕이므로 독점출연이나 장기출연은 허용되지 않는다. 물론 현재 한 배우가 여러 영화나 드라마에 출연하지만 이 또한 비가역적인 시간의 흐름 속에서 공시적인 복수적 상황, 즉 겹치기 출연에 불과할 뿐이다. 그리고 티베트의 고승이 시/공을 거슬러 가역적으로 노인에서 어린이로 환생했다는 주장이 있긴 하다.[1] 사람과 사물을 무화시키는 자연의 최종적인 결론은 시간에 따른 만물의 원자화와 그 원자의 진흙으로 빚은 다양한 형체의 창조이다. 여기에 사람이 만든 각가지 추상적 가치들, 즉 "가문", "권세", "재산"은 아무런 영향력을 행사하지 못한다. 그것은 자연에 비해 무기력한 존재인 사람의 관계에만 적용되는 인간 전용의 가치일 뿐이다. 인간이 두려워하는 죽음의 터전인 '무덤'에 대한 인간의 대책은 사실 전무하다. 그러나 사물의 현상을 보고 인간의 운명도 추론될 수 있다. 그것은 니체가 주장하듯이 영겁회귀, 즉 끝없는 출생과 죽음의 연속이지만, 유물론적 생사에 대한 대책은 형이상학이다. 그것은 칸트가 선험적인 차원[2]을 언급하듯이 의식적으로 종교

---

1) 1935년, 티베트의 어두운 미래를 예언한 94세의 달라이 라마는 13번째의 인생을 마친 뒤 14번째의 환생을 위해 숨을 거두게 되었다. 숨을 거둔 즉시 티베트의 사원 안에 있는 납골당으로 옮겨진 달라이 라마의 시신은 머리를 북쪽으로 향한 채 고요히 누워 있었으며 약 2시간 뒤 다시 납골당을 들어간 승려들은 달라이 라마의 시신이 서쪽을 향하고 있는 것을 발견한 뒤 사원의 서쪽 방향 마을에서 달라이 라마의 환생을 찾아다녔다. 그 후 14번째 환생인을 찾아 약 3년을 헤맨 티베트의 고승들은 티베트의 서쪽에 위치한 마을 암도에서 라모 톤딥이라는 3살배기 꼬마를 찾게 되었으며 그가 현재의 달라이 라마라고 한다(http://www.ddangi.com/1-256.html).

2) 프로이트는 만년에 칸트의 선험적인 차원을 육체적인 영역의 확대에 불과하며, 인간은 육체 이외

의 탄생이며 물리적으로 성지의 건설이다. 최근 포스트모던 경향으로 인해 사물의 이분법적 전통을 부정하고 증오하는 분위기가 있으나 인간의 삶을 에워싸고 있는 삶의 규칙은 여전히 이분법적이다. 생/사, 남/여, 백/흑, 밤/낮, 양/음, 긍정/부정, 만남/이별, 시작/끝, 주인/노예, 약/독, 선/악, 천국/지옥, 행복/불행, 물질/반물질. 다만 여기서 전자 우위의 관점은 인정할 수 없다. 전자는 어디까지나 후자를 근거로 존재하기 때문이다. 이 엄연한 모순과 대립의 현실을 어떤 이념, 학설, 법칙으로도 부정할 수 없을 것이다. 인간은 자연의 결(texture) 속에 매 순간 변화(생/노/병/사)하며 피상적으로 한순간 존재하다 길바닥 위 낙엽처럼 사라진다. 사물의 본질을 천착한 소크라테스, 플라톤, 석가모니, 뉴턴, 아인슈타인도 마찬가지이다. 인간은 모두 예외 없이 이들과 같은 운명을 공유한다. 이처럼 인간의 삶이 야누스적이고 모순적인데도 시인은 죽음에 대한 과도한 비중을 둔다. 이 작품에 대한 가렛의 관점[3]은 이러하다(97-99). 시인이 죽음의 테마를 설정한 것으로 보이며 떠나는 낮과 다가오는 밤을 펼치며 도래할 어둠의 평면적, 지형적 정황이 가중되지만 오히려 시인은 그것을 호사롭게 누리고 있다고 생각한다. 육신이 점토화되지만 시인은 그것을 비극적으로 보지 않고 명백한 진리로 수긍한다. 여기서 상기되는 것이 살아감이 죽어가는 것임을 의미하는 예이츠가 말하는 비극적 환희이다. 세상의 분주한 일상이 물러가고 밤에 각자 홀로 남는다. 대중에서 분리되어 밀려오는 고독을 만끽하거나 절망하

에 어떤 영역의 확장도 불가능하다고 본다(Brennan, 174).

3) 여태 영시작품에 대한 서구인의 분석 가운데 가렛(John Garret)의 분석은 합리적이고 이지적이다. 그리고 폴 드 만(Paul de Man)의 『맹목과 통찰력』에 간간이 나오는 영시해석은 기발하고 심오하다.

거나. 이것을 가렛은 키츠가 워즈워스의 시작품에서 발견한 '이기적 숭고'(egotistical sublime)로 본다. 그레이는 낭만주의자들처럼 시인의 마음에 접근하는 외부의 이미지들을 융합(초월적 현실/higher reality)하려 하지 않고 그가 목격한 갖가지 이미지들을 나열하는 건조한 방관자로 존재한다. 그레이가 이 작품에서 치중한 것은 내부적 현실보다 외부적 현실이다. 이 작품에 대한 칸트적 의미는 죽음에 대한 이성적이고 명증한 인식에 의한 수용이고, 이 인식에 따라 인간은 죽음에 대하여 통곡, 절규하지 않는 수준을 유지하고, 사후의 선험적인 차원을 기대하는, 즉 그리스도의 재림을 기대하는 수도자의 자세를 견지해야 할 것이다.

인간은 어떻게 행동해야 도덕적으로 타당한가? 이와 관련하여 아리스토텔레스는 『니코마스 윤리학』에서 모든 지식과 모든 추구가 어떤 선함을 목표해야 한다고 주장하지만, 이것은 자기중심적, 인간중심적, 자연중심적인 이해관계에 따라 좌우된다(Merchant, 61). 인간의 보편적인 선함이란 무엇인가? 그것은 '이웃을 자기처럼 바라보라'는 예수의 말처럼 타자들을 주체의 수단으로 대상으로 생각하고 다루지 않고 보편타당하게 대접하는 것이다. 말하자면 역지사지의 정신으로 타자를 대한다는 것이다. 칸트는 이와 같은 정의로운 행위법칙을 정언법칙이라고 명한다. 인간이 이것을 알기 위해 교육이라는 경험을 통과해야 하는 것이 아니라 언어의 구유 속에 인간이 탄생하듯이 인간이 되기 위해서 전제된 선험적인 것이다. 타자들과 공존하기 위하여 도덕을 추동하고 장려하는 선험적인 법칙의 토대는 생각하는 동물로서의 인간에게 내재하는 이성인 것이다. 칸트에 따르면 인간에게는 다른 동물과는 달리 두 요소가 병존한다. 그것은 자연과 자유이다. 전자는 리비도의 냄새가 나는 형이하학적인 측면이 있고, 후자는 상상의 나래와 같은 형이상학적인 측면이 있다. 독재자 일방의 전유물이 아니라 여기서 존엄성이 부여되는 것이 모든 인간에게 부여되는 자유의 측면이다. 부모, 형제, 자매와 타자들에게 동일한 도덕률이 적용되어야 한다. 그러나 현실적으로 칸트의 도덕법칙을 적용하기가 쉽지 않을 것이다. 우리 주변에 흔히 회자되는 팔이 안으로 굽는다, 피는 물보다 진하다는 동질성의 옹호로 인해 도덕률의 공정한 적용을 어렵게 한다. 그럼에도 인간의 다양한 처지, 상황, 조건에 적용되는 모순적인 도덕률은 이상적으로나마 이성을 가진 인간에게 보편타당한 원리로 존중되어야 할 것이다. 다시 말해 칸트가 주장하는 도덕률의 공동체는 갈등과 투쟁이 난무하는 지옥이 아니라 모든 인간에게 바람직한 보편적인 낙토이기 때문이다. 역설적으로, 칸트의 도덕률을 인정하지 않고 인간사회를 동물적으로, 유물론적으로 보는 것도 보편타당한 도덕률을 내포한 이성적인 사고의 일환일 것이다. 이런 점을 블레이크의 작품 「런던("London")」에 적용해보자.

나는 헤매노라. 법제화된 거리를,
주위로 법제화된 템즈 강이 흐르고.
만나는 얼굴 얼굴을 주목한다.
허약의 흔적, 슬픔의 자국을,

사람의 비명 소리마다에서,
모든 아기들의 두려운 울음에서,
모든 목소리에서 모든 포고에서,

마음이 벼려 만든 쇠고랑 소리를 듣는다

굴뚝 청소하는 아이의 울음소리가
음흉한 교회를 어떻게 질색하게 하는가를
불운한 병사의 한숨이 어떻게
피가 되어 궁궐 벽을 타고 흐르는가를

하지만 대개 한밤중의 거리에서 듣는다
어떻게 젊은 창녀의 악다구니가
갓난아기의 울음을 저주하고
결혼의 꽃상여를 전염병으로 마르게 하는가를

I wander thro' each charter'd street,
Near where the charter'd Thames does flow.
And mark in every face I meet
Marks of weakness, marks of woe.

In every cry of every Man,
In every Infants cry of fear,
In every voice: in every ban,
The mind-forg'd manacles I hear

How the Chimney-sweepers cry
Every black'ning Church appalls,
And the hapless Soldiers sigh
Runs in blood down Palace walls

But most thro' midnight streets I hear blast
How the youthful Harlots curse
Blasts the new-born Infants tear

And blights with plagues the Marriage hearse

이 작품에서 우리는 지상에서의 디스토피아의 비전을 본다. 위에서 언급한 칸트의 보편타당한 조치가 사라진 인간시장의 비극적인 모습이 온 천하에 드러난다. 여기서 시인은 독자들에게 런던의 비극적인 일상을 고발한다. 하지만 이것은 어디까지나 구두선에 그치고 이 작품은 유한마담이 한가하게 즐기는 독서목록에 수록된 작품으로 치부될 가능성이 농후하다. 하지만 주변의 불우한 타자에 대한 동정적인 인식을 표방하고 독자들의 참여를 유발하는 효과는 있을 것이다. 여기 보이는 인간시장의 피폐한 풍경은 자기와 타자들에게 동일한 도덕률이 적용되지 못한 결과일 것이다. 모든 분야에 걸쳐 적용되는 불변의 적자생존의 법칙을 회피할 수는 없지만, 인간, 동물, 식물 가운데 동물과 식물의 경우 적자생존의 칼날에 대항할 수는 없지만 인간의 경우 이성의 능력, 사고의 능력, 선험적인 신성, 이타성이 있기에 자연의 잔인한 적자생존의 법칙이 적용되는 와중에도 약자를 돕는 모순적인 윤리를 인간이 가지고 있다. 자연의 내재적 의지에 저항하는 자유의지를 인간은 가지고 있다. 굶주린 사자의 경우 사냥감을 잡아서 먹지 않고 놓아줄 확률은 전무하지만 인간은 비록 시장하지만 사냥감을 놓아줄 확률이 있다. 성경에 나오는 선한 사마리아인은 갈 길이 바쁘지만 시간을 내어서 강도당한 나그네를 기꺼이 돌보지 않는가? 인간으로서 당연한 욕구와 쾌락을 거부하고 신성을 지향하는 모순적인 인간이 있지 않는가? 왕의 자리를 박차고 출가한 석가모니, 풍요로운 부르주아의 삶을 포기한 의사 슈바이처, 미국의 기름진 삶을 포기하고 우수마발의 암흑기에 한국을 계몽한 미국의 선교사들. 일방의 자유가 만인의 자유를 구속하는 점이 있다는 것을, 만민이 향유할 수 있는 보편적인 자유의 확대가 절실함을 인식하고 실천해야 적자생존이 적용되는 무자비한 자연의 상태를 개선할 수 있을 것이다. 하지만 본질적으로 차이와 차별이 난무하는 인간시장에서 "창녀의 악다구니", "갓난아기의 울음소리", "결혼의 꽃상여"에서 암시하는 인생의 본질적인 측면인 각자의 선택에 의한 자유의 결과는 각인의 형편대로 감수해야 할 것이다.

보편타당하지 못한 도덕률을 실천함에 대한 반성도 칸트의 취지에 부합한다. 보편타당한 법이 있어야 불법이 있고 불법임을 깨닫고 참회하는 것도 이성의 변증법적 기능이다. 칸트의 도덕률은 인간의 행동을 설정하는 상위법이며, 실정법은 특수한 행동을 규정하는 하위법에 해당한다. 인간은 자연의 필연성에 역행한다. 모든 사물이 자연에 순행하는데 인간은 역행하고 있는 것이다. 맹자는 '순천자는 흥하고 역천자는 망한다'라고 했는데 인간은 망할 팔자를 스스로 자초하고 있는 셈이다. 이에 인간은 배가 고파도 참고, 화가 나도 인내하고, 타자를 위하여 자신을 희생해야 한다. 한국사회에서 기혼여성에게 추천하는 아름다운 미덕 가운데 벙어리 삼 년, 귀머거리 삼 년이란 말이 있지 않은가? 인간은 이기심과 본능에 충실한 동물과는 달리 선험적으로 자연의 필연성에 저항하려는 본성을 타고났다. 그리하여 자연 속에서 인간은 자유의지로 자연을 벗어난다. 자연의 법칙에 순응하는 자세가 자기도 모르게 어느 쪽으로 기우는 자기만의 경향성, 즉 자신에게 충실한 탐욕인데 이에 대한 반성적 태도를 이따금 견지하는 것이 인간이다. 자신의 외부가 아니라 내부로 향하는 이 반성적 태도의 토대가 도덕률이다. 인간은 본능에 따라 저절로 기우는, 출출하면 먹고 갈증 나면 마시는 동물적인 자유의 경향을 좇지 않고 자신의 욕망을 포기하고 타자를 위해 헌신하는 역행의 도덕률을 가지고 있다. 물론 인간의 도덕률은 자주 실천되지 않고 그러리라 주목받는 인간이 예상외로 동물적인 경향성에 치우치는 것을 보고 실망하기도 한다. 인간사회에서 예수, 석가모니, 간디, 슈바이쳐, 마더 테레사, 이순신, 안중근과 같은 이타적인 인간들이 그리 흔치 않다. 여기서 공리주의 도덕과 칸트의 도덕은 대립된다. 각자의 행복추구권을 인정하는 최대다수의 최대행복이라는 명제는 인간의 이기적인 행복 추구권을 인정하는 외부로의 자연스러운 욕망의 분출이자 실현이라는 점에서 선험 속으로 침잠하는 반성적인 칸트의 도덕과 다르다. 먹고 싶을 때 먹고 마시고 싶을 때 마시고 자고 싶을 때 자고 번식의 욕구 혹은 성욕이 일 때 짝지을 상대를 찾아 헤매는 것은 자연의 경향성을 실천하는 동물적인 인간의 태도일 것이다. 이 점을 블레이크의 「성 목요일("Holy Thursday")」에 적용해 보자.

성 목요일, 그들의 순진한 얼굴은 씻겨지고
아이들은 빨간 옷, 파란 옷, 녹색 옷을 입고 짝지어 걷고
회색 머리의 교회직원은 눈같이 흰 막대를 들고 앞장선다
아이들이 템즈 강물처럼 흘러 성 바울성당으로 들어갈 때까지

오, 그들은 런던의 수많은 꽃송이처럼
그들만의 광채를 띠고 친구들과 앉아서.
그곳에 다수의 웅성거림 그것은 수많은 양들,
수천의 소년, 소녀들이 순진무구한 손을 들어 기도한다.

이제 아이들은 그들의 노랫소리를 천상으로 밀어 올린다, 마치
강력한 바람처럼
혹은 천상의 보좌 사이에 울리는 조화로운 우레처럼
그들 아래로는 나이 많은 사람들이 앉아 있다, 빈자들의 지혜
로운 보호자들이
이윽고 나오는 소리, 동정을 소중히 하자, 당신이 천사를 문밖
으로 내쫓지 않으려면.

Twas on a Holy Thursday their innocent faces clean
The children walking two & two in red & blue & green
Grey headed beadles walk'd before with wands as white as
snow
Till into the high dome of Pauls they like Thames waters flow

O what a multitude they seem'd these flowers of London town
Seated in companies they sit with radiance all their own
The hum of multitudes was there but multitudes of lambs
Thousands of little boys & girls raising their innocent hands

Now like a mighty wind they raise to heaven the voice of song
Or like harmonious thunderings the seats of heaven among
Beneath them sit the aged men wise guardians of the poor
Then cherish pity, lest you drive an angel from your door

여기서 우리는 에너지 균등(homeostasis)의 공동체를 발견한다.
공동체의 갈등과 분쟁은 주로 에너지 분배로 발생한다. 마피아의 경
우 전(錢)의 분배를 놓고 총격전이 벌어지며, 재산의 분배에 대해서
골육상쟁이 벌어지며, 고기 한 덩어리를 놓고 맹수들이 목숨을 건

사투를 벌인다. 그런데 첫 스탠자에서는 인간사회의 갈등이 보이지 않는다. 모세처럼 성스럽고 공정한 지도자를 따라 어린양들이 어울려 꼴을 먹고 우리 속으로 들어가는 것이다. 인간의 욕망을 추구하는 지울 수 없는 '경향성'으로 인한 추한 결과는 속죄의 예식으로 대체되며, 그것은 "기도"의 행위이다. 인간이 속되고 추한 동물이지만 자신의 과오에 대해서 후행적으로 반성하려는 습성이 있다. "성 바울성당" 내부에서 벌어지는 속죄의 행위는 인간의 내면을 지향하는 반성적인 도덕률의 실천이라고 볼 수 있을 것이다. 지상에서 천상으로 인간이 내보낼 것은 찬양으로 미화된 소음밖에 없을 것이다. 다른 도리가 없지 않은가? 혹은 하늘에 계신 하나님께 번제물을 태워 올려 보내는 연기밖에 없지 않은가? 인간은 본질적으로 하나님과 교신할 수 없다. 항상 인간과 하나님 사이에 찬송, 기도, 예배, 번제 혹은 헌금이라는 매개체가 존재해야 한다. 물론 성경에 야곱이 사다리를 타고 천상에 올라간 적이 있다고 한다. 인간이 절대자 하나님을 대면하는 순간 인간은 죽을 수밖에 없다. 전지전능하신 하나님과 비교할 수 없지만 인간이 태양을 직접 대면할 수 있는가? 태양을 직접 대면하는 순간 실명(失明)하기에 그것을 예방하기 위해 선글라스라는 매개체를 사용해야 한다. 천사와 교신하기 위하여 천사의 도덕률을 가져야 한다. 그것이 내 이웃을 내 몸과 같이 사랑하려는 타자와 자신이 일체화되는 "동정"이며, 어린아이와 같은 순수한 심성이다. 그러나 인간이 자신을 사랑하는 나르시시즘의 "경향성"에 치중하기 쉽기에 타자에 헌신적인 동정을 하기가 어렵고, 인간이 천사를 대면할 기회가 드문 것이다. 여기 보이는 종교의식을 형식주의, 의례주의라고 비난하는 식자들이 있긴 하지만 인간이 진실로 하나님을 대면할 수가 없기에 인간이 하나님을 대면하는 것은 형식적이긴 하지만 예식을 통해 대면을 시도할 수밖에 없을 것이다. 그러니까 불필요한 예배라는 행사는 사실 없는 것이며 예배를 행하는 인간의 자세가 문제가 된다. 그리고 "바람", "우레"와 같은 자연의 요소는 인간이 접근할 수 없는 실존적인 매체로서 하나님이 인간에게 묵시적인 메시지를 보낼 때 사용하는 천상의 도구이자 자연의 메시지이다.

인간을 대할 때 자신의 향락을 채우는 대상과 수단이 아니라 각자 목적의식을 가진 절대이성을 가진 숭고한 존재로 인식해야 한다. 이 것은 타자에 미치는 몸의 본능을 제어하는 이성적인 태도로 볼 수 있다. 이 태도가 몸에 각인되어 칸트가 말하는 도덕적인 인간이 되는 것이다. 인간이 인간답기 위해서 인간은 감정 혹은 본능의 소리에 귀를 기울이는 것이 아니라 인간의 현실을 파수하는 에고로서의 이성의 소리에 귀를 기울여야 한다. 항상 인간은 이기적인 이성법칙과 초월적인 자연법칙과 갈등하며 살아야 한다. 일상의 방향을 잘못 선택하면 한순간에 탐욕적인 동물로, 수수방관의 식물로 전락할 수 있다. 현재 전 세계적으로 대립과 갈등이 나날이 극심해지고 있는 것은 그것을 조장하는 '경향성'에 대한 도덕적인 제어가 부재한 탓이다. 칸트가 인간의 능력을 감성, 오성, 판단력, 이성으로 나누었지만 이를 간단히 통합하면 감정과 이성으로 약분된다. 칸트는 바람직한 인간 혹은 인격성을 갖춘 인간이 되기 위해 전자를 부정적인 요소로 후자를 긍정적인 요소로 인식한다. 그러나 인간은 동물이 가지는 감성과 신성을 흠모하는 이성을 품은 모순적인 존재이고 인간이 인간다운 것은 인간이 순수한 이성만 가질 때가 아니라 인간이 동물다운 모습을 보일 때 인간다운 것이다. 인간이 신처럼 순수한 이성을 가져서 모든 도덕률을 초월한다고 할 때 그 인간은 인간이 아니라 신이 되는 것이다. 그런데 신이 인간을 신으로 만들 수가 없기에, 인간은 신을 흠모하면서도 지상에서 감정으로 인한 죄를 짓고 그것을 이성적으로 반성하며 신성을 향수만 할 수 있는 것이다. 칸트는 인간의 감정으로 인해 인간을 도탄에 빠지게 하는 비극적 참상과 폐해를 너무나 잘 인식하여 감성이 이성의 방향으로, '경향성'이 도덕성의 방향으로 나아가는 것이 바람직하다고 본다. 또 불가능하지만 자연의 내재적 의지가 인간의 자유의지와 융합되기를 소망한다. 그리하여 자연과 인간은 하나의 전체적인 합목적성을 가지게 되며 서로 대립, 모순, 갈등하는 본성들이 상대를 배격하지 않고 융합되고 통일되어 사자와 어린아이가 함께 노는 지상낙원이 건설되는 것이다. 이 점을 콜리지의 「노수부의 노래("The Rime of the Ancient Mariner")」에 적용해보자.

> "그런데 폭풍우가 몰아쳐 왔소,
> 잔인하고 거친 폭풍우였소:
> 엄청난 날개로 강타하며
> 우리를 남쪽으로 줄곧 내몰았소.
>
> 기우는 돛대와 물에 빠진 뱃머리로,
> 고함과 타격으로 쫓기며
> 적의 그림자를 밟으며,
> 뱃머리를 앞으로 숙이고,
> 배는 서둘러 달렸고, 돌풍은 포효했다오.
> 남으로 예 우리는 도망쳤소.

이윽고 안개가 끼고 눈이 내렸소,
날씨는 무섭게 차가웠소:
그리고 빙산이, 돛대만한, 흘러왔소,
에메랄드처럼 푸르스름한.

그리고 표류 중에 눈 덮인 빙산이
음침한 빛을 발산했소:
아는 인간과 생물의 형체도 없고 -
온통 얼음만이 존재했소.

여기, 저기에 얼음
사방이 온통 얼음천지였소:
얼음은 깨어지고, 울부짖고, 으르렁대고, 노호했소,
기절했을 때의 소음처럼!

한참 후 앨버트로스가 건너왔소,
안개 속을 뚫고;
마치 그 새가 한 신자의 영혼인 듯,
우리는 그 새를 환영했소 주님의 이름으로.

앨버트로스는 전에 먹지 못한 음식을 먹었고,
주위를 빙빙 날아다녔소.
얼음이 천둥소리를 내며 깨어지고;
키잡이는 그 사이로 우리를 안내해 갔소!

그리고 성스러운 남풍이 뒤에서 일었고;
앨버트로스도 뒤따라왔소,
그리고 날마다, 먹이나 놀이를 찾아,
수부들의 부름에 다가왔소!

안개 속이나 구름 속에, 돛대나 돛대 밧줄 위에
그 새는 아흐레 저녁을 머물렀소;
밤새, 하얀 안개를 뚫고,
하얀 달빛이 빛났었소."

"하나님이 그대를 구해 주시길, 노수부여!
그대를 그렇게 괴롭히는 악마들로부터! –
왜 그런 표정을 짓소?" 십자궁을 가지고
나는 그만 앨버트로스를 쏘고 말았다오.

And now the STORM-BLAST came, and he
Was tyrannous and strong:
He struck with his o'ertaking wings,
And chased us south along.

With sloping masts and dipping prow,
As who pursued with yell and blow
Still treads the shadow of his foe,
And forward bends his head,
The ship drove fast, loud roared the blast,
And southward aye we fled.

And now there came both mist and snow,
And it grew wondrous cold:
And ice, mast-high, came floating by,
As green as emerald.

And through the drifts the snowy clifts
Did send a dismal sheen:
Nor shapes of men nor beasts we ken –

The ice was all between.

The ice was here, the ice was there,
The ice was all around:
It cracked and growled, and roared and howled,
Like noises in a swound!

At length did cross an Albatross,
Thorough the fog it came;
As if it had been a Christian soul,
We hailed it in God's name.

It ate the food it ne'er had eat,
And round and round it flew.
The ice did split with a thunder-fit;
The helmsman steered us through!

And a good south wind sprung up behind;
The Albatross did follow,
And every day, for food or play,
Came to the mariner's hollo!

In mist or cloud, on mast or shroud,
It perched for vespers nine;
Whiles all the night, through fog-smoke white,
Glimmered the white Moon-shine.'

'God save thee, ancient Mariner!
From the fiends, that plague thee thus!—
Why look'st thou so?'—With my cross-bow

I shot the ALBATROSS.

"앨버트로스"는 인간을 따라왔다. 작품 속에서 혹은 현실에서 인간은 마치 망망대해에서 표류하는 듯 고립무원의 생활을 영위했다. 의미를 임의로 창출하는 인간을 에워싸고 있는 것은 의미 없는 자연 그 자체이다. 지구 표면을 덮고 있는 것은 바다, 파도, 얼음, 안개, 바람, 식물, 동물, 그리고 인간이다. 얼마나 저주받은 부조리한 상황이냐? 인간에게 어찌할 수 없는 압도적인 상황, 즉 필설로 다할 수 없는 숭고의 상황이 주어져 있다. 이때 인간이 행할 도리는 세상에서 벌어지는 불가지의 사태에 대해서 그저 입만 벌리고 경악할 뿐이며, 인간을 위로해줄 것은 아무것도 없다. 이때 인간에게 주어진 선택은 차가운 얼음물 속으로의 익사뿐 다른 여지는 없다. 영화 <타이타닉>에서 타이타닉호의 마지막 장면에 펼쳐지는 얼음 바닷속에서의 장렬한 익사. 악사가 연주하는 보케리니의 미뉴에트는 자연에게 아무런 의미 없는 인간의 가냘픈 시위에 불과하다. 인간은 절체절명의 위기에서 익사하면 그만이며, 각자 아무런 흔적 없이 지상에서 사라질 뿐이다. 인간이 세상에 흔적을 남긴다는 것은 인간에게만 통용되는 기호적인 역사성으로 무심한 자연과는 아무런 상관이 없다. 이 암울하고 절망적인 상황에서 지상의 모든 사물의 주체가 되는 초월적인 존재가 등장한다. 그것이 "앨버트로스"이다. 이는 인간이 스스로 지방을 연소시켜 살아가야 하는 자기학대의 난세에서 도피처인 천국의 다리가 되어 줄 인간의 영원한 친구이자 구세주로서 기대된다. 그런데 자연의 이치에 무지몽매하고 좌충우돌의 자유의지의 소유자인 인간은 오히려 그 길한 새를 화살로 쏘아 죽여 버린다. 이렇듯 인간의 본질적인 "경향성"은 주변을 파괴하여 상대를 제압하고 지배하려는 야만성이다. 겉으로 감정에 치우치기 쉽고 생명에 집착하는 행위의 결과에 대해 나중에 처절하게 후회하는 것이 인간이며, 구세주 예수를 세 번이나 부인한 베드로이다. 따라서 "노수부"가 순수한 "앨버트로스"를 시살한 것은 외부적인 사건이나, 순수한 이타주의자인 예수를 십자가에 매단 사건이나 동일하다. 여기서 순수하다는 말은 신천옹이 "노수부"에게 어떠한 반작용의 동기를 제공하지 않았다는 것이며, 노수부가 저지른 만행은 자의적인 것이다. 유사 이래 인간은 순진하고 순수한 것을 보고 그냥 내버려 두지 않는다. 에덴동산에서 편안하게 무위도식하는 것도 염증이 나서 금단의 과일을 먹어버렸으니 인간은 사실상 구제할 수 없는 망나니이다. 그 개탄스러운 속성인 이기적인 "경향성"을 개선해보자는 것이 파괴적인 감정을 억제하고 선험의 양식을 참조하여 반성적으로 순수이성, 실천이성을 지향하는 칸트의 생각인 것이다. 그것은 감성이 이성의 방향으로, "경향성"이 도덕성의 방향으로 나아가야 지상천국이 확립된다는 것이다. 그렇지 않을 경우, "노수부"의 우발적인 행동에 필연적으로 수반되는 하늘의 천형으로서의 마비의 징벌인 것이다.

04

'초월주의'와 신세계

휘트먼(Walt Whitman); 에머슨(Ralph Waldo Emerson),
소로(Henry David Thoreau)

휘트먼(Walt Whitman): 에머슨(Ralph Waldo Emerson), 소로(Henry David Thoreau)

　　초월주의를 초절주의(超絶主義)라고도 부른다. 초절이란 사전적 의미로 무엇보다 뛰어남을 의미한다. 이는 다른 어떤 주의, 사상, 철학보다 우위에 있음을 의미한다. 한편으로 왕정, 계급, 가톨릭이 인생을 좌우하는 불평등의 유럽대륙에 진절머리가 나서 탈출한 이주민들이 부디 신대륙에서는 구대륙인 유럽의 기성철학과는 달리 그것을 능가하는 초월적인 철학을 실천할 수 있으리라 믿었기 때문이라고 추측된다. 그러나 신세계를 향한 동경으로 인해 파생되는 이교도적이고 낭만적인 분위기가 있음을 부정할 수가 없을 것이다. 나아가 신세계에 이주하여 구세계의 분위기를 일신하려는 정신적 각성의 여파로 볼 수 있을 것이다. 그것은 기존의 맹목적인 애국주의를 배격하고 내적인 삶을 추구하려는 새로운 정신시대의 도래를 의미한다(High, 41). 초절주의의 대부인 에머슨의 자연론이 사상적 토대가 되었으며, 그 후 매사추세츠 콩코드의 지명을 따서 콩코드 그룹이 결성되었고 셸링1)의 철학이 이에 보탬이 되었다. 아울러 초월주의

---

1) 자연주의자 셸링의 주장의 요지는 인간과 자연의 융합이며, 인간의 자유를 구속하는 신의 죽음을 주장한다는 점에서 니체의 입장을 따른다. 그가 보기에 인간의 자유가 악을 입증하는 증거가 되

운동을 전개하는 기관지로서 『다이얼(*Dial*)』이 출간되었다. 초월주의가 신대륙에서 발생한 특이한 사상이긴 하지만 역사적으로 물질적인 현실을 인정한 신-플라톤주의나 선험적인 칸트철학의 영향을 부정할 수 없을 것이다. 그러나 미국이 산업사회로 급속히 진입함에 따라 초월주의 사상은 점차 쇠락하여 실용주의(pragmatism)로 대체되었다. 문학계의 경우 에머슨, 소로, 호손, 멜빌, 휘트먼의 작품에서 초월주의의 영향을 감지할 수 있다.

초월주의자란 말은 흔히 남북전쟁 전의 세대를 가리킨다. 대개 뉴잉글랜드인들로서 보스턴 부근에 거주했으며, 이들이 창작한 문학은 기존의 유럽문학과 달랐다. 실험과 경험과 합리를 중시하는 유럽의 계몽주의가 자연에 대한 이성적 판단을 하였으나 그 경직됨으로 인해 곧 낭만주의가 도래했다. 이와 달리 초월주의자들은 삼위일체를 부정하는 유니테리언파, 신약에 나오듯이 유대인뿐만 아니라 모든 이방인을 면해준다는 보편주의파(Universalists), 칼뱅의 예정설을 두루 검토했으며, 성경 외에 불경과 힌두경전도 참조했다. 성경에 대한 편중에서 벗어나 동양의 다양한 경전을 탐독한 것이 초월주의에 지대한 영향을 주었을 것 같다. 초월주의자들은 인간이 진정 신을 사랑한다면 타자를 결코 외면할 수 없다는 것을 알게 되었으며, '이웃을 사랑하라'는 성경의 황금률은 지상최고의 가치인 것이다.

에머슨의 관점에서 초월주의는 인위적인 사상이 아니라 태생적으로 인간이 실행하는 묵시적인 사상이다. 그것은 인간이 스스로 일어

며, 악의 원천은 자연이다. 물론 초월적인 정신을 가진 인간의 육신도 자연에 속한다. 인간은 자연의 질서를 파괴할 자유가 있기에 이 자유가 악의 원천이자 잠재성이다. 인간은 신에 귀의함으로써 선의 세계를 만들 수도, 신으로부터 멀어짐으로써 악의 세계로 나아갈 수도 있다. 그가 주장한 동일성의 사상은 인간들이 인위적으로 정신과 물질을 구분하고 있으나 실상은 양자가 하나라는 것이고, 이것이 정신적 무기질로서의 절대자 신의 양태이다.

서고, 자기의 손으로 일하고, 자기 입으로 말하기 때문이다. 인간의 나라가 존재하는 이유는 각인이 모든 사람들에게 영혼을 불어넣는 성령에 부름을 받은 자신을 믿기 때문이다. 자연을 지배하는 대령(大靈, Over-soul)과의 일체감에서 생기는 자기신뢰를 존중하는 신대륙에서 모든 초월주의자들은 남녀구분 없이 사회개혁운동에 동참해야 하며, 노예폐지(abolitionism)와 여성의 차별문제를 진지하게 다루어야 한다. 유럽의 신분제도에 환멸을 느끼는 에머슨은 미국인들이 은연중에 유럽풍의 문화를 답습하고 추종하는 것을 중단해야 한다고 역설했다. 그래서 그는 "반역정신의 화신이었고, 전통과 점잔 빼는 것을 경멸하며 선배사상가들의 신조에 도전"하였다(스필러, 59). 그가 보기에 인간은 외양과 성별에 불구하고 원래 선하고 잠재력이 무한하다고 보았다. 그는 생/사, 선/악과 같은 모순되는 삶의 원리에 대한 진지한 성찰을 했다. 이 점을 에머슨의 「브라마("Brahma")」를 통해 살펴볼 수 있다.

피에 젖은 살인자가 자신을 살인자로 생각한다면
또한 피살자가 자신을 피살자로 생각한다면
그들은 제대로 알지 못하는 것이니
내가 보존하며 지나가고 돌아서는 불가사의한 길을.

멀고 잊혀진 것도 내게는 가까운 것이니
그늘과 햇빛도 또한 마찬가지.
모습이 사라진 신들도 내게는 보이고
수치도 명예도 내게는 하나이다.

나를 업신여기는 자는 잘못되었으니

내게서 도망쳐도 나는 날개 그 자체이며
나는 회의하는 자이며 회의 그 자체이며
나는 브라만이 노래하는 찬가 그 자체이다.

강력한 신들도 내가 사는 곳을 부러워하고
거룩한 일곱 존자(尊者)도 헛되이 동경한다.
그러나 선을 사랑하는 그대 온순한 사람아
나를 찾아라, 하늘에 등을 돌려라.

IF the red slayer think he slays,
Or if the slain think he is slain,
They know not well the subtle ways
I keep, and pass, and turn again.

Far or forgot to me is near;
Shadow and sunlight are the same;
The vanished gods to me appear;
And one to me are shame and fame.

They reckon ill who leave me out;
When me they fly, I am the wings;
I am the doubter and the doubt,
And I the hymn the Brahmin sings.

The strong gods pine for my abode,
And pine in vain the sacred Seven;
But thou, meek lover of the good!
Find me, and turn thy back on heaven.

여기서는 이분법(dichotomy)이 해체되고 하나로 통합된다. 인간 사회의 구성 원리인 데리다식의 차이와 연기가 사라진다. 그것은 차이와 연기가 사실 한통속이기 때문이다. 이런 점에서 에머슨의 사상은 사물의 구조 속에 암묵적으로 존재하는 2분법적인 질서를 제거하려는 데리다의 해체주의를 능가한다. 사실 사물의 구조 속에 제거해야 할 폭력적인 2분법적인 우상은 존재하지 않는다. 마치 '병 속에 새를 꺼내어라'[2]와 같은 화두 자체가 사실 척결해야 할 헛된 망상인 것처럼. 여기서 인간의 도덕률은 의미가 없다. 자연의 관점에서 옳고 그른 것이 없고, 선인과 악인의 구분이 없기 때문이다. 인간사에서 야기되는 '수치'와 명예도 사실은 존재하지 않는 추상적인 것이다. 그것은 가해자와 피해자가 동시에 자연의 순환을 추진하는 필수적인 요소이기 때문이다. 마치 영화나 드라마의 장면에서 발생하는 기쁘고 슬픈 갖가지 사건들이 반드시 존재해야 하는 것처럼. 자연의 이야기 속에 반드시 선인만 존재하고 반드시 명예만 존재한다면 무의미한 일일 것이다. 인간이 조물주의 존재에 대해서 무엄하게 회의하여도 그것은 조물주의 창조의 영역 속에 존재하는 순진하

---

2) 당나라 때의 유명한 선사인 남전(南泉)의 지인 중에 육긍(陸亘)이라는 사람이 있었다. 그는 출가한 몸은 아니었지만 스님들과 담소하기를 좋아하는 선객으로 한때 어사대부까지 지낸 관리 출신 선비였다. 그래서 곧잘 남전의 처소를 찾곤 했는데, 남전 역시 그와 대화하는 것을 싫어하지 않았다. 어느 날 육긍이 남전에게 문제를 하나 냈다. 그들은 가끔 기괴한 문제로 선문답을 주고받던 사이였기에 그다지 이상한 일은 아니었다. "스님, 문제를 하나 낼 테니 풀어보시겠습니까?" "그러지요." 남전이 흥미로운 눈으로 육긍을 쳐다보았다. "옛날에 어떤 농부가 병 속에 거위를 한 마리 키우고 있었습니다. 그리고 거위는 날이 갈수록 무럭무럭 자라 어느덧 병 밖으로 나올 수 없을 만큼 몸집이 커지고 말았습니다. 스님이라면 병 속에 든 이 거위를 어떻게 꺼내시겠습니까? 단, 병을 깨거나 거위를 다치게 해서는 안 됩니다." 육긍이 말을 마치자 남전은 대뜸 그를 불렀다. "대부!" 어사대부를 지낸 육긍을 남전은 항상 그렇게 불렀기에 육긍은 반사적으로 "예" 하고 대답했다. 그때 남전이 빙그레 웃으며 말했다. "벌써 나왔소"(http://no-smok.net/nsmk/%EA%B3%B5%EC%95%88). 이에 대한 필자의 생각은 이러하다. 애초에 그 새는 육긍의 심중에 있기에 이를 간파한 남전이 육긍의 이름을 불러서 그가 망상에서 자기의식을 회복함으로써 병 속의 새가 빠져나온 셈이라는 것이다. 육긍은 '병 속의 새'라는 주제의 노예가 되어 주체를 상실하고 타자화되었었다.

고 당연한 문제이다. 인간이 스스로를 비참하게 생각할 필요가 전혀 없다. 그것은 인간이 우주만물 속에서 그 누구도 대체할 수 없는 '신'과 '존자'들이 부러워할 자질을 가지고 있기 때문이다. 인간이 설사 하늘에 '등'을 돌려 대항한다 하여도 그것은 인위가 아니라 무위의 문제이다. 인간은 자연에 저항할 당연한 자격이 있기 때문이다. 사자가 풀을 먹을 수는 없지 않는가? 사자는 사슴을 먹을 권리가 있는 것이다. 물론 사자가 사슴을 잡아먹는 장면은 심정적으로 마음이 아픈 일이다. 마찬가지로 반수반신인 인간은 신의 존재에 회의하고 부정하고 배반하는 속성을 타고난 존재이다. 그것은 성경에 나오는 아담, 카인, 요나, 다윗, 베드로의 행적에서 증명된다. 하나님과 예수님은 인간의 악행을 다 용서하셨다. 만약 인간이 타고난 무애자재의 도통한 성자라면 하나님의 은총을 동경하지 않을 것이다. 현재 인간은 몸에 야수적인 남근을 매달고 내면적으로 남근을 학대하며 부자연스럽게 살아간다. 본질적으로 남근을 통해 번식을 자연스럽게 실천해야 하지만 오히려 법, 제도라는 억압기제에 의해 남근을 모순적으로 억압해야 하는 것이다. 이 야성의 남근은 상호 존중의 질서 속에서 문화적으로 실천되어야하기 때문이다.

에머슨이 자연, 사물, 현상의 배후에 자리하는 궁극의 원리에 도달하는 소수의 사람을 대표적 인간(representative Men)이라고 불렀는데(스필러, 118), 그 타이틀에 적합한 시인인 휘트먼은 자유시 「풀잎("Leaves of Grass")」을 통하여 초월주의를 실천했다. 초월주의는 인간에게 세포적 고통과 말초적 쾌락을 강요하는 감각의 초월을 명령한다. 이것은 논리와 감각이 아니라 직관과 상상력으로부터 파생된다. 초월주의에서는 절차를 따지는 논리를 초월한 직관과 고통을 주는 감각을 초월하는 상상력이 중요하다. 인간은 각자 옳고 그른 것을 타자의 권위에 의해서가 아니라 오직 자신의 신념에 따라 결정해야 한다. 초월주의자는 종교적 신념이 아니라 자연 동화적인 삶의 관계를 이해하는 방식으로 이러한 신념을 선택한다. 아래에 나오는 휘트먼의 「열린 길의 노래("Song Of The Open Road")」를 통해 그의 사상의 일단을 이해할 수 있다.

두 발로 마음 가벼이 나는 열린 길로 나선다.
건강하고 자유롭게, 세상을 앞에 두니
긴 갈색 길이 내 앞에 뻗어 있다.

내가 선택한 대로, 어디로든 뻗은 그 길
더 이상 난 행운을 찾지 않으리, 내 자신이 행운이므로.
더 이상 우는소리를 내지 않고
미루지 않고
요구하지도 않겠다.
방 안의 불평도
도서관도
시비조의 비평도 모두 집어치우련다.
기운차고 만족스레 나는 열린 길로 여행한다.

그저 대지, 그것만으로 충분하다.
별자리가 더 가까울 필요도 없다
다들 제자리에 잘 있으리라.
그런 것들은 원하는 사람들에게 소용되는 것으로 충분하다.

(하지만 난 즐거운 내 옛 짐을 마다하지 않는다.
난 그들을 지고 간다, 남자와 여자를, 그들을 어딜 가든 지고 간다.

하지만 그 짐들을 벗어버릴 수는 없으리.

나는 그들로 채워져 있기에. 그리고 나도 그들을 다시 채운다.

Afoot and light-hearted I take to the open road,

Healthy, free, the world before me,

The long brown path before me leading wherever I choose.

Henceforth I ask not good-fortune, I myself am good-fortune,

Henceforth I whimper no more, postpone no more, need nothing,

Done with indoor complaints, libraries, querulous criticisms,

Strong and content I travel the open road.

The earth, that is sufficient,

I do not want the constellations any nearer,

I know they are very well where they are,

I know they suffice for those who belong to them.

(Still here I carry my old delicious burdens,

I carry them, men and women, I carry them with me wherever I go,

I swear it is impossible for me to get rid of them,

I am fill'd with them, and I will fill them in return.)

여기서 철저한 자유의지의 관철이 드러난다. 그리고 실존주의적 삶도 보인다. 철저히 타자로부터 자신을 분리시켜 자유를 추구한다. 여기서 타자는 권력의지를 보유한 주변의 이해당사자들과 함께 타자우월의 정신적, 물질적 "행운"을 추구하기 위하여 권력에 수종을

드는 자신의 지위, 명예, "행운"도 포함이 된다. 그리고 사회에 적합한 정상적인 인간을 생산하기 위해 제련하는 "도서관"과 타자를 재단하려는 "비평"도 타자의 영역에 포함이 된다. 어디든 갈 수 있는 "두 발"이 달려 있는 존재 자체와 그 기반이 되는 "대지"가 존재함이 삶의 행복이라는 자연과 화합하는 혼연일체의 생태적 입장을 보인다. 그리고 자신의 생각과 다른 "그런 것들은 원하는 사람들에게 소용되는 것으로 충분하다"에 보이듯 화자는 타자의 명예를 추구하려는 야망을 가진 개인들의 자유 또한 존중한다. 산과 들을 질주하는 사슴의 자유와 그것을 욕망하는 사자의 자유가 모두 인정된다. 그러나 "나는 그들로 채워져 있기에. 그리고 나도 그들을 다시 채운다"에 보이듯이 인간이 홀로 독야청청 혹은 독불장군으로 존재하는 것이 아니라 개인을 구성하는 전체로서의 타자에 대한 봉사나 희생을 회피하지 않으려는 의지를 천명한다.

남성들이 주축을 이루는 초월주의자 가운데 홍일점으로 등장하는 여류시인이 에밀리 디킨슨이다. 그녀는 교육을 받을 권리에 대한 차별을 조장하는 사회는 개혁되어야 하며, 약자로서 여성과 노예들은 교육을 받아 각기 잠재력을 발휘하도록 허용되어야 한다고 주장한다. 또 개인적인 차원에서 벗어나 초월주의의 사회적 확산을 위하여 풀러(Margaret Fuller)[3]는 초월주의 기관지 『다이얼』을 편집하고 브룩 팜에 공동체를 구상했다. 무엇보다 초월주의를 실생활에 실천한 이는 '시민불복종운동'의 일환인 인두세의 납부를 거부하여 정부에 대한 개별적인 소극적 투쟁을 시도한 소로였고, 그를 인도의 간디가

---

3) 1840년대에 이르러 초월주의 운동이 식어가고 있음을 직감한 에머슨은 1850년 풀러가 사망하자 그녀가 미국문화에 혁혁한 공헌을 했음을 인정한다(Rose,208).

흠모했다(스필러, 78). 그에게 붙는 수식어는 몽상가, 이기주의자, 이방인, 고집불통이었다. 평생이 아니라 2년간에 걸친 오두막 생활을 통해 사회의 간섭이나 의존 없이 자급자족의 삶을 실천한 그는 인간이 필요 이상의 잉여물질을 추구하고 구속의 사회관습을 추종하면서 개인의 삶을 소비한다고 경고했다. 그는 '모든 좋은 것은 자연 그대로이며 자유로운 것'이라고 본다. 개인주의와 자급자족의 실천이 초월주의에 걸맞은 삶의 방식이다. 그가 증오한 것은 개인을 타성에 얽어매는 정부, 종교, 법, 제도, 산업화였다. 그는 미국인의 바람직한 생활태도와 마음가짐을 규정했는데 그것은 이성보다 상상력을, 이론보다 창의성을, 숙고보다는 행동을 중시하는 것이다. 이점을 소로의 「최근 아아 나는 고상한 소년을 만났다네("Lately, alas! I knew a gentle boy")」에 적용시켜 볼 수 있다.

최근 아아 나는 고상한 소년을 만났다네,
그의 용모는 덕의 틀로 만들어졌다네,
덕이 미의 노리개로 고안한 것으로서,
그러나 덕의 성채에 미가 옥좌에 앉았도다.

그는 사방으로 날마다 문을 열어두었다
그대가 그 안에 강함의 결핍이 없음을 볼 수 있도록
항상 벽과 항구의 충실한 구실을 위해
연약함과 죄에 대한 가식을 위해

이처럼 나는 이를 깨닫지 못했다,
고백할 예의를 아주 잊어버렸음을;
그러나 지금 마지못해 알게 되었느니, 그것이 어려웠음에도,

내가 그를 덜 사랑했다면, 앞으로 더욱더 사랑하리라.

매 순간, 우리가 서로에게 다가설 때마다,
존경의 엄격함이 우리를 더욱더 갈라놓으니,
우리 서로 손이 닿지 않는 듯하네,
처음 만날 때보다 더 낯설기만 하네.

영원은 우연을 반복하지 않을 것이니,
하지만 나만의 길을 외로이 가야 하네,
우리 한때 만났던 슬픈 기억 속에서,
그 축복이 아주 떠났음을 알고.

Lately alas I knew a gentle boy,
Whose features all were cast in Virtue's mould,
As one she had designed for Beauty's toy,
But after manned him for her own strong-hold.

On every side he open was as day,
That you might see no lack of strength within,
For walls and ports do only serve alway
For a pretence to feebleness and sin.

So was I taken unawares by this,
I quite forgot my homage to confess;
Yet now am forced to know, though hard it is,
I might have loved him, had I loved him less.

Each moment, as we nearer drew to each,
A stern respect withheld us farther yet,
So that we seemed beyond each other's reach,

And less acquainted than when first we met.

Eternity may not the chance repeat,
But I must tread my single way alone,
In sad remembrance that we once did meet,
And know that bliss irrevocably gone.

파생된 미는 덕의 피조물인데 미가 덕의 자리를 차지한다. 미는 덕의 틀로 조형되었는데 피조물인 미가 조물주인 덕의 행세를 한다. 다시 말해 자연으로서의 창조주의 피조물인 인간이 주인행세를 하며 자연의 덕을 모르고 인간은 자신의 아름다움을 뽐내려 한다는 것이다. 따라서 덕의 소생으로서 미천한 아름다움을 가진 "고상한 소년"이 구축한 세상의 모든 이론과 개념은 자연의 덕을 파괴하는 오염된 것들이다. 미의 아성을 구축하고 만인에게 문을 개방하고 구속이 없이 출입이 자유로운 "포구"를 열었으나 한편 "벽"을 만들어 타자와 거리를 두었다. 그것은 인위적으로 구축한 미의 연약한 아성을 고수하며, 스스로 저지르는 죄를 호도하려는 방편 혹은 술수에 불과하다. 다시 말해 인간이 구축한 미는 만인에게 개방되었으나 인위적인 것이고 허약한 모래 위의 성에 불과하다. 명예의 구축에 충실한 "고상한" 지성인으로서의 인간들이 건축한 미의 바벨탑을 숭배해야 했으나 시적 화자가 도외시함에 대한 일말의 반성은 일종의 신랄한 풍자로 보인다. 인간이 구축한 아름다움의 성에 접근하지만 오히려 소외감과 거리감을 느끼며 처음에 무지의 상태에서 접했고 탐닉했던 아름다움은 이제 인공의 감미료처럼 낯설게 느껴진다. 말하자면 소로가 서구의 교양인으로서 마땅히 애청했을 법한 대위법의 고전

음악이 이제 물리고 숲 속의 새소리가 더 정다워진다고 볼 수 있다. 영원은 인간의 순간을 반복하지 않고 그냥 흘러갈 뿐이며 인간의 순간은 역류하지 않는다. 그런데 영원에 쓸려가는 인생이지만 조물주가 각자에게 부여한 천상천하 무아독존의 아름다움은 타자가 구축한 관습적인 아름다움과 비교할 바가 아니다. 그리하여 인위 혹은 작위에 의한 세상의 아름다움은 인조 감미료에 불과한 것이고 화자는 그 인공미와의 조우를 탄식하며 이제 그 인위에서 벗어나려 한다. 마지막 연에서 "하지만 나만의 길을 외로이 가야 하네"에 함축된 의미는 초월주의의 강령을 잘 반영한 것으로 보인다. 인간의 삶은 개별적으로 독특하기에 그 누가 대신할 수 없는 유일한 것이며, 윤동주의 「서시」에 나오는 "나에게 주어진 길을 걸어가야겠다"의 의미도 초월주의자적 자존과 자기신뢰에 관한 것이다.

환경과 유전

피아제(J. Piaget): 바이런(Lord Byron),
셸리(Percy Bysshe Shelley)

피아제(J. Piaget): 바이런(Lord Byron), 셸리(Percy Bysshe Shelley)

피아제는 1896년 스위스에서 태어나 1980년 사망했으니 천수를 누린 셈이다. 가정적으로 부친이 문학교수였으니 학문을 위한 환경이 양호한 셈이다. 어릴 적 생물학에 관심이 지대했으며 자연스럽게 관련 대학에 진학하여 자연과학 박사학위를 취득한다. 그런데 심리학으로의 전향은 파리로 이주하면서 시작된다. 이후 지능 검사표를 만든 알프레드 비네(Alfred Binet)가 설립한 연구소에서 아이들을 지도하며, 지능검사문항에서 아이들이 잘못 반응한 부분에 대해 탐구한다. 여기서 아이들이 개성화의 관정에서 겪는 인식의 공통적인 양상을 발견한다. 물론 오이디푸스 콤플렉스를 퍼뜨린 프로이트의 주장을 정당화하는 가부장제가 좌우하는 문화의 생태계에서 아이들이 성장과정에서 겪어야 하는 과정에 대한 증상과 처방이 그의 업적이다.

피아제는 논리적 사고를 요하는 질문에 대한 틀린 답의 이유를 탐문함과 동시에 논리적 사고를 요하는 답에 대한 어른과 아이의 차이에 대해 연구했다. 그는 그의 연구를 '유전적 인식론'이라고 불렀다. 유전학은 사물의 근원을 탐구하는 과학적 담론이며, 인식론은 지성의 구조와 연관된다. 피아제가 주장하는 것은 아이들이 아이큐(IQ)에 의해서 문제를 해결하는 것이 아니며, 수, 시간, 양, 인과, 정의의 본질에 대한 근본적인 물음을 제기한다. 인식발달에 대한 체계적인 연구방법은 아이들에 대한 치밀한 관찰을 통해서이다. 누구라도 그렇게 생각하듯이 피아제가 아이들의 인식을 연구하기 전에는 아이들이 어른보다 인식능력이 떨어진다고 보았다. 그런데 연구하는 과정에서 그의 생각이 바뀌었다. 그는 아이들이 어른에 비해 색다른 생각을 하며 아이들은 기본적인 두뇌구조를 가지고 태어나 그것을 바탕으로 삶의 과정에서 발생하는 지속적인 학습과 지식을 축적한다고 본다.

피아제의 이론은 동 계열의 학자들과 비교하여 상당히 다르다. 그것은 학습자의 특징보다 어린이의 특징에 더 연계되고, 학습보다 발달에 치중하는 것이다. 출생 후 유아가 불가피하게 어린이, 청소년, 어른의 외면적인 단계를 거치면서 내면적으로 어떻게 추론하고 가정할 수 있는가? 피아제는 인식의 발달이 생물학적 성숙과 환경적 체험의 결과로서 형성되는 정신적 과정의 재현이라고 본다. 아이들은 주위의 세상을 바라보면서 기존의 인식과 현재의 환경 혹은 상황과의 차이를 발견한다. 피아제의 이론 중에 세 가지 요소는 지식을 조직하는 방식으로서의 지식의 단위 혹은 ① 지식의 토대(schemas), ② 적응과정, ③ 발달의 단계이다. 다시 말해 아이들이 기존의 인식을 가지고 시시각각 변해가는 주변의 정황들에 맞추어 사고하고 행동한다는 것이다. 스키마의 정체는 핵심의미가 연결되는 일관적, 반복적, 연속행위로서 세상과 연결되어 있고[1] 대상, 행위, 추상개념을

---

1) 피아제가 정의한 스키마의 원래의 내용은 다음과 같다. ("a cohesive, repeatable action sequence possessing component actions that are tightly interconnected and governed by a core meaning")(Tuckman, 46).

포함한다. 그는 아이가 주변의 사물을 인식하고 적절히 말할 수 있을 때 그것을 평형(equilibrium)의 상태, 혹은 인식균형의 상태라고 본다. 예를 들어, 식당에서 메뉴판을 보고, 음식을 주문하여 먹고, 계산을 하는 것은 일련의 행동양식에 의한 것이며 이를 가능하게 하는 것이 스키마이다. 식당에 들어갔을 때 인간은 그곳에 적합한 스키마를 검색하여 참조하고 상황에 적합한 행동을 한다. 이때 상황에 맞는 행동을 기억하는 것을 대본(script)이라고 부른다. 이 점을 바이런의 「바벨론 강가에 앉아서 우리는 울었도다("By the Rivers of Babylon We Sat Down and Wept")」에 적용해보자.

우리는 바벨의 강가에 앉아서 울면서
그날을 생각하였도다
우리 원수들이 살기등등하게,
예루살렘의 지성소를 약탈하던;
그리고 오 예루살렘의 슬픈 딸들이여!
모두가 울면서 흩어졌구나.

우리는 슬프게 강물을 바라보았다
발아래 자유로이 출렁이는,
그들은 노래를 강요하였지만
이방인이 아는 노래는 아니었도다!
이 오른손, 영원히 말라버릴지어다,
적을 위해 우리의 고귀한 하프를 연주하기 전에!

버드나무에 하프가 걸려 있고,
그 소리는 울리지 않는구나. 오 예루살렘아!
너의 영광이 끝나던 시간에

하지만 너는 징조를 남겼다:
결코 그 부드러운 곡조를
나로 인해 약탈자의 노래와 섞이지 않겠노라고!

We sat down and wept by the waters
Of Babel, and thought of the day
When our foe, in the hue of his slaughters,
Made Salem's high places his prey;
And ye, oh her desolate daughters!
Were scattered all weeping away.

While sadly we gazed on the river
Which rolled on in freedom below,
They demanded the song; but, oh never
That triumph the stranger shall know!
May this right hand be withered for ever,
Ere it string our high harp for the foe!

On the willow that harp is suspended,
Oh Salem! its sound should be free;
And the hour when thy glories were
ended
But left me that token of thee:
And ne'er shall its soft tones be blended
With the voice of the spoiler by me!

　　우선 유대인들의 "원수"인 이집트에서의 유배상황을 의미하는 점
을 포착할 수 있다. 이때 베르디의 오페라 <나부코(Nabucco)>에 나
오는 "히브리 노예의 합창"이 상기된다. 전지전능하고 거룩한 하나

님의 "지성소"를 약탈하는 "원수"는 모세를 탄압하는 이집트인을 상징한다고 볼 수 있다. 그러니까 하나님과 이방인이 대적하고 하나님의 신탁적 대리인 혹은 선민으로서 "예루살렘"에 유대인이 존재한다. 이는 세상사에서 헬레니즘과 헤브라이즘의 대립, 천사와 악마의 투쟁을 의미한다고 볼 수 있다. 그런데 하나님은 선민들을 낙원으로 인도해야 하지만 믿음이 없는 선민들을 시험하기 위해 이집트의 말발굽에 방임하는 의지를 행사한다. 그래서 시련을 당하는 유대인들의 슬픈 감정은 흐르는 눈물을 상징하는 "강물"과 연관이 있으며, "강물"이 발원지가 있다는 점에서 이들의 존재적 기원과도 연관된다. 제국에 사는 유대인들은 제국의 "노래"를 불러야 하지만 즐거운 마음으로 부르지 않고 "하프를 연주"하지 않는 "이방인"에 불과하다. 이는 바이런의 오지랖 넓은 혹은 돈키호테적인 자기신념에 충실한 참여의식이다.[2] 웨스트민스터 사원이 하나님을 찬양하는 교회가 아니라 을씨년스러운 묘지로 전락했듯이, 그리스도를 찬양하는 "하프"는 더 이상 울리지 않는다. 그것은 "예루살렘"의 "영광"이 암시하듯 하나님의 믿음에 의한 인간의 투쟁이 아니라 르네상스 이후 하나님을 떠난 카인과 아벨의 후예로서 인간 상호 간의 골육상쟁이 벌어짐에 대한 반성과 탄식을 나타낸다. 화자가 보기에 인간사의 탐욕적인 제국주의의 찬가와 그리스도의 성스러운 "징조"로서의 찬송은 섞일 수가 없으며, 불경스러운 제국주의의 찬가를 부를 수 없는 순수성을 견지한다. 여기서 화자가 탄식하는 것은 인간의식의 스키

---

[2] 바이런은 유럽 전역을 유랑하며 그 독특한 문화인식이 「차일드 해럴드의 편력」에 반영되어 있다. 혹자는 남의 나라를 탐방하는 기행이 자신의 불구에 의한 콤플렉스를 만회하기 위한 전략이 아닌가 하는 의구심을 사고 있다. 또 그의 자유분방한 스타일은 호색한 「돈 주안」에도 잘 나타난다. 사회 참여적으로 그의 기질에 속하는 타자에 대한 간섭, 즉 남의 나라인 그리스 독립전쟁(1823)에 참전했는데, 이것이 바이런의 독특한 기질이다.

마가 절대자에 속해 있음을 시사한다고 볼 수 있다. 시적 화자는 그 삶의 과정에서 그 모세(Mose)의 유전자 혹은 스키마를 상실한 유대인들의 현실을 탄식한다. 제국에 살면서 제국에 적응할 수 없다는 것은 밖의 현실과 내면의 의식 간에 평형이 깨어진 상태를 의미하며 현실적으로 정상적인 삶의 이행이 불가능한 상황으로 볼 수 있다.

아이가 성장함에 따라 스키마는 점점 많아지고 복잡해지고 정교해질 것이다. 프랑스 식당에서 적절하게 행동하기 위하여 얼마나 많은 문화인의 스키마가 동원되어야 할 것인가? 아이가 개를 보고 머릿속에 저장된 개에 대한 스키마를 검색하여 맞추어보고, 고양이를 보고 개에 대한 기존의 정보를 고양이에 대한 스키마를 형성하기 위하여 비교한다. 피아제는 신생아의 경우에도 태생적인 스키마를 가지고 있다고 말한다. 예를 들어 아기에게 우유병, 가짜 젖꼭지, 손가락을 입술에 대면 흡입하는 경우가 이에 해당한다. 이것을 흡입 스키마라고 볼 수 있다. 아기가 딸랑이를 흔드는 것은 딸랑이를 쥐는 것과 흔드는 두 가지 스키마로 볼 수 있다. 그다음이 동화와 수용 혹은 조절(Assimilation and Accommodation)이다. 이는 세상에 대한 지적인 성장을 의미한다. 전자는 새로운 사물이나 상황을 다루기 위해 기존의 스키마를 사용하는 것이고, 후자는 기존의 스키마가 작동을 하지 않을 때와 새로운 사물이나 상황을 다루기 위해 변화될 필요가 있을 때를 의미한다. 그리고 평형(Equilibration)은 지성의 발전을 추동하는 힘이며, 이는 순간적으로 발생한다. 아이가 상황에 맞게 적합한 행동을 할 때는 스키마의 평형을 이룬 상태이며, 부적합한 행동을 할 때는 스카마의 불균형의 상태를 의미한다. 다시 말해 새로운 정보가 기존의 스키마와 적합하지 않는 경우이다. 2살 먹은 아이가 앞머리가 없고 주변머리가 곱슬머리인 대머리 사내를 보고 냅다 '광대'라고 소리치는 경우가 동화가 되지 않는 불균형의 사례 이다. 이처럼 세간에서 피아제의 발달심리의 영향력은 지대하다. 그는 기성세대들이 아이들을 지도하는 법에 대한 인식의 재고를 요청한다. 그의 대책은 아이들과 소통하는 법을 획기적으로 전환해야 하고, 아이들에게 사회생활과 인간관계에 적절한 스키마를 형성하도록 교육해야 한다는 것이다. 그러나 피아제가 아이들의 개별능력과 수행력을 제대로 구분하지 못했다고 비판을 받는다. 또 피아제의 연구가 선진국 아이들을 대상으로 실시되었다는 점에서 보편화되기가 어렵다는 것이다. 피아제의 주장은 사고가 언어에 선행하기에 행동은 언어에 부차적이라는 것이며, 인간의 추론은 어디까지나 생명이 없는 물질과 소통을 하는 것이 아니라 인간과의 소통을 위해 필요한 것이다.

발달심리학의 태두로서 피아제는 어린이가 구사하는 언어, 어린이가 바라보는 세계, 어린이가 사건을 이해하는 추론, 어린이가 생각하는 인간의 모습, 어린이가 선택하는 옳고 그름과 같이 어린이 특유의 사고에 몰두한다. 그리고 아이들이 바라보는 시간과 공간, 수와 양에 대해서도 천착한다. 이것은 피아제가 주장하는 구성주의 (constructivism)에 입각하며, 아이가 자신의 경험으로부터 지식과 의미를 구성한다는 이론이다. 다시 말해, 아이의 눈높이에 맞추어 교육을 해야 한다는 점에서 긍정적으로 인식된다. 그리고 그가 주목한 것이 '인지발달이론'(Theory of cognitive development)이다. 이는 아이의 초기인식이 지속되고 새로운 환경 속에서 갱신되는 것을 의미한다. 다시 말해 아이가 자전거를 진작 인식하고 오토바이를 바라볼 때에 오토바이도 자전거로 인식됨을 의미한다. 아이에게 과거 인식한 대상이 상기되어 기억과 현실의 대상이 중첩되는 것을 '대상의 영속성'이라고 한다. 이때 자전거와 오토바이의 차이점이 교육되어야 한다. 아이는 환경, 사회, 생태와의 관계를 지속적으로 갱신하고 설정해 나아가야하며, 그 수단으로 다른 동물들과 공유하는 생물학과 다른 동물에게는 없는 인식론이 필요하다. 인지발달은 주로 '구조와 기능의 변화'에 관한 것으로, 구조와 기능은 형식과 내용의 문제처럼 상호 보충적이기에 전자를 배제하고 후자를 설명할 수 없다. 이에 피아제는 구조와 기능을 통합하려는 모순적인 시도를 추진한다. 개성화에 따른 인성의 구조와 기능을 탐구하는 발달심리학은 피아제의 죽음으로 그 연구가 중단되었으나 그 여파는 유아교육에서 여전히 파급되고 있다.

아동과 어른의 인식과 행동의 차이에서 후자를 전자의 전범으로만 볼 수 있느냐가 피아제의 고민이다. 성경에서는 아동 같은 마음을 가지지 못하면 천국에 들어갈 수 없다고 하고 지상천국을 만들기 위하여 동심으로 돌아가자고 말한다. 그런데 생태에 역행하는 분별 없고 탐욕스러운 인간들은 아동의 마인드를 유치하고 미숙하다고 보아 이 경고를 무시하고 역행하고 있다. 인지발달이론의 요지는 인간이 파블로프(Pavlov)의 조건반사적 혹은 반응적 존재가 아니라 행동적 존재라고 본다. 그러나 반응이나 행동이나 같은 범주에 속한다. 인간을 무의식의 욕구에서 벗어나 의식적인 사고를 하는 존재로 보는 것은 서구 여타이론들의 동의반복(tautology)이 아닌가 싶다. 인간의 정신활동은 생존본능에 대한 의식적 토대로 환경에 적응하기 위한 태생적인 능력이다. 아동의 신체구조가 환경에 적응하듯이 아동의 정신도 환경에 적용해야 함은 이론(異論)의 여지가 없을 것이다. 외부세계에 적용하여 그것에 부합하여 생존하려는 아동의 노력이 아동의 인지발달의 동력인 것이다. 일반적으로 문화적인 관점에서 인지발달과정에 거쳐야 할 4단계의 과정이 있다. 마치 강호에 진출하기 위해 소림사의 고수라면 거쳐야 할 훈련과정이 있듯이. 물론 늑대소년과 타잔, 아프리카 원시아동과 티베트 불교아동과 같이 서구의 문화적인 아동과 판이한 환경 속에서 성장하는 아동들이 있을 것이다.

1단계는 감각운동기로 생후 2세까지 해당하고 이때 인과성과 대상의 영속성을 체험한다. 젖병을 손에 잡고 입으로 들어가는 것과 엄마의 모습이 연속된다. 그리고 표상적 사고가 재현되는데 이는 소꿉놀이와 인형놀이 같은 것으로 일종의 지연된 모방(deferred imitation)이다. 2단계는 전조작기로 2-7세에 해당한다. 조작이라는 개념을 현실에 적용하는 것을 의미한다. 이때 유아는 프로이트가 주장한 실패게임(포르트-다 게임)처럼 표상에 의한 대리만족과 욕구를 재현하나 개념을 실생활에 적용하여 현실에 대처하는 능력은 미숙하다. 이 시기에는 사물에 대한 언어적 대응이 미숙하기에 직관이 발달되는 것은 당연하다. 이런 점에서 유아들은 허위의 상징 속에서 타자를 기만하려는 성인보다 정직하다. 이 시기에 유아들의 특징을 정리하면 직관적 사고, 자기중심적 사고, 처음의 사고에 집착하는 비가역적 사고, 장난감을 포함하여 모든 사물이 살아 움직인다고 보는 애니미즘(animism)적 사고, 상/벌의 조건과 규칙의 준수에 집착하는 도덕적 실재론(moral reality), 꿈과 현실의 혼재(dream reality)이다. 3단계는 구체적 조작기이며 7-11세에 해당한다. 이때 아이들은 사물,

사건, 상황에 대해 어느 정도 추론하고 대응할 수 있는 능력이 있다. 또 기존의 인식으로부터 탈피하여 다양한 탐색을 시도하는 탈-중심화, 자율성, 도덕성, 형태가 조금 변하여도 실체가 여전히 변함이 없음을 인지하는 보존개념을 유지하려 한다. 인간이 상징을 최대한 활용하여 점차 초월적인 존재로 전락하는 4단계를 형식적 조작기(formal operational period)라 부르고 12세 이후에 해당한다. 이때 상징성, 추상성을 발휘하는 시기인데 경험 없이 고답성이 아닌 융통성에 입각한 추상적인 사고, 하나의 문제와 다른 문제를 연결시켜 해결하는 조합적 사고가 가능한 시기이며, 전제와 가정과 추론을 통해 연역적, 귀납적 사고를 할 수 있다. 이 점을 셸리의 「탄식("A Lament")」에 적용해보자.

오 세상이여! 오 인생이여! 오 시간이여!
나 이제 마지막 계단에 올라,
이전에 서있던 곳을 보며 전율을 느끼네.
그대 청춘의 영광 언제나 돌아오려나?
다시는 - 아, 다시는 오지 않으리라.

밤과 낮이 지나
기쁨은 달아났네.
새 봄도 여름도 서리 내린 하얀 겨울도
내 연약한 가슴을 슬픔으로 흔들어 놓지만, 기쁨과 함께
다시는, 아 - 다시는 오지 않으리라.

Oh world! O life! O time!
On whose last steps I climb,
Trembling at that where I had stood before;

When will return the glory of your prime?
NO more – oh, never more!

Out of the day and night
A joy has taken flight;
Fresh spring, and summer, and winter hoar,
Move my faint heart with grief but with delight
No more - oh, never more!

전체적으로 사물의 영고성쇠를 보여주는 전형적인 엔트로피의 모델을 제시한다. 그것은 가치 있는 것이 가치 없는 것으로 전락한다는 것이다. 이것이 사물의 신비한 운행의 결과이며 이 불가지의 운동은 결코 중단할 수 없을 것이다. 그런데 붓다는 따분하고 고달픈 인생의 쳇바퀴인 윤회의 불가역적인 운행을 스스로 멈추었다고 하지만 인간들이 보기에 과학적으로 의식적으로 논리적으로 신뢰할 수 없다. 그것은 대부분의 인간이 아는 것은 현상적인 차원에 불과하기 때문이다. 이와 달리 예수는 이 비극적인 사물의 운행으로부터 자유로운 이데아의 세계인 천국을 설정하고 있으니, 탈속하여 심신의 경계를 왕래하는 극도의 수행을 통해 이르는 고통의 마비상태에서 욕망을 소멸시켜 맞이하는 전인미답의 해탈 혹은 법열보다는 단지 예수를 믿음으로 말미암아 죄에서 해방되어 천국에 이르는 것이 더 나은 방편이라고 수학자 파스칼(Pascal)3)이 권장한다. 이와 달리

---

3) 수학자 파스칼은 그의 대표적인 저술인 『팡세(Pensées)』에서 예수를 기적적으로 실존적으로 조우했음을 기술하고 있으며, 소설가 김승옥도 『무진기행』의 모두에 예수와의 조우를 밝히고 있다. 그리하여 파스칼은 '파스칼의 선택'(Pascal's wager)라는 개념을 만들어 낸다. 그것은 불확실한 사후의 세계에서 손해 볼 것 없으니 예수를 믿고 천국에 가라는 것이다. 그 후 김승옥은 절필하고 인도로 선교여행을 떠난다.

화자는 청춘의 소멸 뒤에 도래하는 비극성을 예단한다. 이는 위에서 언급된 인간이 개성화의 과정에서 인간의 본질적인 사고 작용으로 객관적인 대상이 초월적인 존재로 변하는 4단계의 형식적 조작기의 전형을 보여주며 상징성, 추상성, 융통성을 최대한 발휘하고 있다. 아울러 정상적인 성인의 의식에 해당하는 전제와 가정과 추론도 행사되고 있다. 화자는 과거와 현재를 비교하여 "전율"을 느끼고, 현재 이후의 도래할 무신론적인 적멸의 세계를 추상한다.

06

신과학운동

카프라(F. Capra): 예이츠(William Butler Yeats),
로런스(D. H. Lawrence)

카프라(F. Capra): 예이츠(William Butler Yeats), 로런스(D. H. Lawrence)

　과학자이면서 과학과 공학의 위험을 경고하는(243), 물리학의 일
상화에 기여한 카프라는 세인들과 상당히 유리된 상아탑 속의 기인
이지만 그의 학문과 세상과의 간극을 좁히기 위해 부단히 노력한 학
자임을 부인할 수 없다. 그는 과학도이면서 과학의 모로 가도 결국
귀착되는 고질적인 환원적 원리인 논리주의, 이성주의, 합리주의, 귀
납주의로의 완전한 경도를 지양하고 모순적으로 애매한 동양의 힌
두교나 불교 속에 함축된 신비주의를 무시할 수 없는 삶의 근거가
되는 이즘(-ism)으로 보아 물리학이 마치 "표본실의 청개구리"처럼
그저 생경한 실험실의 객관적인 모델이나 표본이 아님을 입증하려고
노력한다. 특히 낙양의 지가(紙價)를 올린 불후의 베스트셀러인『물
리학의 도(*Tao of Physics*)』를 통하여 물리학이 일상과 괴리된 분야
가 아니라 일상과 직결되는 현실과학임을 주장한다. 청기와 정신에
충실한 물리학이 특정인의 전유물이 아님을 공개적으로 선포하고
자신의 심오한 저술에 대한 눈높이를 독자들의 수준으로 조절한다.
그래서 이 저술의 내용이 전문가만을 위한 것이 아니라 일부의 내용
을 제외하고 독서대중의 접근도 가능케 한다. 모두에서 그는 원광법

사가 사오정에게 던지는 화두처럼 심원한 물음을 던진다. 그것은 '도가 무엇인가?'다. 굉장히 본질적인 물음이기에 속 시원한 해답이 없어 보이지만 현재 그 의미가 세인의 지평 속에 일반화되어 있다.[1]

도는 사물의 본질을 의미함과 동시에 사물, 사건, 현상의 발생과 소멸에 직결되어 있는 힘이다. 한국의 변화무쌍한 정당처럼 사물의 다양한 통합과 분열은 도의 기본적인 현상이다. 만남과 헤어짐, 건설과 파괴, 청춘과 노년은 같은 현상이다. 우주적인 것은 내재적으로 역동적이며 그 역동성의 신비가 동양철학의 근본주제이다. 누가 우주만물을 운행하고 있는가? 화성으로 가는 우주선을 인간이 운행하듯이 우주만물도 그 배후에 그 누가 운행하는 우주선인 셈이다. 이것을 어떻게 입증할 수 있겠는가? 그 추진과정은 모르지만 메마른 들판에 잡초가 솟아나기에 이를 추진하는 세력이 보이진 않지만 분명히 존재하지 않겠는가? 이를 하나님이라고도 하고 자연 혹은 도라고 할 수 있을 것이며, 이데아와 사물 혹은 사물과 그 복제 혹은 모방의 원리를 통해 입증될 수 있다. 존재론적으로 복제라고 할 수 있고 인식론적으로 모방이라고 할 수 있을 것이다. 동양의 현자들은 애초에 우주를 나눌 수 없는 구조로 본다. 우주의 부분과 부분은 연결되어 있고 역동적이고 정적이지 않다. 우주의 연결망은 살아 움직이며 성장하고 변화한다. 전체와 부분의 관계는 마치 하나의 조직 속에 존재하는 다양하고 상이한 구성원들의 모습과 같다. 전문적으

---

1) 이하의 내용은 카프라의 저술 『물리학의 도』에 나오는 내용을 필자의 인식으로 재가공한 것이다. 그래서 카프라의 인식과 배치되는 부분도 있을 것이다. 이는 요즘의 문학적 추세에 따라 실천되는 독자와 텍스트가 끝없이 소통하는 바흐친(Mikhail Bakhtin)이 주장하는 대화주의(dialogism) 아니 카니발주의를 상기한다. 아니면 저자의 텍스트를 주제넘게 첨삭하는 전 세계독자들에 의해 끝없이 갱신되는 미완의 위키백과의 작성에 적용되는 하이퍼적 글쓰기(hyper-writing)에 해당한다고 볼 수 있다.

로 말하자면 동일한 궁극적 실재를 바탕으로 발현되는 다양한 개체의
조합이라고 볼 수 있다. 이 점을 예이츠의 「비잔티움("Byzantium")」
에 적용해보자.

낮의 정화되지 않은 이미지들이 물러난다.
황제의 술 취한 군졸들은 잠자리에 들었다.
밤의 메아리도, 야간 보행인의 노래도
대성당의 큰 종이 울린 후에는 물러난다.
별빛이나 달빛 비친 둥근 지붕은 경멸 한다
인간이라는 모든 것을,
다만 복잡하기만 한 모든 것을,
인간 혈기의 분노와 진창을.

내 앞에 이미지가 떠다닌다, 인간인지 망령인지,
인간이라기보다는 망령이고, 망령이라기보다는 이미지인;
왜냐면 미라 형겊에 감긴 황천의 실패가
구불구불한 길을 풀어 놓을 지도 모르니;
습기도 없고 호흡도 없는 입을
호흡 없는 입들이 소환할지도 모르니;
나는 그 초인을 환영하노라;
나는 그것을 생중사 사중생이라고 부른다.

기적이, 새나 황금 세공품이,
새나 수공품 이상의 기적이,
별빛 찬란한 황금가지 위에 놓여져,
황천의 수탉처럼 울 수 있거나,
달빛에 격분하여 큰 소리로 조롱할 수 있는 것은
변치 않는 금속을 찬양하여
보통의 새나 꽃잎을

그리고 진창과 피의 모든 얽힌 것들을.

한밤에 황제의 길 위를 날아다닌다
고기를 제공하지 않고, 금속의 마찰이 없이,
폭풍우도 방해하지 않는 불꽃들이, 불꽃에서 나온 불꽃들이,
거기로 피에서 나온 영혼들이 오고
격노의 모든 얽힌 것들이 간다,
춤 속으로 죽어간다,
황홀한 고뇌 속으로,
소매도 그을릴 수 없는 화염의 고통 속으로.

돌고래의 곤경과 혈기 위에 걸터앉아,
이어지는 영혼! 대장간이 홍수를 부순다,
황제의 황금 대장간이!
무도장 바닥의 대리석들이
얽히고 쓰라린 격분을 부순다,
여전히 새로운 이미지들을 낳는
그 이미지들을,
그 돌고래에 찢긴, 그 징의 괴롭힘을 받은 바다를.

The unpurged images of day recede;
The Emperor's drunken soldiery are abed;
Night resonance recedes, night walkers' song
After great cathedral gong;
A starlit or a moonlit dome disdains
All that man is,
All mere complexities,
The fury and the mire of human veins.

Before me floats an image, man or shade,

Shade more than man, more image than a shade;
For Hades' bobbin bound in mummy-cloth
May unwind the winding path;
A mouth that has no moisture and no breath
Breathless mouths may summon;
I hail the superhuman;
I call it death-in-life and life-in-death.

Miracle, bird or golden handiwork,
More miracle than bird or handiwork,
Planted on the star-lit golden bough,
Can like the cocks of Hades crow,
Or, by the moon embittered, scorn aloud
In glory of changeless metal
Common bird or petal
And all complexities of mire or blood.

At midnight on the Emperor's pavement flit
Flames that no faggot feeds, nor steel has lit,
Nor storm disturbs, flames begotten of flame,
Where blood-begotten spirits come
And all complexities of fury leave,
Dying into a dance,
An agony of trance,
An agony of flame that cannot singe a sleeve.

Astraddle on the dolphin's mire and blood,
Spirit after Spirit! The smithies break the flood.
The golden smithies of the Emperor!
Marbles of the dancing floor

Break bitter furies of complexity,
Those images that yet
Fresh images beget,
That dolphin-torn, that gong-tormented sea."

모두의 스탠자에 나오는 풍경은 자연적이고 인공적인 하루의 일상에 관한 것이다. 화자가 보기에 낮의 이미지들은 그리 바람직하지 않다. 모든 일상이 에너지의 제1, 제2 원리에 의한 파행적인 결과를 수렴한 것이다. 일상은 대부분 사물을 개조하려는 인간의 만행으로 수렴된다. 혁명, 혁신, 창조, 파괴는 특별하고 긍정적이고 부정적인 것이 아니라 삶의 과정에서 인간에게 부여된 본질이자 사명이다. 어린이에게 삶이라는 점토가 주어지고 어린이는 주어진 각자의 시간에 따라 점토를 주물러 기괴한 이미지들을 조형한다. 그것은 천하를 점령하려는 "황제", 그의 하수인인 "군졸", 일상의 반역을 시도하는 "야간 보행인"의 이미지로 나타난다. 자연, 사물, 도(道)를 파기하는 것은 부침이 있는 인간의 "혈기"이며, 그것의 본질은 끈적끈적하고 지저분한 "진창"이다. 따라서 도는 사물에 반역하지 않지만 인간은 사물에 반역함이 드러난다.

두 번째 스탠자에 사물에 대한 시인의 근본적인 인식이 드러난다. 그것은 인간, 망령, 이미지가 병치되고 있기 때문이다. 인간이 망령이 되고 망령은 이미지가 된다. 인간이 유령을 보고 유령은 인간의 뇌리에 이미지를 낳는다. 이것은 실재에서 실체로, 그리고 모방 혹은 의미로 나아가는 단계를 제시한다. 그러나 인간의 전 단계에 해당하는 것은 수돗물의 원천으로서 심원한 계곡의 옹달샘에 해당하는 이데아 혹은 성경에 나오듯 인간의 원조인 형체 없는 조물주가 될 것이다. 이렇듯 말단에 놓인 것은 중심을 지향하게 마련이다. 인간도 창조의 유전자를 지녀 말단에서 중심을 지향하며 그 험난한 과정을 종교, 주술, 미신, 마술, 명상의 수레를 타고 간다. 간단히 말해서 실을 따라가면 그 원천으로서의 실패를 찾게 된다는 것은 일상의 지혜이며, 이것이 자연에 드러난 실재의 단초이다. 다시 말해, 실패의 실에 해당하는 터미널로서의 인간을 따라가면 그 기원의 단초를 찾게 될 것이며, 이를 일종의 실패이론(reel theory)이라고 칭할 수 있을 것이다. 물론 인간을 지상에 내던져진, 끈 떨어진 연으로 보는 실존주의자들이 있긴 하다. 인간 그 누구도 인생의 시작과 끝을 알 수 없기에 마치 그리스신화에 나오는 미궁인 '라비린토스'(Labyrinthos)와 같아 오리무중이지만 그럼에도 반드시 시초가 있는 법이다. 그것은 모든 것이 시작과 끝이 있기 때문이며, 원인과 결과가 있기 때문이며, 청춘이 있으면 노년이 있기 마련이다. 또 자연이 있으면 그것의 모방인 문화와 예술이 있고, 인간이 존재하면 그것의 원천이 되는 조물주가 있을 것이고, 하류가 있으면 상류가 있을 것이다. "습기"와 "호흡"이 없는 죽은 것과 마찬가지인 것을 "호흡 없는" 것이 소환한다. 다시 말해, 무지몽매한 인간을 "슈퍼맨"을 의미하는 "호흡 없는" 전지전능한 실재가 피안으로 소환한다. 다시 말해 기원과 근본과 원천을 모르는 인간을 정체 없는 실재가 소환한다. 이를 자연, 실재, 도, 조물자, 제1원인자, 빅뱅의 주체라고 부르자. 살아 있지만 동시에 죽었고, 죽었지만 동시에 살아 있는 것이 인간의 운명이다. 물론 기호적이긴 하지만 살아 있지만 죽은 "생중사"의 인간이 얼마나 많으며 죽었지만 살아 있는 "사중생"의 인간이 얼마나 많은가?

그러나 양자는 상호 대립되는 것이 아니라 상호 하나가 된다. 따라서 원본과 아류, 자연과 모방, 자연과 인간, 자연과 문화, 개인과 사회는 별개가 아니라 사실상 하나이다.

세 번째 스탠자에서 물질의 불멸성을 통해 영원에 대한 갈망이 드러난다. 자연에서 인공물로, 사물에서 예술로의 이행을 보여준다. 이집트의 왕을 사후 황금가면을 쓴 미라로 만든다. 이것은 순간을 사는 인간이 영원으로서의 신에 대항하는 수단이다. 그것은 역사를 만드는 일이다. 인간의 순간이 모여서 거대한 전설이, 신화가, 역사가 된다. 그리하여 인간의 피와 땀이 적셔진 시/공은 언제나 함께 영원에 이를 수 있다. 일심동체인 시/공의 영원을 보장하고 추진하는 장치는 다름 아닌 모방이다. 그다음 스탠자에서는 자연의 법칙을 벗어난 일이 벌어지는 초월적인 공간이 등장한다. "고기"를 태워, "금속"을 부딪치는 생체적이고 물리적인 수단으로 밝히지 않은 "불꽃"이 어둠을 밝힌다. 마치 미디안 광야에서 40여 년을 헤매던 모세가 떨기나무에서 발견한 하나님의 계시로서의 타지 않는 불을 본 것처럼 (출애굽기, 3:1-5). 불은 타는 불과 타지 않는 불이 있는 셈이다. 전자는 후자에 의해 소멸될 것이다. 혈기로 불태운 열정과 정열의 소산은 남녀 투합한 결과인 인간의 탄생처럼 비극의 동기가 될 것이다. 스테이크로 배를 채우고 불철주야 진리를 찾아 헤매는 상아탑의 서생처럼. 인간은 동물과 같이 보이는 목적을 향해 정열을 불태우는 것이 아니라 보이지 않는 것을 대상으로 삼아 헛되이 정열을 불태우며 "고뇌"하다 사라지는 동물이면서 동물이 아닌척하는 해괴한 존재이다. 시인은 보이지 않는 불꽃은 도로에 그치는 인간의 공염불이고 이것이 "고통"의 끄나풀임을 제시한다. 여기서 "황홀한 고뇌"는 표리부동한 삶에 대한 역설이며 겉으로 보기에 화려한 개선장군의 심사는 "화염의 고통" 속에 사로잡혀 있다.

마지막 스탠자에서 바다는 찢겨 있다. 돌고래의 유영으로, 철썩철썩 소리치는 "징"소리로, 세상은 찢겨 있다. "대장간"의 해머가 "대리석"을 연마하고, 사물의 "이미지"를 창조한다. 바다와 세상이 파괴되는 동기는 "곤경", "혈기", "격분"이며, 그 결과 연마되고 가공된 "대리석"의 이미지가 창조된다. 인간은 산과 일체인 자연석을 채집하고 가공하여 로댕의 <생각하는 사람>이라는 위대한 이미지를 만든다. 이와 달리 "돌고래"는 남근을 상징하며 풀무질하는 "대장간"은 남녀의 교접으로 볼 수 있다. "무도장" 바닥은 남녀가 회합하는 곳으로, 가이아로서 "바다"를 추달한 결과 고통의 이미지들, 즉 자연의 일그러진 피조물인 인간들이 탄생된다. 다시 말해, 모래사장에 무수히 널린 여러 모양의 자갈들이 인간의 의지와 무관하게 에너지의 원리에 입각한 세월의 파도가 추달하여 가공, 연마된 닳아빠진 인간의 모습이다.

카프라는 물질의 구성단위인 원자, 분자, 양자, 전자, 중성자 가운데 양자이론(quantum theory)과 불가사의한 동양의 종교를 연결함으로써 동서의 문화적 융합을 시도한다. 이미 마치 '서양'이라는 개념이 '몸'을 의미하는 'Occident'와 '동양'이라는 개념이 '마음'을 의미하는 'Orient'의 융합이라고 볼 수 있다. 그의 주장은 우주의 이해는 그것이 전체적으로 상호 연결된 역동성의 구조라는 것에 대한 우선적 인식이 첩경이라는 것이다. 인도 고대철학에서 힌두교와 불교도가 암묵적으로 공유하는 개념이 있다. 그것이 브라만(brahman)이다. 이 개념은 산스크리트어인데 살아 있고 유동하는 성장을 의미한다. 그것을 수록한 경전인 우파니샤드에서 이 초월적인 개념은 '일체, 불멸, 유동'을 의미한다. 이의 본질을 이해하는 노력에 동양정신의 사활이 걸려 있다. 우주는 움직이고, 진동하며, 춤춘다. 물질의 움직임은 파동의 결과로서 양자물리학에서 다룬다. 그것이 '원자를 구성하지만 원자보다 작은 입자'인 아원자(subatomic)[2]의 본질이다. 이는 보는 사람에 따라 시간과 상대적이라고 보는 상대성이론과 연결되어 있으며, 시간과 공간은 분리된 것이 아니라 일체이며 물질은 그 활동으로부터 유리될 수 없다는 것이다. 따라서 공간을 차지하는 물질이 있는 곳에 시간이 존재한다. 삶의 공간이든 죽음의 공간이든 통시적인 시간의 추이에 따라 그 현미경과 망원경이 탑재된 시간의 유람선에 승선한 동시적이고 공시적인 구성원들의 존재와 역할이 시시각각 변할 것이다. 이를 인간의 삶에 비유하면 지상의 한 공간을 차지하는 인간의 현존재(dasein)는 시간의 흐름에 따라 역동적으로 청년에서 노년으로 변해가는 것이다.

아원자의 본질은 운동, 상호작용, 변형의 관점에서 연구되어야 한다. 카프라가 물질이 운동과 유리될 수 없음을 주장한 것은 대단히 타당하다. 현대물리학의 오류는 빈 공간으로서의 공간이 아니라, 공간의 운동이 아니라, 물질의 운동으로서 동작의 개념 속에 위치한다. 미립자, 힘, 장, 공간, 시간의 개념과 연루된 서구의 물리학은 동양에서 신봉하는 기성개념의 범주를 초월하는 세계관을 결코 이해할 수가 없다. 고대 인도철학자들이 어떻게 우주를 역동적인 통일체로 보았는지, 물질이 무엇인지, 어떻게 브라만이 사물들을 연계시키고 발

---

2) 물질은 분자로, 분자는 원자로, 원자는 입자로, 입자는 아원자로 구성된다. 이를 간단히 설명하기 위해 초끈이론(super-string theory)이 제시된다(http://www.hexomia.co.kr/bbs/board).

생시키는지를 모른다. 그리하여 동양의 철학은 궁극적으로 신비주의와 의미론을 벗어나는 법열의 직관 위에서 성립되었다. 따라서 서구의 심층생태학은 손쉬운 연장으로서의 과학적 인식의 저편에 자리하는 실재에 대한 인식에서 시작되어야 한다. 변화와 생성의 와중에 존재하는 개체들의 상호 의존적 발현에 대한 동지적 인식. 인간은 전체로서 하나와 연결되어 있다는 인식을 절감할 때 생태적 인식이 단순히 기계적인 몸놀림이 아니라 진정하게 정신적인 총체임을 이해하게 된다. 개인의 사고가 우주와 연결되어 있음은 라틴어에 잘 나타난다. 그것은 종교라는 낱말인데 영어의 'religion'에 해당하는 'religare'로 그 의미는 '강하게 결속한다'(to bind strongly)는 것으로 통합(union)을 의미한다. 이 저술에서는 양자이론과 상대성이론이 힌두교, 불교, 도교와 연관 지워 기술되고 있다.

일상에서 우리는 모든 사물이 연계되어 있음을 인식하지 못하고 격자 속에서 분리되어 있는 것으로 생각한다. 주체와 객체, 나와 타자가 분리된 것으로 생각하여 소외와 고독을 느낀다. 이것은 자가당착이며 사실 세상의 모든 사건과 대상이 우리와 연관되고 연결되어 있다. 이러한 분리와 구분의 무관심이 능률적이고 편안하지만 이것이 현실의 기본적인 원리가 아니라 현실을 아전인수식으로 해석한 것이며, 우리의 차별적이고 범주화된 추상적인 인식이다. 분리된 것으로 보이는 하나의 전체로서의 우주적 실재를 알다시피 힌두교에서는 브라만이라고 했고, 불교에서는 다르마카야(Dharmakaya, The Body of Being) 혹은 타다타(Tathata, Suchness), 도교에서는 도(tao)라고 한다. 우주적 실재 그 자체로는 무의미하기에 유의미하기 위하여 다양한 재현체로 존재해야 한다. 그러나 굳이 변덕스러운 재현을 시도하지 말고 그냥 존재해도 될 일이다. 그리고 각각의 재현은 끝없이 서로의 모양을 변형시키면서 나아간다. 원자물리학에서 아원자는 각각의 고립된 실체로서는 무의미하고 아원자 간의 상호 연관성을 통하여 실체를 유지하기에 양자물리학에서는 우주의 기본적 일체감을 드러낸다. 지구의 형제애를 표현하는 팝의 제목처럼 '우리는 하나!'(We are the world!)라는 것이다. 그런데 우리는 인위적으로 세상을 각각 미립자로 존재하는 최소의 단위로 현미경적 분할을 시도하지만 우리가 물질의 내부로 침투하여 물질의 본질을 투명하게 알고자 할 때 물질은 스스로의 모습을, 종적을 감추고 인간은 미궁에 빠진다.

선문답 같지만 이것은 이것이 아니고 저것은 저것이 아니며, 이것은 저것이고 저것은 이것이다. 이것과 저것의 상대성이 그치는 지점에 도가 존재한다. 부분은 전체에서 나온다. 여기서 헤라클레이토스의 말이 상기된다. 덩어리에서 조각이, 부스러기가 나온다는 것. 브라만은 하나이지만 다수의 근원이 된다. 브라만은 태어나지 않은 개체들을 내부에 품고 있다. 하나가 다수로 나뉘어 형체 없는 형체가 된다. 하나와 다수의 문제에서 하나는 인간의 집요한 이성, 논리, 공식, 언어에 의해 결코 파악될 수가 없을 것이다. 이 인간적인 구속과 억압의 수단들은 대조, 비교, 비유가 가능하도록 두 개 이상의 다수가 전제되어야 한다. 형이상학과 신학을 동원하여 하나와 다수의 문제를 풀 수 없다. 우리는 자기충족이 불가능한 다수 개체들의 한 우주에 존재한다. 이때 인간이 의지하는 대상이 힌두교에서 브라만이다. 인간의 경험은 즉물적이 아니라 개념적이고 인간이 생각하는 현상학적인 범주 속에 편입된다. 군대생활의 혹독한 체험이 시간이 흘러 로맨틱한 추억이 되는 것이다. 이 난제에 접근하는 방식은 우주를 하나의 영원한 무한체로 인식하는 것이며, 이것은 파동매체의 자질을 가지고 있다. 인간은 하나의 거대한 무한 우주라는 그릇에 담긴 먼지 알갱이로서의 개체에 불과하다. 그 개체는 각각 무한대의 우주를 시공간적으로 유한하게 상호 주관적으로 바라보고 있다. 우주는 내재적으로 역동적이기에 산천초목의 변화를 초래한다. 이 동적인 실체의 기원을 따라 동서양의 철학이 추적하지만 여태 소식이 없다.

인도철학에서 브라만은 출생을 의미하고 역동과 성장을 암시한다. 우파니샤드3)에서 브라만은 동일성, 불멸, 유동을 의미한다. 우주의 역동성을 의미하는 또 하나의 개념이 신을 찬미하는 리그베다(Rig Veda)에 나온다. 이는 사물의 진행과 자연의 본질을 의미하기도 한다. 브라만과 '도'는 유사한 의미를 가진다. 우주의 운행과 자연의 질서. 베다시대의 선지자들과 마찬가지로 중국의 현자들도 세상을 흐름과 변화의 관점에서 보았다. 브라만이 리타(rita)4)로 대치되기도 한

---

3) 산스크리트어로 '(사제 간에) 가까이 앉음'이란 뜻으로, '스승과 가까이 앉아 스승에게 직접 전수받는 신비한 지식'이라고 해석되기도 한다. 원뜻처럼 문헌 대부분이 스승과 제자 사이의 철학적 토론으로 구성되어 있다. 예로부터 천계서(天啓書)로 신성시되었다. 브라만교(婆羅門敎)의 성전(聖典) 『베다』에 속하며 시기 및 철학적으로 마지막 부분을 형성하기 때문에 '베단타(Vedānta: 『베다』의 끝·결론)'라고도 한다. 부언하면, 인도의 정통 브라만 철학의 연원으로서, 철학·종교 사상의 근간·전거(典據)가 되었다. 근본 사상은 **대우주의 본체인 브라만(Brahman:梵)과 개인의 본질인 아트만(Ātman:我)이 일체라고 하는 범아일여(梵我一如)의 사상**으로 관념론적 일원철학이라고 할 수 있다. 또 외부가 아닌 내면에 있는 신을 찾고 의례적인 제식이 아니라 만물에 스며 있는 브라만을 찾으라는 가르침이 핵심이다(네이버 백과).

4) Rita, Sanskrit ṛta ("truth" or "order"), in Indian religion and philosophy, the cosmic order mentioned in the Vedas, the ancient sacred scriptures of India. As Hinduism developed from the ancient Vedic religion, the concept of rita led to the doctrines of dharma (duty) and karma (accumulated effects of good and bad actions). Rita is the physical order of the universe, the order of the sacrifice, and the moral law of the world. Because of rita, the sun and moon pursue their daily journeys across the sky, and the seasons proceed in regular movement. Vedic religion features the belief that rita was guarded by Varuna, the god-sovereign, who was assisted by Mitra, the god of honour, and that the proper performance of sacrifices to the gods was necessary to guarantee its continuance. **Violation (anrita) of the established order by incorrect or improper behaviour, even if unintentional, constituted sin and required careful expiation.** (http://www.britannica.com).

다. 이는 모든 신과 인간이 종속되는 우주적 법칙이자 삶의 길을 의미한다. 아울러 인생의 규율로서의 다르마와 인간의 언행으로서의 카르마도 고려해야 한다. 힌두교에서 우주를 추동하는 무희로서의 시바(shiva)는 우주의 역동적인 인격화를 가장 잘 나타내는 말이다. 시바의 춤으로 인하여 사물이 변화되고 진행된다. 모든 사물이 그 춤 속에 포섭된다. 한마디로 말하면 우주의 역동적인 단일화의 거대한 총체. 모든 사물의 순간성, 무상성이 불교의 출발지점이다. 그것은 모든 결합된 것, 결속된 것이 결국 해체된다는 것이다. 심리학적으로 응축에 해당하는 카텍시스(cathexis)와 분산에 해당하는 카타르시스(catharsis)의 반복적인 조합이다. 단단한 청년의 근육은 노인이 되어 흐트러지고, 국민의 단결은 기강의 해이로 와해된다. 진시황제가 군마를 상시 조련한 것도 단결의 결속이 와해됨을 방지하려는 반자연적인 조치일 것이다. 인간이 자초하는 고통의 원인은 고정된 것에 집착하는 고질병에서 비롯된다. 자기의 재산, 위치, 가족, 명예, 청춘이 영원히 고정적으로 지속되기를 바라는 욕심에서 고통이 발생한다. 구상이든 비구상이든 예술 또한 예술가의 사물에 대한 고정적 의식, 즉 사물에 대한 편집증을 반영하는 것이기에 고통의 원인이 된다.

동양에서는 우주를 하나의 연결된 역동적인 그물로 본다. 물질의 역동적인 모양이 파동의 결과, 즉 아원자의 본질을 중시하는 양자이론에 기초하며 상대성이론에 연관된다. 알다시피 이 이론은 시/공은 결합이 되어 있고 물질의 존재(공간)는 그 활동(시간)으로부터 유리될 수가 없다. 물질은 잠잠하지만 유동성의 상태에 머물기에 정중동의 상태를 유지한다. 그 리듬의 양상은 분자적, 원자적, 핵 구조에 의해 결정된다. 그런데 산산이 흩어지는 입자와 규칙적, 불규칙적인 파동은 모순적인 관계에 처한다. 무능한 낱개의 부분이 결합되어 유능한 전체가 되는 것은 모순이다. 다시 말해 분자가 결합되어 움직이니 곧 원인무효의 상태가 물질의 상태 아닌가? 여기서 양자역학에 대한 약간의 힌트가 필요하다. 뉴턴은 시간과 공간을 다루는 거시적 물리학을 주장했다. 이 법칙을 이용하여 케플러 법칙[5]과 밀물/썰물의 원리를 설명할 수 있지만, 이것도 한계에 부딪혀 다음의 원리에 의해 대체된다. 그것이 상대론과 양자론이다. 전자는 빠르게 움직이는 물체에 적용되는 이론이며, 후자는 미세한 물체에 적용되는 이론이다. 현재 유행하는 이론은 양자이론이다. 가시적인 거시이론에 비해 비가시적인 미시이론을 다루는 양자이론은 인간일상의 외면적인 모습인 거시세계와는 다른 미시세계의 모습을 다룬다. 물질에도 가시적인 부분이 있고 비가시적인 부분이 있다. 그런데 같은 물질인데 각 부분의 모습이 전체와 다르다는 것은 모순이 아닌가? 인간의 거시적인 경험과는 판이하게 다른 것이 미시적인 이면의 모습이다. 이것이 파동과 입자의 이중성(duality)이다. 양자의 질서는 인간의 축적된 경험의 세계에서 발생하는 현상과 다르다. 궁수가 화살을 쏠 때 거리, 방향, 풍속, 힘을 적절히 감안하여 과녁을 명중시킬 수가 있지만, 비가시적인 양자의 세계는 인간이 예측하기가 힘이 든다. 또 다윗의 돌팔매가 골리앗을 맞힌 것도 거시적인 고전적인 물리법칙의 차원에서 이해가 될 수 있다. 날아가는 윌리엄 텔(William Tell)의 화살과 다윗의 돌은 예측이 가능한 경험이고 실험이다. 문제는 불규칙적인 암흑

---

5) 아이작 뉴턴이 만유인력의 법칙을 발견하기 약 반세기 전, 케플러는 티코 브라헤가 평생 동안 천체를 관측하면서 축적한 자료들을 분석하여 유명한 케플러의 행성운동법칙을 발표하였다. (1) 행성은 태양을 한 초점으로 하는 타원궤도를 그리면서 공전한다. (2) 행성과 태양을 연결하는 가상적인 선분이 같은 시간 동안 쓸고 지나가는 면적은 항상 같다. (3) 행성의 공전주기의 제곱은 궤도의 긴반지름의 세제곱에 비례한다(wiki.com).

천지의 양자의 터전 위에 규칙적으로 보이는 물체가 놓여 있다는 것
이다. 양자의 덩어리인 지구가 규칙적으로 태양을 돌고 있지 않는가?
이런 점을 로런스의 「제대로 된 혁명("Sane Revolution")」에 적용해
보자.

혁명을 하려면 재미로 하라
무섭게 하지 마라
너무 진지하게 하지 마라
재미로 하라

사람들이 미워서 혁명을 해서는 안 된다
그저 그들의 눈에 침 한번 뱉기 위해서 하라

돈을 위해 혁명을 하지 말고
돈에 저주받는 혁명을 하라

균등을 위한 혁명을 하지 말라,
혁명을 하라 우리가 너무 많은 균등을 가지고 있기에
사과 수레를 뒤집어
사과가 어느 쪽으로 굴러가는가를 보는 재미가 있을 것이다.

노동자 계급을 위한 혁명을 하지 마라
우리 모두 스스로 작은 귀족이 되는 혁명을 하고
즐겁게 도망치는 당나귀들처럼 뒷발질을 해라.

어쨌든 세계 노동자들을 위한 혁명은 하지 마라
노동은 우리가 너무 많이 해온 것이다.
노동을 폐지하고, 노동행위를 하자!

일은 재미일 수 있다, 고로 사람들은 일을 즐길 수 있다; 그러
면 일은 노동이 아니다
노동을 그렇게 하자! 재미를 위한 혁명을 하자!

If you make a revolution, make it for fun,
don't make it in ghastly seriousness,
don't do it in deadly earnest,
do it for fun.

Don't do it because you hate people,
do it just to spit in their eye.

Don't do it for the money,
do it and be damned to the money.

Don't do it for equality,
do it because we've got too much equality
and it would be fun to upset the apple-cart
and see which way the apples would go a-rolling.

Don't do it for the working classes.
Do it so that we can all of us be little aristocracies on our own
and kick our heels like jolly escaped asses.

Don't do it, anyhow, for international Labour.
Labour is the one thing a man has had too much of.
Let's abolish labour, let's have done with labouring!
Work can be fun, and men can enjoy it; then it's not labour.
Let's have it so! Let's make a revolution for fun!

부패한 사회의 근본적인 쇄신을 도모하기 위하여 혹은 도탄에 빠진 민중을 구출하기 위하여 혹은 만민평등과 자유 수호를 위하여 세력 간의 충돌이 야기한 혁명의 결과는 참혹하다. 부패한 사회를 개조하기 위해 기성세력을 교체하려는 신진 세력이 자체적으로 권력의 암투 속에 빠지고 혁명의 과실을 기대하는 부회뇌동의 우중들은 오히려 혁명의 반작용으로 인한 무질서와 혼란의 수렁에 빠져 과거보다 더 혹독한 시련에 봉착하고, 만인평등의 기치는 사라지고 혁명지도층의 득세로 혁명세력은 대중의 새로운 타도대상이 되고 이 악순환은 변증법적으로 반복된다. 워즈워스가 프랑스 혁명의 결과에 실망한 이유도 이와 별반 다르지 않을 것이다. 이는 사물의 근본에 대한 진지한 인식의 결여가 초래한 결과이거나 인간의 불완전한 본성이 야기한 파행이기에 에너지의 강도가 상충하는 다양한 욕망의 공동체에서 이러한 악순환의 고리를 단절할 방도가 없다. 마치 만인에게 필요한 돈이 선인, 악인, 부자, 빈자의 손에서 유통하듯이 권력도 자유자재로 힘의 고저에 따라 유통되는 것이다. 혁명의 에너지원이 되는 물질, 자신의 중추가 되는 물질로부터 인간이 자유하기가 어렵고, 예수와 같은 성자가 아닌 이상 물질의 욕망으로부터 해방되기가 어렵다. 이것은 인류역사상 발생한 혁명의 형용할 수 없는 추태를 통해서 증명된다. 그 주요한 사례를 추려보면, 영국의 크롬웰, 프랑스의 로베스피에르와 나폴레옹, 스페인의 프랑코, 독일의 히틀러, 이탈리아의 무솔리니, 러시아의 볼셰비키 혁명, 쿠바의 카스트로, 리비아의 카다피, 이라크의 후세인, 북한의 세습 독재자 등이다. 그런데 혁명을 일으킨 자들 중에 세인이 아름답게 기억하는 사람들은 동지인 로베스피에르에 의해 단두대의 이슬로 사라진 프랑스의 당통(Georges Jacques Danton), 그리고 "폭군은 폭군으로 변할 새 지도자로 대체될 뿐이다."라고 혁명의 폐해를 지적한 쿠바의 체게바라(Che Guevara) 등이다. 이렇듯 과거와 현재의 혁명은 비참하게 피를 부르고 적과 동지를 함께 살육한다. 화자가 말하는 "혁명을 하려면 재미로 하라"식의 가벼운 혁명은 현실적으로 불가능하며 이는 도달할 수 없는 이념의 잉여로서 혁명의 실재를 제기한 것에 불과하다. 그런데 지상의 혁명은 지면을 스쳐지나가는 강풍처럼 자연의 심층구조를 침투하지 못하는 인간 사이의 피상적인 이기심에서 유발된 자중지란 혹은 평지풍파에 불과하다. 혁명은 사물의 가시적인 모습이고 허수아비가 새를 쫓는 거시세계의 기만적인 현상이다. 이 혁명을 추동하는 비가시적, 미시적, 양자적 음모는 사실 베일에 가려져 있다. 그리고 혁명가들이 지향하는 만민평등에 대해서 화자는 "균등을 위한 혁명을 하지 말라"고 질타한다. 사회가 균등해지면 인간의 욕망이 사라져 에너지가 소멸한 죽은 사회가 되지 않는가? 모순적이고 대립적이긴 하지만 에너지가 강하고 약한 부분이 있어야 인간사회의 기동성이 확보된다. 부자가 빈자가 되고 빈자가 부자가 되고, 사건을 일으키기 위한 에너지의 충전과 고갈이 번갈아 벌어지는 곳이 인간시장이다. 공산주의의 환상인 물질의 균등은 사실 생명력의 발휘가 부재한 적막한 공동묘지의 이념에 불과하다. 대중들에게 균등이라는 이념이 그럴듯하게 보일지라도 사실 대중들의 동력을 감소시키는 수면제 혹은 마취제가 되는 것이다. 그래서 공동체의 원활한 유지발전을 위해서 에너지의 고저, 즉 에너지의 유통이 유발하는 다소의 폐단이 있다 할지라도 에너지의 균등성이 아니라 에너지의 효율성이 강조되어야 마땅할 것이다. 아울러 "사과가 어느 쪽으로 굴러가는가를 보는 재미가 있을 것이다"에 함축되는 것이, 일방에 의한 일방의 타도에 골몰하는 혁명의 독재성이나 폭력성이 아니라 혁명의 자율성과 객관성을 의미하기도 하지만, 사물의 배후가 되는 양자(quantum)의 예측 불가능성을 반영하는 혁명의 변칙성을 의미한다고 본다. 한편 혁명세력이 대중에게 영합하는 당의정적 과제로서 노동자 천국의 조성이 오히려 공동체의 질을 저하시키는 요소가 될 수도 있음을 간과할 수 없을 것이다. 그것은 만인의 책임은 어느 누구의 책임도 아니기 때문이다.6)

아무리 노동환경의 개선을 강조해도 노동에는 어디까지나 사명감과 책임감의 윤리가 수반된다는 점에서 부실한 노동의 결과가 공동체에 치명적인 타격을 준다는 것은 엄연한 현실이다. 그러나 노동이 말 그대로 고통을 유발하는 행위이지만 노동을 하지 않을 수가 없기에 화자는 "노동을 폐지하고, 노동행위를 하자!"는 것이다. 이는 인간의 천형으로서 힘든 노동을 억지로 하기보다 자발적이고 참여적인 노동을 하자는 역설이다. 화자가 바라보는 바람직한 노동행위는 "즐겁게 도망치는 당나귀들처럼 뒷발질"과 같이 즐겁고 자발적인 것이다. 고전적인 물리학에 의거한 화살과 돌은 연속적인 값을 가지지만, 양자계열의 입자들은 불연속적인 값을 가진다. 그러니까 양자는 화살과 돌에 저항한다고 볼 수 있다. 입자인 모래 알갱이는 모래사장에 저항한다. 따라서 거시적인 파동(wave)과 미시적인 입자(participle)는 모순적이고 배태적인 대립구조를 형성한다. 그런데 아

---

6) 양자역학에 의하면, 미시적인 세계에서 일어나는 사건은 그 사건이 관측되기 전까지는 확률적으로밖에 계산할 수가 없으며, 가능한 서로 다른 상태가 공존하고 있다고 말한다. 슈뢰딩거가 제안한 이 실험은 우연적으로 일어나는 미시적인 사건이 거시적 세계에 영향을 미칠 때 어떻게 되는가를 보여주는 것으로, 하나의 패러독스로서 거론된다(wiki.com).

이러니하게도 빛은 파동이자 동시에 입자이다. 양자의 경우 상황에 따라 파동을 구사한다는 말이다. 이것을 입자와 파동의 이중성이라 명한다. 그리고 기가 막히게 양자의 대립을 무시하는 동양의 관점과 교감한다. 양자의 움직임은 고정된 것이 아니고 다양한 가능성이 있다. 마치 인간이 태어나 어떤 인간이 될지 모호한 것과 같다. 모든 인간의 출생에 거지와 왕자, 걸인과 부자, 평민과 귀족의 길이 잠재되어 있다. 이것이 양자의 중첩성이다. 하나의 상태가 선택되는 순간 나머지 상태에 대한 가능성은 점차 소멸한다. 노자의 말대로 도를 도라고 말할 수 없듯이 인간을 어떤 인간이라고 특정 지워 말할 수 없는 불확실성이 있다. 선(禪)에서 핵심적으로 회자되는 '그대가 무엇에 대해 말하는 순간 그것을 놓치게 된다'는 것이다.

현재 물리학의 토대는 운동(motion) 중에 있다. 그런데 이 개념이 고정된 세계관을 고집하는 과학에 충격을 주었고 여전히 그 입장을 주장하는 과학자들은 흔들리는 터전을 감지한다. 뉴턴은 태초에 조물주가 닳지도 깨어지지도 않는 단단한 물질을 만들었으며 통상의 힘으로 그것을 분쇄할 수가 없다고 주장한다. 물리학자들이 집요하게 물질에 대해 연구할수록 점점 물질에 대한 답은 모호하다. 물질의 정체를 파악하기 위하여 물질을 쪼개면 쪼갤수록 더욱더 그 정체가 희미해진다. 러더퍼드(E. Rutherford)의 실험7) 결과 원자는 단단

---

7) 러더퍼드 원자 모형은 어니스트 러더퍼드가 1911년 제시한 원자 모형이다. 러더퍼드가 이 원자 모형을 제시하기 이전에는 조지프 존 톰슨이 제시한 푸딩에 박혀 있는 건포도처럼 양전하들이 분산되어 있는 원자 모형이 널리 인정받고 있었다. 그러나 러더퍼드는 1909년 행해진 가이거-마스덴 실험을 바탕으로 1911년에 새로운 원자모형을 제시하였다. 그리고 이 원자모형은 양전하가 원자에 퍼져 있다는 톰슨의 주장이 틀렸음을 보여주었다. 이 모형은 원자에서 양전하가 어디에 있는지 제시한 모형이다. 러더퍼드는 가이거-마스덴 실험을 바탕으로 양전하가 원자 내부의 한 점에 모여 있음을 추론하였다. 즉, 러더퍼드 원자모형은 양전하가 중심점에 밀집되어 고밀도의 핵을 이루고 전자는 핵에서 떨어진 공간에서 핵을 중심으로 원운동을 하고 있음을 가정한 핵 모형이다 (wiki.com).

하고 비파괴적인 것이 아니라 작은 입자들이 유동하는 공간임이 입증되었으며, 이를 양자물리학이 보증해주었다. 양자이론은 우주가 하나라는 것을 보여주고 인간이 세상을 더 이상 분해할 수 없음을 보여준다. 인간이 물질을 분해하면 할수록 자연은 인간에게 명증한 기초물질 대신 복잡한 망으로 연결된 그물을 보여준다. 힌두교에서 사용하는 물리학의 핵심적인 주제는 다음과 같다. 하나의 공간(Akasa), 운동(Prana), 환상(Maya), 무지(Avidya), 재생(Samsara). 밀교적인 탄트라(Tantra)의 현장에서 사물은 얽혀 있으며, 윤리적으로 음란하게 보이지만, 성교는 남녀가 얽혀서 벌어지는 신비롭고 신성한 일체화의 경험이다. 도교에서 하나(tao)는 여러 개와 연결되기 위하여 존재한다고 본다. 물질의 파동구조는 우주에서 반대의 조화를 설명한다. 아인슈타인은 상대성의 원리를 한 문장으로 이야기할 때 시공과 중력은 물질과 일체이며 물질은 공간에 있지 않고 부단히 확장되어 있다고 본다. 입자는 단지 제한된 공간에 나타난다. 전기장 강도(field strength) 혹은 에너지 밀도가 집약되는 지점에. 개선을 위해서 투쟁이 필요하고, 무엇인가 변화를 추구하는 소수에 비해 미지근하고 오해하는 사람들은 다수이다. 인간은 살아 있는 한 본질적으로 사고의 새로운 방식을 추구하는 존재이다. 우리의 세계는 자연파괴와 기후변화를 초래하는 신화와 습속에 기초한 인간의 비행(非行)으로 인하여 곤경에 빠져 있다. 인간과 그/그녀를 포위하고 있는 주변 사물은 시공간에서 한통속이며 연관되기에 인간이 여태 구축한 철학, 물리학, 형이상학, 신학, 유전학, 생태학, 정치학, 사회학 또한 환경과 유리된 것이 아닌 자연의 모사적 결과물임을 인식하고 인간과 환경이 공존할 수 있는 방안을 모색해야 한다.

07

과학과 환경

한스 요나스(Hans Jonas): 휴스(Ted Hughes), 스나이더(Gary Snyder), 히니(Seamus Heaney)

한스 요나스(Hans Jonas): 휴스(Ted Hughes),
스나이더(Gary Snyder), 히니(Seamus Heaney)

요나스는 나치 독일을 탈출하여 미국에 정착했으며 최근 89세로 생을 마감했다. 그는 자기 스승인 하이데거를 친-히틀러주의자(pro-Hitler)라고 신랄하게 비판했다. 만년에 이르도록 생의학 윤리 전문가로 군림한 그는 과학자이나 유신론자인 듯하다. 그래서 그런지 그는 성경을 언급하며 정의롭게 행동하고, 사랑을 베풀고, 조물주와 함께 겸손하게 동행할 것을 주장한다. 스승인 하이데거는 이러한 점이 결여되어 있다고 지적한다. 그는 생물학에 정통한 철학자이기 전에 기술시대의 윤리를 고민하는 종교학자였다. 그는 특히 기독교의 고대적 분파인 그노시스주의에 관심이 많았으며, 히틀러 치하의 독일을 탈출하여 이스라엘에서 교직을 수행하였고, 영국으로 가서 영국군에 복무했다. 이스라엘에서 생활한 것은 신과 인간의 관계를 연구하기 위한 것이었으며, 사물의 진리와 기원을 맨발로 탐색하는 실천적인 지성인이었다.

인간의 모더니티를 추구하는 과학과 기술은 끝없이 자연에 역행하며 지구촌을 재구성하여 왔다. 말하자면 자연이 인간의 문화적 실험을 위한 제작 세트장이 된 셈이다. 그리하여 불가피하게 자연의 선용이 아니라 남용이라는 오명이 발생한다. 이는 인간의 자연이용이 초래한 온난화, 빙산의 붕괴, 오존층 파괴라고 하는 급변의 상황에 대한 세포적인 감지에 의한 것이다. 인간은 후속세대에 대한 책임과 전체로서의 생태계에 대한 막중한 책임을 지고 있다. 이것은 인간의 보편적인 마음가짐을 강조한 칸트의 정언명령의 실천이다. 동시에 관념적 철학에서 탈피하여 존재론적 실천으로 전환됨은 철학의 이원론을 벗어나 기술발달에 대한 비판적인 관점을 초래케 하고 우주에 있어 인간의 비중과 의미를 고민케 한다. 지구상의 기상이변은 생태계의 미래와 문명의 발달에 먹구름을 띄우고, 서구문명의 발전은 불가피하게 생태계의 현상에 부정적인 영향을 미친다. 자연에 대한 인간의 경솔함과 이기심에 치우친 남용은 오히려 인간생존의 터전을 훼손시킨다. 그러니까 자연의 남용과 파괴는 인간 스스로 자초한 자해적인 행위인 것이다. 자연파괴를 당연시한 서구의 관점은 주로 기독교적 관점에서 견지된다. 창조주가 인간에게 자연을 관리하라는 사명을 부여했으며, 인간은 피조물을 지배하는 특권을 타고 태어났다는 것이다. 그것은 창조주가 인간에게 '지배하고 번성하라!'고 했다는 것이다.

자연에 대한 인간의 건전한 이용은 애초에 불가능한 것이고 자연에 대한 인간의 이해에 따라 조절될 뿐이다. 자연의 이용은 자연의 세속화와 궤를 같이한다. 인간이 설정한 자연에 대한 문화의 구도를 이제 자연과의 공존을 위해 허물어야 할 때이다. 여기에 파격적인 새로운 입장과 관점이 필요한 것이 아니다. 단지 인간의 자연환경에 대한 탐욕을 다소 거두는 일이 중요하다. 지구촌이라는 현상은 편의적이고 능률적으로 보이지만 약소국에서 자연을 쟁탈하여 선진국으로 신속하게 배달하는 수단이 된다. 자연의 와해에 대한 형이상학적 추론보다 도시 주변에 흐르는 오염된 하천을 목격하는 것이 인간에게 더 영향력을 미친다. 자연에 대한 인간의 태도에 대해 제시될 과업은 이성적이고 합리적인 사고를 자극하는 윤리적인 것이 적절하다. 인간에게 위협적이든 아니든 자연은 인간의 적 혹은 대상이 아니라 인간의 친구이다. 인간이 자연에 대립각을 세운다는 것은 스스로를 위하는 것이 아니라 스스로 자멸하는 태도이다. 이 점을 휴스의 「빗속의 매("The Hawk in the Rain")」에 적용해보자.

빗줄기 요란한 밭고랑에 빠진 나는,
땅의 아가리가 삼키지 못하도록,
걸을 때마다 끈질긴 무덤 같은 습성으로 발목까지 움켜잡는 진흙에서
발을 끌어 올린다, 그러나 매는

애를 쓰지 않고 고도에서 고요한 눈으로 둘러본다.
매의 날개는 기류 속에서 환상처럼 한결같이,
삼라만상을 무중력의 고요 속에서 거머쥔다.
한편 소리치는 바람은 완고한 울타리를 쓰러뜨리고,

눈을 찌르고, 숨을 막히게 하고, 내 심장을 억압한다,
그리고 비는 내 머리를 뼛속까지 난도질한다,
매는 바다에 빠진 자의 인내를 안내할
의지의 다이아몬드 연마기를 매달고 있다. 그리고 나는

멍하게 땅의 아가리의 입구에서 마지막 한 부분을 무참히 움켜쥐고,

숙련된 폭력의 받침대를 향해 긴장한다.
거기에 매가 고요히 매달려 있다.
아마 어느 때 대적할 기후는,

역풍을 맞아, 공기를 거슬러, 곤두박질하고,
매의 시선에서 떨어져, 육중한 땅이 매 위에 추락한다,
지평선이 매를 가두리라. 매의 동그란 천사 같은 눈은
짓뭉개져, 매의 심장의 피와 땅의 진창을 뒤섞으리라.

I drown in the drumming ploughland, I drag up
Heel after heel from the swallowing of the earth's mouth,
From clay that clutches my each step to the ankle
With the habit of the dogged grave, but the hawk

Effortlessly at height hangs his still eye.
His wings hold all creation in a weightless quiet,
Steady as a hallucination in the streaming air.
While banging wind kills these stubborn hedges,

Thumbs my eyes, throws my breath, tackles my heart,
And rain hacks my head to the bone, the hawk hangs
The diamond point of will that polestars
The sea drowner's endurance: and I,

Bloodily grabbed dazed last-moment-counting
Morsel in the earth's mouth, strain towards the master-
Fulcrum of violence where the hawk hangs still,
That maybe in his own time meets the weather

Coming from the wrong way, suffers the air, hurled upside

down,
Fall from his eye, the ponderous shires crash on him,
The horizon traps him; the round angelic eye
Smashed, mix his heart's blood with the mire of the land.

사물의 본질적인 차이에 대한 인정이 필요하다. 상대와 비교하여 결핍된 것을 욕망하기보다 본질적인 차이를 인정해야 갈등이 없다. 인간은 매처럼 날고 싶어서 모방을 통해서 간접적으로 욕망을 달성한다. 비행기, 우주선은 맥루한(M. Mcluhan)의 말대로 일종의 신체의 확대이자 확산의 결과물이다. 인간이 중력에 저항하여 아등바등 살아가는 것과 매가 자유로이 공중을 유영하는 것을 대비한다. 전자는 힘들게 살지만 후자는 자유롭게 산다는 것이다. 이것은 현실에 대한 대리보상의 심리를 표현한 것이며, 인간의 현실에서 부족한 자유에 대한 화자의 갈증을 드러낸 것이다. 그러나 매의 입장에서 자유로운 것은 결코 아니다. 매는 먹이사슬에 구속되어 있고 먹이를 매일 구해야 하는 강박적인 입장이다. 화자는 자연 속에 함몰된 인간의 참상을 토로한다. 자연이 인간을 지배하는 자연주의적인 관점이다. 바람은 화자를 억압하고 매는 화자의 인생의 지침이 된다. 화자는 발악을 하며 땅속으로 빨려 들어간다. 저항을 해보지만 도리가 없다. 땅은 종국적으로 인간을 사멸시키는 견고한 "폭력의 받침대"이다. 그러나 매는 땅의 폭력에서 벗어나 창공을 활주한다. 땅 위에 얽매인 인간은 땅속으로 빨려 들어가고 창공에서 자유로이 노는 매 또한 역류에 의해 좌초되어 땅속으로 사라질 공통적인 운명의 동지에 불과하다. 땅의 표면에서 혹은 땅 위에서 노는 각각 특이성을 지닌 인간과 매는 마찬가지로 진창과 혼합되어 보편성의 진토가 된다. 인간의 이성과 매의 본능이 대립하지만 자연의 입장에서 양자의 입장은 대수롭지 않다. 각각이 자연 위에 잠시 머물다 소멸되는 하나의 나그네인 셈이다. 자연에 저항하든 자연에 순응하든 자연은 이런 모양으로 변모하여 사물을 맞이한다. 그러니까 자연은 강자의 여유를 구가하는 블루오션의 존재인 셈이다. 자연은 인간에게 좋은 모습으로 혹은 나쁜 모습으로 등장한다. 비와 바람이, 천둥과 먹구름이, 고요와 평화의 모습으로. 이런 점에서 화자가 바라보는 자연은 요나스가 바라보는 친화적인 입장이 아니라 불가항력의 자연에 직면한 무기력한 사물의 존재에 대한 이유를 탐문하는 저항적인 입장을 견지한다.

인간이 자연을 벗어나 외부에 처하면서 객관적으로 자연을 관찰한다는 것은 자기부정의 태도이다. 사실 인간은 자연의 외부에 위치하는 것이 아니라 자연의 내부에 위치하고 있으며 자연과 일체의 관계를 유지하고 있다. 이것은 자연에 대한 인간 중심의 태도를 전환해야 함을 시사한다. 이는 인간이 엄연히 세계 속에 존재하면서도 올림포스 산의 신들처럼 세상을 관조하려는 방관적인 태도를 지적하는 하이데거의 세계 속 존재, 즉 현존재의 인식이다. 이 착각의 수정은 인간이 스스로를 자연의 중심이라는 관점에서 해방되어야 가능하다. 그런데 이런 발상의 전환은 이미 베이컨이나 데카르트의 주장에서 감지된다. 그들이 보기에 인간이 만물의 영장이라는 것은 일종의 신화나 전설에 해당한다. 우선 베이컨은 우상론을 통해서 자연과 인간에 대한 기존의 편견을 비판한다. 그가 보기에 마술, 연금술, 학자의 궤변이 우상에 속한다.

베이컨의 논리는 데카르트에게로 이어진다. 그것은 이성에 기초한 자기-명증한(self-evident)의식이다. 인간이 추구하는 진리는 비가시적인 것이 아니라 실상 인간에게 유익한 가시적인 물질의 획득을 목표로 한다. 그것은 인간이 비가시적인 것을 추구하여 설사 획득하였다고 하더라도 공허해지기 때문이다. 그러니까 토굴 속에서의 선사가 득도 후 속세로 귀환하여 제자를 거느리고 야단법석을 통해 교세를 확장시키는 정치활동을 하는 경우와 같다. 석가모니, 달마, 혜능, 모두 세속에 내려와 제자들을 거느리고 종교적인 활동을 전개했다. 실험은 가정을 확증하는 행위이고, 산업에 적용하여 상품생산으로 나아가게 한다. 자연의 메커니즘에 대한 명증한 지식의 확립이 인간으로 하여금 만물의 영장으로 만들게 하는 것이다.

과학적, 경제적 인식은 르네상스에서 비롯되어 18세기에 왕성해진 계몽적 기획의 토대가 된다. 그것은 과학지식은 인간과 공동체를 동시에 이롭게 한다는 것이다. 하지만 인간에게는 유익하나 자연에게는 불리한 결과가 발생한다는 것을 인간에 비우호적인 자연현상을 통하여 뒤늦게 알게 되었다. 자연은 말이 없지만 인간에게 경고를 즉물적으로 보여준다. 쓰나미, 홍수, 태풍, 지진, 가뭄 등. 이것은 인간에 대한 격렬한 시위이지만 오히려 인간에게 생존의 기회를 부여하는 자비로운 반작용이라고 볼 수 있다. 어미의 매가 한석봉에게 약이 된 것처럼. 그리하여 사회는 자진하여 자연에 대한 한계를 설정하게 된다. 그것은 접근금지 가처분이다. 자연이 인간의 생존을 위하여 무진장의 자원을 제공하였지만 인간은 자연의 과실을 먹고도 그 고마움을 인식하지 못하고 오히려 채찍만 휘두르고 발길질을 한다. 마치 남한이 북한에 아무리 물자를 퍼주어도 끝없이 도발하는 것처럼. 회사가 사원을 이용하여 수익을 창출하지만 늙은 사원을 용도 폐기하는 것과 마찬가지다.

인간의 자연에 대한 태도에서 문제가 되는 것은 무엇인가? 자연
은 인간의 무자비한 남용과 오용에 대하여 반작용을 통하여 반응한
다. 과학기술은 발달할수록 자연에 생채기를 내고 생태계에 심대한
상처를 준다. 미국의 실리콘 벨리를 보면 골짜기를 콘크리트로 메워
세운 철제박스 속에서 얼마나 자연을 파괴할 궁리를 하고 있는가?
이것이 몇 년 전 미국을 강타하여 뉴올리언스의 재즈뮤지션을 익사
시킨 태풍 카트리나를 야기한 요인은 아닌가? 엔트로피의 위기를 고
조시키는 자원의 고갈과 온난화를 초래하는 매연은 점차 자연에 대
한 인간의 관점에 문제점을 제기한다. 요즘 심각하게 회자되는 중국
북경의 지독한 매연은 공장에서 야기된 것인데 공장이 생존의 수단
이면서 동시에 사멸의 수단이기도 하다. 그리하여 인간은 자신에게
무한한 관용과 아량을 베풀 줄 알았던 가이아로서의 자연이 지금처
럼 회초리를 들 줄은 진작 몰랐을 것이다. 그것도 46억 년의 지구의
역사 가운데 넉넉하게 잡아서 400년에 걸친 자연의 개발에 그렇게
격렬하게 앙탈을 부릴 줄은 몰랐던 것이다.

자연현상이 인간의 공동체를 유린하는 횟수가 점점 늘어나는 요
즈음 지렁이도 밟히면 꿈틀하는 것이 자연이라는 것을 분명히 인식
하게 되었다. 자연이 수동적이고 유동하지 않는 대상이 아니라 능동
적이고 유기적인 실체임이 증명되었다. 자연은 인간처럼 대놓고 욕
설을 퍼붓는 것이 아니라 잉여의 학대를 견디다 못해 침묵의 상태에
서 끔찍한 반작용을 보여준다. 그러므로 자연은 인간의 대상, 객체
가 아니라 스스로 주체임을 암묵적으로 입증한다. 자연의 역린을 건
드리면 인간의 삶이 좌초된다는 것을 보여준다. 그리하여 자연은 인

간이라는 망나니 세자를 다른 양자로 교체해 버릴 것이다. 자연의 터전을 보존하기 위해 공해를 유발하지 않는 침팬지나 오랑우탄이 좋지 않을까? 인간은 자연 밖에 존재하지 않고 자연의 내부에 들어와 있다. 말하자면 자연이라는 콜로세움의 안전한 관중석이 아니라 콜로세움의 피 터지는 경기장 한가운데 위치하고 있는 것이다. 인간은 자연의 냉엄한 태도에 강렬히 저항하지만 제풀에 소멸된다. 자연과의 대결에서 항상 우위를 점치고 낙관적인 결론을 내고 하던 인간은 자연의 가공할 만한 내재적 의지, 즉 묵시적 반작용에 아연실색하고 원시인처럼 자연에 자비를 구하는 것이 최근의 상황이다. 영화 <해운대>에서, 최근 일본 동북지방의 해안을 향해 밀려오는 해일에 대해 인간이 대처할 수 있는 대비책은 없으며 오직 삼십육계와 애끓는 탄식과 땅이 꺼지는 한숨뿐이다.

자연을 우군으로 생각하든 인간은 최근 자연의 예기치 않은 저항에 직면하여 전전긍긍하고 있다. 그리하여 자연의 보복이 미래완료적이라는 점에서 지금 당장에 큰 위험은 아니라고 자위한다. 그러나 인간의 후예들에게는 생존이 걸린 치명적인 문제가 아닐 수 없다. 서핑 마니아를 덮치는 그야말로 만리장성 같은 해일파도에 대해 단지 무기력과 불안만을 느낄 뿐이다. 과연 뚫린 대기권을 누가 복구할 것이며, 덥혀진 지구의 온실을 누가 냉각시킬 것이며, 북극의 빙산을 누가 얼릴 것인가? 인간은 더 이상 자연을 통제할 수 없으며, 인간은 자기의 생존을 위해 불가피하게 저지른 자연파괴에 따른 자연재앙의 대상이자 희생자이다. 그리하여 인간과 자연의 관계를 회복하기 위한 인간의 후발 조치는 고대 그리스 철학자들처럼 순진하지 않고 더욱 영악하기에 역효과가 더욱 발생하는 것은 분명하다. 환경보호를 위해 전기차를 생산하지만 전기를 생산하기 위해 석유와 석탄을 사용해야 한다. 이때 소크라테스의 말로 흐릿하게 전해지는 '너 자신을 알라!'라는 말의 의미가 인간에게 고통으로 다가온다.

그리스인들에게 지혜(sophia)는 인간과 세계에 대한 기계적인 경험적 지식의 지속적인 축적, 자연법칙에 대한 지식이 아니라, 인간에게 자신을 성찰할 토대를 마련해주는 것, 즉 우주 속에 존재하는 자신의 상황에 대한 심오한 이해를 도모하는 것이다. 다시 말해 지혜는 속물적인 지식의 추구가 아니라 주변의 환경과 나아가 우주와의 공생을 도모하는 근본적인 지식의 추구를 의미한다. 생태계에 대한 이론적 지식은 일상에서 윤리적으로 실천되어야 한다. 인간의 필수적인 욕망은 조절되어야 하고 주변의 사물을 이용, 남용, 오용하는 것이 아니라 공생하여야 함이 그리스 현자들이 말하는 삶의 지혜인 것이다. 그리스 현인들이 생태계와의 공존을 강조한 것은 그것이 인간의 토대이며, 생태계에 대한 고려가 피안의 세계에 도달하는 길이라고 봄 직하다. 아니면 생태계에 대한 일말의 고려도 없이 사는 동안 무차별하게 남용했을 것이다. 자연에 대한 외면적 본질과 함께 알아야 하는 것은 자연 전체와 개체와의 연관성이다. 요즘 회자되는 생태의 균형, 생존지속성이라는 말은 우리가 사는 세상이 부서지지 않는 금강석이 아니라 부서지기 쉬운 석탄이라는 것이고, 인간이 와해되기 쉬운 세상 한가운데 살고 있기 때문이다. 한국의 분열적인 정당처럼 세상이 언젠가는 이런저런 모양으로 와해되겠지만 그 와해의 순간을 다소 지연시켜 줄 수 있는 태도가 생태적인 태도이다. 그리하여 생태에 대한 인간의 지혜는 지구를 완만하게 와해시켜 줄 것이다.

생태계에서 종의 다양성을 보장하는 것은 욕망의 조절에 기인한다. 인간은 자신의 안위를 위하여 자연에 대한 적절한 조치를 취해야 한다. 자연을 감상하기 위하여 자연을 파괴하여야 하며, 예술을 창작하기 위하여 자연을 파괴하여야 한다. 인간은 자연을 파괴하고 해괴한 인공물을 만들어 예술 동아리에서 쑥덕거린다. 걸작이니 졸작이니 하면서 임의로 평가한다. 자연은 인간에 의존하고 인간은 자연에 의존한다. 그런데 자연과 인간의 대결에서 인간이 자연을 아무리 학대하고 오용해도 자연은 반작용함으로써 균형을 유지한다. 인간이 지상에서 사라져도 자연은 예측불허의 형태로 존재할 것이다. 그런 점에서 자연은 유일한 '존재'이고, 인간은 스스로 자연의 주체로 생각하지만, 그저 자연을 훼손하여 상징적인 의미를 생성하고 갱신하는 '무'에 불과하다. 기술과 문명을 수단으로 국가, 기업, 정치, 개인의 탐욕이 자연을 터전으로 사는 인간이 스스로의 터전을 허무는 동기가 된다. 자연에 대한 인간의 태도는 두 가지이다. 형이상학적 태도와 윤리적 태도. 자연에 대한 인간중심적인 태도에 대한 입장의 전환이 필요하고, 자연파괴에 대한 윤리적 성찰이 필요하다. 여기에 실천적 태도의 추가가 필요하다고 본다. 그런데 무한한 자연이 유한한 인간의 윤리, 도덕에 의지할 정도로 무능한가? 지상에서 인간의 위치 설정에 대한 고민이 요나스의 고민이다. 주체인가? 객체인가? 상호 반목(反目)적인 본질을 가진 양자의 상태에서 어떻게 상생이 가능한가? 자신을 시류에 저항하는 연어 같은 존재로 바라보는 요나스는 자연에 대한 인간의 입장을 반성함으로써 적자생존의 냉엄한 다윈주의를 보충한다. 자연 상태에 적합한 존재가 되어 살아남기 위해서 자연에 대한 태도를 전환하기. 만물이 결국 무감각한 물질로 회귀한다는 자포적인 환원적 관점 또한 경계의 주제이다. 이와 달리 요나스가 보기에 자연과 인간 사이에 선린적인 상호 관계가 중요하다. 요나스는 다윈주의 혹은 신-다윈주의[1]와 같이 인간이 자연에 좌우되어 영위되는 비참한 존재가 아니라 자연이 위엄성을 가지고 있으며 자연을 통해 인간이 발전한다고 본다. 인간을 포함한 사물이 자유롭게 자연 속에서 경쟁적으로 생존해 나아간다는 것이다. 요나스의 주장은 두 가지이다. 자연도태라는 환원론에 저항하여 일원론을 주장하고, 자연에 대한 책임의 윤리를 강조하는 것이다. 이점을 스나이더의 「기저귀를 갈면서("Changing Diapers")」에 적용해 보자.

그는 얼마나 지성적인가!
드러누워
두발이 나의 한손에 잡혀
그의 시선이 흐트러진다,
제로니모의 대형 포스터 위에서
그의 무릎 가까이 샤프사의 연발소총을 든

나는 벌린다, 닦는다, 그는 낌새도 채지 않고
나도 그렇다.
아이 발과 무릎
작은 완두콩 같은 발가락들
작은 주름들, 앙증맞은,
빛나는 눈, 밝은 귀

---

1) Neo-Darwinism is the "modern synthesis" of Darwinian evolution through **natural selection with Mendelian genetics**, the latter being a set of primary tenets specifying that evolution involves the transmission of characteristics from parent to offspring through the mechanism of genetic transfer, rather than the "blending process" of pre-Mendelian evolutionary science. Neo-Darwinism can also designate Charles Darwin's ideas of natural selection separated from his hypothesis of pangenesis(범생설) as a Lamarckian source of variation involving blending inheritance(wiki.com).

숨을 쉬는 부풀은 가슴,
걱정하지 마, 친구야,
너와 나와 제로니모는
남자란다.

How intelligent he looks!
on his back
both feet caught in my one hand
his glance set sideways,
on a giant poster of Geronimo
with a Sharp's repeating rifle by his knee.

I open, wipe, he doesn't even notice
nor do I.
Baby legs and knees
toes like little peas
little wrinkles, good-to-eat,
eyes bright, shiny ears
chest swelling drawing air,

No trouble, friend,
you and me and Geronimo
are men.

아이의 탄생은 니체의 말대로 "비극의 탄생"을 의미한다. 아이는 자기의 의지가 아니라 타자의 의지로 탄생하기 때문이다. 그것은 아기의 "두 발"이 타자인 "나의 한 손에 잡혀" 있어 주체는 철저히 타자에 의해 조련되기 때문이다. "아기"와 "제로니모"의 대조는 "연발

소총"이 암시하듯 거친 환경에 대한 삶의 징후를 예증하는 것으로 볼 수 있다. 자연으로서의 아기는 문화인으로서의 백인의 도전에 직면한 늑대인간과 같은 "제로니모"의 운명을 살아야 한다. 하지만 아기는 자연 상태에서 무방비 상태이다. 스스로 기립하지 못하고 타자의 손을 빌려 수년 동안 자라야 한다. 이것이 태어나자마자 약육강식의 정글의 법칙에 드러나는 동물과 다른 인간의 후행적인 특성이다. 아기는 문화적 과정을 거쳐야 정상화되고, 자연적 존재에서 문화적 존재로 거듭나야한다. 아기와 인디언 추장 "제로니모"는 남성이라는 천부적인 성을 공유한다. 이것은 인간이 바꿀 수 없는 본질이며 성인, 아기, 인디언은 서로 다름이 없는 자연 속에 공존하는 평등한 존재임을 보여준다. 본질적으로 성인은 아기에 비해 초월적인 존재가 아니며 백인은 인디언에 비해 우월한 존재가 아니다. 성인이 아기를 돌봄은 인간의 당연한 봉사이자 의무이며 "제로니모"에 대한 백인의 부당한 인식은 수정되어야 한다. 성인이 아기를 돌보고, 백인이 인디언에 대해 평등한 관점을 견지하는 것은 요나스의 관점에서 인간이 응당 취하여야 할 자연스러운 태도이다.

유럽사회에서 오랜 세월 팽배해온 인간과 자연을 구분하는 이원론을 반박하면서 요나스는 자연과 인간의 일체를 강조한다. 그가 보기에 데카르트에서 하이데거에 이르는 서구의 형이상학이 여전히 이원론에 집착한다고 본다. 하이데거가 『존재와 시간(Sein und Zeit)』을 통하여 지상에서 경험적 주체로서의 '현존재'를 강조하였으나 신비/일상, 신/인간의 이분법에 기초한 유럽의 그노시스적 전통을 여전히 벗어나고 있지 못하다고 주장했다. 그는 초월적인 존재를 상정하고 그것을 바탕으로 현존재(dasein)를 인식하려고 한다. 자기만족,

자아도취, 자기충만과 같은, 자연으로부터 유리된 자기 추상주의는 자연으로부터 소외만을 초래할 뿐이라고 주장한다. 그런데 요나스가 주장하는 자연과 인간의 일체화를 어떻게 실천할 수 있는가? 자연과 인간의 입장이 다르기에 자연과 인간의 일체화는 불가능하고 결국 인간의 자제력에 의한 환경윤리에 의존할 수밖에 없을 것이다. 다시 말해, 자연에 대한 인간적인 자비심이나 동정심을 기대할 수 있다. 물론 이를 자연이 인간에게 기대하는 것은 아니다. 자연이 인간의 만행에 대해 곧바로 응징과 보복을 하기에 앞서 인간 스스로의 행동에 대해 스스로 책임져야 한다는 것이다.

그가 보기에 실존주의, 현상학은 자연과 유리된 인간의 자가당착으로서의 형이상학에 불과하다고 비판한다. 대신 그는 인간이 자연과 유리된 것이 아니라 자연 속에 존재한다고 본다. 그것은 인간이 자연 속에서 생각하기 때문이다. 그는 인간이 자연과 사회 속에서 살아가기에 이와 유리될 수 없다고 주장한다. 자연과 인간의 이런 우호적인 관계는 인간 주체성에 의해 확립된 것이 아니라, 즉 그의 도덕적 이성이 그에게 의무감을 지운, 정반대로 부모가 자식에 대해 원초적으로 발생하는 그런 의무감이 자연을 대하는 순간 인간에게 발생한다는 것이다. 모든 생물은 아메바에서 인간에 이르기까지 이기적인 자아실현의 생존본능을 가지고 있음을 실토한다. 그래서 각 개체가 자아실현을 하기 위해서 다른 개체들이 자아실현을 할 수 있도록 도와줄 의무가 있다. 그/그녀가 부모와 스승의 은덕에 의해 성장하듯이, 그/그녀가 타자에게 다른 부모와 스승의 역할을 수행하여야 한다.

돌봄(care)은 불평등의 관계이다. 어린이는 부모와 스승의 교육을 받아야 하는 열등한 존재이다. 그리고 늙은 부모와 스승은 역으로 젊은이의 봉양을 받아야 할 존재들이다. 그리하여 어린이와 부모, 스승은 상호 의존의 운명을 띤 신성한 의무를 가진다. 자연과 인간, 인간과 인간 사이의 의무는 존재, 행복, 자아실현을 지속시키는 동인이 된다. 고대 그리스는 은둔(seclusion)의 자아실현을 미덕으로 삼았고, 지금 21세기는 확장(extension)의 자아실현을 미덕으로 삼는다. 그것은 '너 자신을 알라'(Know yourselves!)와 '우리는 하나'(We are the world!)의 슬로건에 반영된다. 그가 말하는 자연과 인간, 즉 타자에 대한 의무는 당대의 타자들에게도 유익한 실천방향이지만 미래의 세대를 위해서도 바람직한 방향이 아닐 수 없다. 자연에 대한 기술의 구사로 인한 자연의 급변에 대해서 인간은 책임을 져야한다. 그렇지 못할 경우 단두대에서 목을 길게 늘어뜨린 죄수처럼 마땅히 자연의 응보를 받아야 할 것이다. 화약의 발명으로 인해 얼마나 끔찍하게 자연의 파괴가 자행되었으며 자연의 응보가 진행되고 있는가? 그런데 북경의 나비가 날개짓만 해도 뉴욕에 허리케인이 분다는 시스템의 원리를 인간은 여전히 무시한다. 노벨에서 비롯된 화약의 오용과 남용에 대해서 인간은 요나스가 말하는 책임을 절대 지지 않은 것처럼 보이며, 계속적으로 자연을 초토화시킬 목적으로 폭탄의 성능을 개량하고 있다.

요나스의 프로젝트는 현재와 미래 세대의 안녕을 위해 자연과 인간과의 관계를 원만하고 돈독하게 하기 위한 발상이다. 그런데 아직도 교토 의정서(Kyoto protocol)에 완전히 승복하지 않는 국가가 있지 않은가? 요나스는 자연과의 관계를 회복하기 위해서 고대로부터 현재에 이르도록 인간기술의 변화를 검토한다. 고대사회에서 인간은 의식주에 관한 소박한 목적만을 위하여 기술을 개발했지만은, 현재는 전혀 다른 양상을 띤다. 인간은 의식주에 모두 사용할 수 없는 탐욕의 도구와 시설을 제작하여 필요 이상의 물건을 과잉생산했다. 미국의 월마트에 가보면 얼마나 많은 물건들이 쌓여 있는가? 뷔페에서 폭식하여 그것이 비만이라는 신종 질환의 원인이 되고 있지 않는가? 인간이 만족할 수준 이상의 물건을 소비하고 과식할 때, 만족하는 것이 아니라 오히려 역겨움이라는 불만이 발생한다. 나아가 자연을 파괴할 도구, 기계, 시스템의 발명이 굳이 인간의 필요에 의해서가 아니라 발명함에 따라 수요가 발생하는 것이다. 요즘 유행하는 스마트 시계도 인간의 긴급한 필요에 의해서가 아니라 출시되었기에 부의 상징으로 소비되는 것이다.

인간은 필요한 것이 아니라 새로운 것을 만들어 내는 데 혈안이 되어 있다. 스마트 폰에 수많은 혁신적인 기능이 첨가되어 있지만 인간의 무지로 인하여 그 사용이 외면당하고 있지 않는가? 현대의 상품은 실용적인 사용목적을 벗어나 초월적이고 전시적인 사용가치를 제시한다. 그리하여 인간에게 필요한 필수품이 아니라 신분을 과시하는 잉여적인 장식품이 된다. 필요 이상 과잉생산하는 이유는 거시적인 차원에서 고용과 경제성장을 도모하기 위함이다. 요나스는 이 시점에서 폭력적인 기술의 용도에 대해 자문해보아야 한다고 주장한다. 현재와 미래의 삶을 기준으로 기술의 잉여에 대한 전망을 가늠해보는 것은 어렵지 않다. 요나스는 기술의 윤리의식에 적합한 것으로 칸트의 정언 명령2)을 선택한다. 그것은 '네 의지의 준칙(격률)이 언제나

---

2) A categorical imperative (as Kant's maxim), on the other hand, denotes an absolute, unconditional requirement that must be obeyed in all circumstances and is justified as an end in itself. It is best known in its first formulation: Act only according to that maxim whereby you can, at the same time, will that it should become a universal law(wiki.com).

동시에 보편적 입법의 원리가 될 수 있도록 행위하라'이다. 다시 말해 누구나 어떤 행동을 할 때 스스로 생각하여 다른 사람들도 그와 같은 행동을 해도 무방하다고 생각되는 행동을 해야 한다는 것이다.

칸트의 정언명제는 도덕의 주체와 객체에 관한 언급이다. 도덕행위가 인간과 인간 사이를 규정하는 기준이며 이것은 인간과 자연 사이를 규정하는 기준으로 원용된다. 인간이 인간을 다루는 식으로 인간이 자연을 다룬다. 요나스는 칸트의 정언명제를 이어받아 도덕행위를 생태계에 적용하려 한다. 이를 자기결정권을 행사할 수 있는 능력과 권리가 있는 개인이 행사해야 한다. 그런데 칸트가 정언명제에서 수반되는 조건으로 거짓말의 방지와 약속의 준수를 제시한다. 이는 순수이성에 근거하여 반성적으로 실천되어야 한다. 그런데 칸트의 명제에 대한 요나스적 원용은 구두선에 그치는 것이 아니라 실천되어야 한다는 점에서 관념에 머무는 칸트의 명제와 다르다. 그런데 칸트의 입장이 데카르트적 이성주의와 이원론, 인간중심주의에서 크게 벗어나지 않는다는 것이 요나스의 고민이다. 그래서 요나스의 철학은 존재론적 윤리학에 기초한다. 그것은 인간이 자연과 더불어 합당하게 생각하고 행동할 수 있는 근거가 되기 때문이다.

인간은 사고하는 동물이기에 스스로 자연으로부터 유리되지만 어디까지나 자연 속에서 살아가야 하는 존재이기에 생태학에 대한 관심은 자아실현과 삶의 풍요를 강화시킨다. 인간은 타자와 연결되어 있고 인간의 심신은 사회적으로 구성되어 있다. 인간의 행복과 복지는 타자와의 관계설정에 달려 있다. 주체와 객체는 삶의 전체성의 상호의존적인 요소이다. 이때 도덕적 의무는 인간이 상호 연관되어 있다는 점에서 타당하다. 책임의 의무에 관한한 상호 주관적인 관계를 맺고 있기에 강한 쪽이 약한 쪽에 대한 책임이 있다. 헤겔의 주인/노예의 변증법과 비슷하다. 주인이 노예에 대한 책임이 있고 노예는 주인에게 봉사할 책임이 있다. 천상천하 유아독존의 인간은 스스로 존재한다고 하지만 어디까지나 타자와의 관계 속에서 살아가야 하므로 타자를 위해 최선을 다해야 한다. 인간과 자연, 노조와 사용주, 정부와 국민, 강대국과 약소국의 관계는 생태학적인 관점에 놓일 수밖에 없다.

인간의 행동이 자연과 타자에 대해서 이타적으로 실천되어야 이상적인 환경이 될 것이다. 이른바 천상천국이 아니라, 마르크시즘이 말하는 노동자 천국이 아니라, 분배의 정의가 실현되는 지상천국이 실현되는 셈이다. 요나스의 주장은 우리가 존재하기 위하여 선대의 노고와 희생으로부터 수혜를 입었으므로, 후대를 위해서 기꺼이 배려를 해야 한다는 것이다. 주체와 객체, 즉 나와 타자는 동전의 양면과 같은 불가분의 사이를 유지하고 있다. 따라서 타자를 희생하여 자기의 안위만을 도모하는 것은 종국적으로 자기안위의 근거가 되는 타자라는 터를 허무는 셈이 된다. 전체적인 관점에서, 삶을 이해하는 사람들은 이기주의적인 관점에 따라 행동하는 것이 유익한 것이 아니라, 유해한 것임을 인식해야 할 것이다. 미래세대의 존재가능성, 즉 인류의 멸종과 지구의 종말과 같은 묵시론적 비전이 실현될지라도 미래세대를 위하여 오늘 사과나무 한 그루를 심는 심정이 바람직하다. 유산자와 무산자의 비대칭을 고려하여 전자와 후자가 상호 동등한 자비를 주고받는 것이 아니라 비대칭의 구도라 할지라도 약자에게 자비를 베풀자는 것이다. 그러니까 강대국끼리 비슷한 정치적인 카드를 주고받는 관계가 아니라 강대국이 약소국에 자비를 베푼다는 것이다. 그것은 마치 그리스도와 죄인들, 부모와 자식의 관계와 같다.

　막연한 '순수이성'의 관점에서가 아니라 삶의 관점에서 타자에 대한 자비를 고려해야 한다. 상호 의무는 타자의 가치를 논하기 전에 타자가 존재하기에 당연히 발생하는 것이다. 타자로서의 자연은 이용과 남용의 대상이 아니라 인간 생존의 조건이며 자아실현의 터전이다. 자연은 인간에게 삶의 의미와 가치를 제공하는 원천이다. 백두산 천지, 호수의 달, 숲속의 옹달샘을 보라. 연인들이 각자 아름다운 기억을 간직하기를 소망하듯이, 인간만이 지식과 기술을 구사할 수 있는 존재이기에 타자에 대한 도덕의식을 겸비해야 한다. 필요에 따라 산을 허물기도 하고 산을 만들기도 하는 인간에게 도덕은 필수적인 덕목이다. 자연의 상속자인 인간이 그 위상에 걸맞은 태도를 견지하는 것은 지극히 당연하다. 그/그녀는 자연의 구성요소이고 자연에 영향을 줄 수 있는 존재임을 자각해야 한다. 인간은 자연의 내부에 위치하면서도 자연의 외부에 위치하려는 모순적인 존재이자 배신자이다.

　생태계는 인간의 대상이자 수단이 아니라 삶의 목적 그 자체이다. 그것은 기계적인 법칙에 따라 사멸한 물질이 아니라 인간의 삶을 지탱하는 살아 있는 유기체이다. 그런데 생태계는 스스로의 흐름에 따라 어떻게 변할지 알 수 없다. 지구의 연대기를 참고할 때, 지구는 인간의 삶의 목적인 자기보존과 자아실현이 반영된 공간이다. 따라서 인간은 지구인 자연을 통해 존재함에도 자연을 파괴하는 것은 일종의 자학이다. 이때 자연/만물이 초월적인 영혼(Oversoul)을 가지고 있기에 인간이 함부로 다루어선 안 되며, 인간과 자연의 조화로운 관계를 주장하는 미국의 초월주의자의 주장이 상기된다.

08

환경윤리

아펠(Karl-Otto Apel): 샌드버그(Carl Sandburg),
윌리엄스(William Carlos Williams)

아펠(Karl-Otto Apel): 샌드버그(Carl Sandburg), 윌리엄스(William Carlos Williams)

독일철학자 아펠의 주제는 선험적인 혹은 초월적, 화용론적 접근, 즉 실용철학에 근거한다. 요즘 실용적 관점은 인식론, 합리성, 비판이론, 윤리학에 속속 도입된다. 그는 기표와 기의로 양분되는 수행적 자기모순으로서의 언어수행이론에 관심을 갖고 이 개념을 공론의 정당화를 위한 무실역행의 원리 속에 도입하려고 노력한다. 특히 윤리담론의 창안자로서 아펠은 칸트, 푸코, 리오타르처럼 학문현장에 드러난 학자라기보다 베일에 가려진 학자이다. 그는 하버마스를 만나 의사소통윤리학에 대한 관심사를 교류했으며, 기호학의 대부인 찰스 샌더스 퍼스(Charles S. Pierce)의 관점[1])에 공감하고 이를 주위에 전파했다. 현재 그의 이론에 대해서 한국사회에는 거의 소개가 되지 않은 상태이며 최근에 한국을 잠시 방문하였다. 학자로서의 아펠의 삶은 구절양장(九折羊腸)의 굴곡을 겪는다. 본인의 소신인지는 모르겠으나 그는 나치에 징집되어 5년간 참전하였고 독일 패망으로

---

1) 퍼스가 보기에 실용적인 관점에서 신념을 확정하는 방법은 고집, 권위, 선험, 과학이 있는데, 이 가운데 과학이 가장 좋은 수단이라고 본다. 따라서 관념을 표현하는 가장 적절한 수단은 기호로써의 언어가 된다(wiki.com).

미군포로가 되었다. 그 후 석방되어 자기성찰에 대한 시간을 갖고자 본(Bonn) 대학에 입학했으며, 이 사건이 미개인에서 문화인으로 거듭나는 제2의 탄생이라고 볼 수 있다. 그의 박사논문은 하이데거의 존재론에 대한 비판이다. 그는 비트겐슈타인에 흥미를 느끼고 언어철학과 사물에 대한 기호학적 관심으로 인해 해석학으로 연구의 저변을 확대한다. 그리하여 그가 천착한 주제는 선험화용론과 담론윤리에 관한 것이다.

아펠은 자신의 철학을 사회제도와 접목시키려고 부단히 노력한다. 그야말로 이론의 실천으로서의 화용적인 방법이며, 정치, 경제, 사회, 문화 전반에 걸쳐 자신의 철학을 투영시키는 야심을 가지고 있다. 그 내용은 당대의 역사를 혁신하고자 하는 담론윤리이다. 당대에 유명세를 구가하고 있는 철학자들로서 개인의 원자화를 우려하고 권리보다는 의무를 중시하는 공동체주의자들인 로티와 롤스와도 삶의 정의와 가치에 대해서 토론하였다. 간단히 말하여 아펠 철학의 바탕은 칸트의 선험철학에 대한 현대적 재해석이다. 근본적인 문제인 물자체에 접근하는 인식의 생성에 대한 반성적인 고찰이다. 그런데 그가 물자체에 대한 인식이 어디까지나 인간의 소통을 중심으로 이해하려는 실용적인 접근을 했다는 것은 근원에 대한 고독한 인식론의 포기라고 볼 수 있다. 다시 말해 물자체에 대한 언어적 한계의 인정인 것이다. 아펠이 보기에 사물에 대한 외면의 인식은 자연과학적 인과율에 의지하지 않을 수 없고 사물에 대한 내면의 인식은 무의식의 정신과학에 의지한다. 이러한 취지에서 아펠이 추구하는 인식인간학은 영국식의 경험에다 칸트식의 선험을 추가한 것이다. 칸트가 선험을 중시한 이유는 현상을 포착하려는 의식, 이성, 경험의 한계에서 비롯된다. 이것을 비교, 비유하여 추동하는 것은 무의식적으로 선재된 선험이라는 것이다. 칸트는 『순수이성비판』에서 인간의 마음에서 빙산의 일각에 불과한 이성의 한계를 지적하면서 인식에 선험을 도입하는 소위 코페르니쿠스적 전환을 시도한다. 이는 인간이 대상을 있는 그대로 인식하는 것이 아니라 인간의 인식이 대상을 인식하는 것이라는 취지이다. 환언하면, 인간이 대상이 존재하는 대로 아는 것이 아니라 아는 대로 그 대상의 존재를 믿는 것이다. 이런 점에서 칸트의 관점에서 진리는 몰아적인 신비한 것이 아니고 선험과 경험을 융합하는 인간의 명증한 판단양식에 의한 것이다. 따라서 진리는 인간이 객관적으로 의식적으로 이해할 수 있는 기준과 범주 속에 존재한다는 것이다. 아펠은 칸트의 인식을 사유의 바탕에 깔고 그 위에 퍼스의 기호학을 덧씌우고, 후설의 선험현상학과 하이데거의 선험해석학을 융합하여 그의 전매특허인 선험화용론을 창안한다. 이는 각각의 국가 혹은 사회가 소통의 부족이나 부재로 인해 발생하는 구성원 간의 갈등과 분쟁을 미연에 방지하기 위하여 원활하게 소통할 수 있는 바람직한 이상적 담론을 규정하자는 것으로, 의사소통이 부재한 한국사회에서도 채택을 고려해야 한다. 세부적으로 상호 모순 없이 주장하고 합의하기 위한 담론의 규칙을 상호 주관적으로 규정하자는 것이다. 따라서 선험화용론의 규칙은 진리, 진실성, 규범의 정당성, 이해가능성에 초점을 맞춘다. 이 점을 「샌드버그의 서늘한 무덤("Cool Tombs")」에 적용해보자.

링컨이 무덤 속에 매장되었을 때 그는 잊었다
배반자와 암살자를… 먼지 속에서, 서늘한 무덤 속에서.

율리시즈 그랜트 역시 사기꾼과 월스트리트를 잊어버렸다, 현금과 부속물도 재가 되어⋯ 먼지 속에, 서늘한 무덤 속에서.

포카혼타스의 육체, 포플러처럼 아름답고, 11월 붉은 산사나무나 5월의 포포 열매처럼 아름다운, 그녀는 궁금했던가? 그녀는 기억하는가?⋯ 먼지 속에서, 서늘한 무덤 속에서?

옷과 식료품을 사는 거리를 메운 사람들을 보라, 영웅에게 갈채를 보내거나 색종이를 던지거나 나팔을 부는 이들⋯ 연인들은 실패자인지를 나에게 말하라⋯ 연인보다 더 나은 자가 있는 지를 나에게 말하라⋯ 먼지 속에서⋯ 서늘한 무덤 속에서.

When Abraham Lincoln was shoveled into the tombs, he forgot the copperheads and the assassin⋯ in the dust, in the cool tombs.

And Ulysses Grant lost all thought of con men and Wall Street, cash and collateral turned ashes ⋯ in the dust, in the cool tombs.

Pocahontas' body, lovely as a poplar, sweet as a red haw in November or a pawpaw in May, did she wonder? does she remember? ⋯ in the dust, in the cool tombs?

Take any streetful of people buying clothes and groceries, cheering a hero or throwing confetti and blowing tin horns⋯ tell me if the lovers are losers⋯ tell me if any get more than the lovers⋯ in the dust⋯ in the cool tombs.

여기서 만인평등의 법칙이 제시된다. 그것은 엔트로피가 만인에게 두루 적용되는 것을 의미한다. 지상에서 여러 가지 의미와 가치로 평가되는 사람들은 모두 "무덤"으로 환원된다. 의미와 가치는 자연의 관점에서 아무런 의미가 없고 오직 인간 대 인간의 문제일 뿐이다. 인간과 인간 사이에 우열을 정하는 문제는 인간존재의 본질이며, 인위적인 평등운동이나 해방운동으로 완전히 해소될 수 없는 압도적인 문제인 것이다. 인간이 존재하는 한, 주인/노예의 관계, 노/사의 관계, 국가/국민의 관계는 어떤 이념이나 논리로 해체할 수 없는 불가결한 무형의 근본의식인 것이다. 그래서 '사람 위에 사람 없고 사람 밑에 사람 없다'라는 만인 평등선언은 사실 공염불에 불과하다. 부자는 부자끼리 경쟁하고 빈자는 빈자끼리 아귀다툼을 한다. 이런 본질적인 습성을 소수의 이론가와 좌파집단이 주도하는 자본가와 부자타파의 공산주의나 사회주의, 권력 장악을 위한 정치집단의 전략에 의한 빈민구제의 복지주의로 치유할 수는 없고, 예수가 말하는 인간에 의한 인간의 대접방식을 재해석하는 칸트가 말하는 정언명제의 생활화, 실천화가 더 시급하고 긴요한 일이다. 이것은 민중의식의 적정한 수준이 전제되어야 하지만 아펠이 말하는 상호주관적인 관점에서 만인 소통의 이상적 담론에 의해 추진될 일이다. 부자를 타파하고 지상낙원을 건설한다고 선전하던 공산주의와 사회주의가 소수독재로 변질된 것은 이미 주지의 경험된 사실이고, 현재 시행 중인 복지주의는 밑 빠진 항아리식의 예산을 전 국민이 십시일반 감당해야 가능하다. 인간이 물리적으로 경험한 것은 시간의 유희에 따라 추상화되고 지표에 흔적도 없이 사라진다. 위에서 나오는 각종 사건들은 들뢰즈가 말하는 사건의 개념에 해당하는, 물질에 하등 영향을 주지 못하고 물질 위에 기생하는 관념의 부유물이다. 인간은 지상에 한순간 존재하여 역사적인 사건들을 저질러 세상을 떠들썩하게 하지만 결국 다른 인간의 사건들로 대체되고 사라진다. 그런데 이 작품은 앤드루 마블(Andrew Marvell)의 「그의 수줍은 숙녀에게("To His Coy Mistress")」에 재현되는 인간과 시간, 순간과 영원의 관계로 수렴되는 주제와 흡사하다. 구약에 나오는 솔로몬의 고백대로 지상의 모든 것이 '헛되고 헛되니' 순간을 향유하자는 것이다. 지상에 "연인"보다 소중한 것이 어디에도 없으니 지상의 순간을 만끽하자는 것이다. 그러나 순간의 향유는 무조건적인 것이 아니라 상대적인 윤리에 의해 담보되어야 함이 공동체의 불문율이다.

만인이 수긍할 보편타당한 담론은 윤리적인 담론이어야 한다. 이는 담론의 실천이 윤리의 토대 위에 근거해야 한다는 것을 의미한다. 이런 점에서 아펠의 윤리적인 담론은 생태계의 담론에도 적용되어야 한다. 기술 산업시대에 적합한, 만인이 동의하는 담론의 기준이 정해지고 이것이 윤리적으로 실천되어야 한다. 아울러 현재 인간과 기계가 융합되는 사이버시대에 적합한 보편타당한 담론을 정하는 일이 시급하다. 공동체 속의 인간이 존중해야 할 기본적인 규범은 공동체의 선험성에 의해서 정당화된다. 현재를 규정하는 것은 현재가 아니라 과거이기 때문이고, 경험을 규정하는 것은 경험 이전의 선험인 것이다. 과거로부터 현재에 이르도록 공동체에서 승인된 것만이 보편타당한 것이기에, 진보적인 관점은 항상 보수적인 관점을 의식하지 않을 수 없을 것이다.

아벨은 칸트, 하이데거, 비트겐슈타인을 차례로 탐구하면서 철학에 대한 관심을 고조시켰다. 그는 하이데거의 역작 『존재와 시간

(*Sein und Zeit*)』에서 존재를 강조하는 하이데거의 주장은 인간의 선험의 부재를 야기하며, 선험이 없이 현존재를 파악할 수는 없다고 비판한다. 그가 보기에 하이데거의 담론은 공동체의 합의가 무시된 독단적인 담론이다. 또 그는 보이는 것만 인정하는 비트겐슈타인의 언어게임론을 정당화시켜 줄 근거가 사실은 선험적인 영역이라고 비판한다. 아무리 기호화되는 피상적인 현실을 중시하더라도 언어의 이면에 도사리는 심리적 화용론과 기호적 연대기를 도외시할 수는 없을 것이다. 그는 존재와 언어를 주장하기 이전에 공동체의 선험이 존재함을 인식해야 한다고 주장하는 점에서, 칼 융(C. G. Jung)이 말하는 집단 무의식(collective unconsciousness)을 패러디하는 것 같다. 퍼스는 불가지(不可知)의 실재를 화용적인 것으로 파악하였는데, 이는 어디까지나 실재라는 진리로부터 절연된 사고무친의 인간에게 주어진 상징적인 현실과의 불가피한 타협이다. 이 점을 아펠은 정당하다고 인식하며, 자신의 담론윤리가 전 인류가 의사소통의 상호 주관적 주체로서 훈련된 이상적 담화의 틀 속에서 토론함으로써 갈등의 원인이 되는 인종적, 경제적, 종교적, 생태적, 기술적, 정보적 문제를 해결하는 하나의 실천 방안이 될 수 있다고 본다.

아펠은 어찌 보면 현대사회에서 회자되는 소통과 소외의 문제를 해결할 전령사로 여겨진다. 부모와 자식 간의 소통의 부재, 대통령과 국민 간의 소통의 부재, 국민과 국회와의 소통의 부재, 사장과 직원 간의 소통의 부재 등. 그리하여 아펠이 제시한 것이 소위 '담화윤리학'이다. 그런데 주변에 서구 보편주의의 박제된 전통을 공격한 푸코, 리오타르, 로티 등이 소통주의자 아펠을 공격하는 것은 의외다. 그가 소통주의를 화두로 삼기에 당연히 기호학의 선구자로 여기는 찰스 샌더스 피어스(C. S. Piers)의 상호 텍스트성을 고려하지 않을 수 없을 것이다. 담화윤리학은 그 타이들 자체가 함축하듯 모든 현안들을 인간 상호 간의 대화를 통하여 해결하자는 것이다. 그러나 맹목적인 대화는 아니고 대화의 목적이 있고 논증이 뒷받침되는 합리적인 윤리학을 지향한다. 그런데 서구사회에서는 그리스시대 이래 왕정, 신정을 거쳐 의정에 이르도록 독재와 민주를 반복해왔으나 정치집단 사이에 소통, 대화, 타협이 있었음을 부인할 수 없다. 그리스의 아고라(agora)와 아서 왕의 원탁을 거쳐, 시저의 시해에 대한 정당성에 대해 안토니오와 브루투스가 격론을 벌인 로마의 의회는 소통의 장을 열었다. 아펠이 대화와 소통을 타협의 수단으로 삼는 의회를 비판하는 것은 다름이 아니라 의회에서의 대화가 충분히 진행되지 못하고 섣불리 다수결의 논리로 결단되는 것이다. 그는 이러한 결단이 제왕, 군주, 독재자의 것과 동일하다고 본다. 민주적이고 합리적인 담화윤리는 항상 치밀한 논증에서 시작해야 한다. 대의민주제라고 할지라도 아펠이 보기에 반갑지 않다. 그것도 소수 혹은 다수에 의해 농단될 수 있기 때문이다. 바람직한 대화는 상대에게 동등한 권리를 부여하고 자유로운 분위기에서 억압이 없이 진행되는 과정이 상호 주관적으로 전제되어야 한다. 그런데 대화가 권력의 카르텔이 함축하는, 대부분 인간의 욕망이 이해와 타산을 바탕으로 전개되기에 아펠의 주장은 현실적으로 실현되기 어려워, 마치 지상에서 자본주의의 모순을 타파하고 만인평등의 공산주의적 파라다이스를 세우려는 지젝의 야망과 비슷하다.

그가 주장하는 선험화용론은 이상적인 공동체에서 어떤 안건에 대해, 어떤 현안을 해결하기 위해 가능하다고 보는 조건에 대한 타당한 논증을 제시하는 것이다. 다시 말해, 어떤 일을 경험하기 전에 미리 어떤 이상적인 조건을 정해야 한다는 것이다. 이를 위해 진리, 진실성, 규범, 이해가 전제되어야 한다. 이것이 가능한 공동체가 아펠이 바라보는 이상적인 의사소통공동체인 것이다. 선험화용론은 담론윤리학이 동반되어야 비로소 제구실을 다했다고 본다. 그것은 대의민주주의가 아니라 구성원 모두가 참여하여 합의를 도출하는 것이며, 현재 인간의 파멸을 재촉하는 생태계의 위기에 처하여 상호소통에 의한 상생의 윤리학이 절실히 요구되고 있다. 아울러 요즘 제기되는 동성애의 문제나 인공지능, 복지문제, 온난화 문제, 핵개발, 우주개발과 같은 상호 첨예한 문제에 대하여 윤리적 담론의 필요성이 제기됨에 따라 아펠의 관점이 적용될 필요가 있다.

아펠은 제2차 세계대전의 참상을 목격하고 그 전쟁을 히틀러가 주도했음에 경악한다. 그의 뇌리에서 헤겔의 절대이성과 베토벤의 조화로운 대위법이 기저에 깔려 있는 합리적이고 명철한 독일사회에서 어찌 나치 같은 무모한 집단이 탄생했는지 경악했으며, 이것이 한평생 그의 연구주제가 되었다. 특히 히틀러가 자행한 유태인 대학살에 대하여 분노한다. 이 시대를 본능에 충실한 원시시대, 관료화된 가톨릭에 영혼을 내맡긴 중세기와 마찬가지로 일종의 도덕의 상실 혹은 도덕의 진공상태로 보는 것이다. 히틀러라는 망나니 한 사람이 전체사회를 좌지우지한 포복절도할 일이 이성적인 독일사회에서 벌어졌던 것이다. 그의 착안한 연구의 중심은 히틀러의 추억이며 이는 그에게도 시대적 외상이기도 하다. 그는 미국의 심리학자 콜버그[2]

---

2) Lawrence Kohlberg(1927-1987) was an American psychologist best known for his theory of stages of moral development. He served as a professor in the Psychology Department at the University of Chicago and at the Graduate School of Education at Harvard University. Even

의 이론을 차용하여 올바른 사회구성원이 되기 위한 윤리의 6단계를 설명한다. 그것은 관례이전, 관례, 관례초월의 3단계로 압축된다. 관례이전에 포함되는 것은 ① 벌과 복종의 단계와 ② 도구를 상호 유익하게 사용하는 도구교환단계, 관례에 포함되는 ③ 인간 상호 간에 의지하고 동조하는 단계와 사회체제의 인정과 ④ 그 가치(질서와 안녕)추구의 단계, 관례초월에 포함되는 것은 ⑤ 사회계약의 단계와 ⑥ 보편윤리의 단계이다. 여기서 아펠이 특히 강조한 것은 '4½의 윤리'(발터, 46)에 대한 것이다. 그것은 위의 ④번에 대한 인식의 수정이다. 이는 개인적으로 이방인처럼 존재하는 곳의 관례를 존중하면서도 관례를 넘어선 마치 개인의 자유를 존중하는 실존주의적인 상태를, 국가적으로 한 국가가 민주주의 과정으로 나아감에 있어 한시적으로 카리스마가 있는 지도자가 등장하는 경우를 의미한다. 이 점을 윌리엄스의 「이것이 정작 말하려는 것이다("This Is Just To Say")」에 적용해보자.

나는 그대가 아침식사하려고 냉장고에 보관해둔 자두를 먹었
습니다.
나를 용서해주세요 그것은 매우 달고 시원했습니다.

I have eaten
the plums
that were in
the icebox

---

though it was considered unusual in his era, he decided to study the topic of moral judgment, extending Jean Piaget's account of children's moral development from twenty-five years earlier(wiki.com).

and which
you were probably
saving
for breakfast

Forgive me
they were delicious
so sweet
and so cold

여기서 견물생심의 욕망이 드러난다. 죄의식과 윤리의식에 구애받지 않는 동물적인 차원에서 인간이 배가 고파 "자두"를 먹는 것은 아무 문제가 되지 않지만, 빵가게에서 빵을 훔친 장발장처럼 인간과 인간의 관계는 윤리적인 문제에 직면한다. 그리하여 남의 "자두"를 훔쳐 먹었을 때 소유권의 침탈에 대한 제재를 받는다. 달고 시원한 "자두"는 인간에게, 동물에게 먹어도 무해하리라는 선험적인 차원에 존재하기에 현실적으로 "자두"의 체험이 가능한 것이다. 이 작품3)은 마치 『귀천』으로 널리 알려진 천상병의 서술체 시를 상기시킨다. 그 가운데 서민풍의 「막걸리」를 소개한다. ("남들은 막걸리를 술이라지만/내게는 밥이나 마찬가지다./막걸리를 마시면/배가 불러지니 말이다.// 막걸리는 술이 아니다/옥수수로 만드는 막걸리는/영양분이 많

---

3) 이 시작품에 대한 범용적인 해석은 다음과 같다. William Carlos Williams's "This Is Just to Say" contains three stanzas, each composed of four short lines. No line exceeds three words. In the first stanza, the narrator-writer of a memorandum asserts that he has eaten plums that were in the icebox. In the second stanza, the narrator addresses "you" and acknowledges that the reader of the note was probably saving the plums for breakfast. In the first line of the third and last stanza, the narrator-writer asks for forgiveness and then expresses his relish of the plums. (http://www.enotes.com/topics/this-just-say).

다/그러니 어찌 술이랴.// 나는 막걸리를 조금씩만/마시니 취한다는 걸 모른다/그저 배만 든든하고/氣分만 좋은 것이다"). 이런 즉물적인 수법은 시가 사물로부터 유리되는 것을 방지하기 위함이고, 시는 사물을 투명하게 반영해야 한다는 것이다. 키츠가 소극적 수용력(negative capability)을 주장한 것도 사물에 대한 과다한 감정의 덧칠을 방지하고자 함이다. 그리고 플라톤은 시가 민중들을 현혹하여 현실로부터 유리되게 하는 점을 지적한 바 있는데, 이것은 시인과 사회의 소통의 부재를 초래하는 시인의 지독한 나르시시즘적 파행이다. 그러므로 윌리엄스의 시적 투명성(poetic transparency)은 시인과 세상의 소통, 시인과 대중의 소통을 의도한 것이기에 아펠이 말하는 보편윤리의 단계를 실천한 셈이다. 이런 점에서 시인은 미국이라는 황무지의 거친 상황을 존중하면서도 이 난국을 초월하려는 정치적인 의도를 드러낸다.

아펠의 담화윤리학은 정치/경제 분야에서 요긴하다. 한국의 경우 박대통령이 1960년대부터 추진한 경제개발 5개년 계획이 야당의 거센 반대를 무릅쓰고 진행되어 지금 한국사회는 그 과실을 향유하고 있다. 그것은 보릿고개로 이름 지워지는 절대적인 궁핍의 시대를 탈피하고 상대적인 빈부의 시대를 맞이하게 되었다는 것이다. 한국의 경제개발계획은 상호 주관적인 토론의 장을 중시하는 아펠의 담화윤리학에 미흡하지만 당시 한국의 후진적 문화수준을 고려할 때 합리적이고 이성적인 공론의 장을 열기가 역부족이었을 것이다. 그래서 소수의 군부 엘리트들이 리더십을 발휘하여 국가개발을 위한 공론의 장을 유도해 나가는 과정에 발생하는 민중과의 마찰과 충돌은 불가피한 현상이고 그것이 오히려 자연스러운 반작용이었다. 공리적인 자립경제를 실현하려는 군부세력과 개인주의적인 차원에서 민주주의를 실현하려는 운동세력의 충돌은 당위적인 것이다. 그러나 세력 간의 충돌에서 힘이 강한 측이 약한 측을 제어하는 것이 인간시장이라는 정글의 세계에서 통용되는 법칙인지라 당연히 위계시스템과 무기로 무장한 군부세력이 무질서한 운동권 세력을 제어하는 과정에서 불상사가 발생할 수밖에 없을 것이다. 이로 인해 양 세력이 가해자와 피해자로 구분되어 한동안 한국사회가 진통을 겪어야 했으며 아직도 그 여진과 외상이 남아 있다. 만시지탄이긴 하지만, 이 과정에 자유로운 토론과 합의가 보장되는 사이버 아고라에서 실천되는 아펠적 담론윤리학이 작동되었으면 하는 아쉬움이 있다. 그것은 칸트의 정언명제에 기초한 것이다. 그것은 ① '네 의지의 준칙(격률)이 언제나 동시에 보편적 입법의 원리가 될 수 있도록 행위하라'이고, ② '너 자신과 다른 모든 사람의 인격을 언제나 동시에 목적으로 대우하도록 행위하라'이다. 한국이 일제식민지에서 벗어난 시점에 유행했던 사회주의에 대해 아펠은 자본주의의 폐해를 비판하는 사회주의가 인간에게 만민평등을 주장했지만 그것이 다시 재봉건화되었으며, 사회주의가 인간을 사물화(reification)했다고 비판한다. 이는 러시아와 동구유럽의 과거에서 재현되었으며 중국과 북한에서는 현재진행형이다. 그리고 자본주의의 모순을 비판한 사회주의가 역시 자본주의의 아류, 즉 복종과 지배의 환원주의적인 모습이라고 아펠은 비판한다(131).

09

엔트로피

제레미 리프킨(Jeremy Rifkin): 하디(Thomas Hardy),
토머스(Dylan Thomas), 라킨(Philip Larkin)

제레미 리프킨(Jeremy Rifkin): 하디(Thomas Hardy), 토머스(Dylan Thomas), 라킨(Philip Larkin)

리프킨은 인간이 지금 제3차 산업혁명에 돌입해 있다고 본다. 그 것은 그의 저서 제명처럼 감성의 문명(The Empathic Civilization)을 의미한다. 인간은 기술로 야기된 기후변화에서 스스로를 구하기 위 해 악의 순환고리를 끊고 인간본성의 새 모델을 수용해야 한다. 그런 데 인간은 아직도 기술이 인간을 자연에 대한 의존에서 해방시켜 줄 것이라고 굳게 믿고 있다(리프킨, 89). 감성의 문명의 전제는 무엇인 가? 지금 시각은 현대문명의 막바지에 머물고 있다. 2008년 기름가 격이 147달러에 이르고, 식량폭동이 30개국에서 발생했다. 생필품 가격은 올라가고 소득은 추락했다. 화석연료에 기초한 위대한 산업 시대가 종말을 고하는 신음소리가 곳곳에서 들려오고 있다. 세계 지 도자들은 각국의 지엽적인 이해관계를 내세우며 전 세계적인 파멸 적 증상에 대해선 무심하다. 이것이 몸뚱이는 훤하게 드러낸 채 얼 굴만 가리면 안전하다고 보는 <타조의 마인드>이다. 전체적인 파국 이 도래하는데도 각각의 지역만 안전하면 그만이라는 근시안적인 시 각으로 지상의 제국들은 서서히 파멸을 맞이하고 있다. 세인들은 테 킬라, 보드카, 조니 워커, 와인에 흠뻑 취해 자만심에 도취되어 서서히 안락사되고 있다. 물론 맨 정신으로 최후를 맞이하기보다 독배에 취해 최후를 맞이하는 것이 더 안락할 것이다. 단지 각각에게 도래할 사망의 시각만 다를 뿐이다. 현재의 문제점은 자연을 무차별 개발하는 18세기 계몽주의기획의 수법에 대한 일말의 반성도 없이 21세기에도 그대로 답습하고 있다는 것이다. 인간이 우주의 중심이며 문명화가 인간의 삶에 최선이라는 것이다.

계몽의 관점은 개인이 자신의 이익을 추구하는 것이고 민주국가에서는 이를 적극 정책에 반영하는 것이지만, 생태적인 측면에서는 이 태도를 바꾸어야 하는 것이다. 그런데 아마존의 밀림이 개발 원리에 의해 매일 파괴되어 있으며, 아프리카 주민들은 점점 플라스틱과 비닐을 생활의 도구로 사용하고 있다. 전 지구인들에게 무한의 산소를 제공하는 황금알을 낳는 거위로서의 아마존의 밀림을 당장의 황금알을 맛보기 위해 죽이고, 아프리카 부시맨들은 점차 코카콜라의 맛에 길들여지고 있다. 과학기술의 진보로 인하여 인간에게 대대손손 계승되는 고유한 정체성에 대한 변화가 불가피하다. 포스트휴머니즘 시대에 인간과 기계의 조합으로 인하여 인간의 정체성이 과거와 비교하여 변화가 있다. 거울뉴런(mirror neurons)[1]의 발명으로 인간이 자율적인 존재가 아니라 사회적인 존재로 판명되었다. 그런데 이런 내면적인 접근을 떠나 인간은 태생적으로 독립하기 위하여 타자와 사회의 도움을 필요로 한다. 부모, 유모, 병원, 학교, 교회

---

1) In the early 1990s, a team of neuroscientists at the University of Parma made a surprising discovery: Certain groups of neurons in the brains of macaque monkeys fired not only when a monkey performed an action – grabbing an apple out of a box, for instance – but also when the monkey watched someone else performing that action; and even when the monkey heard someone performing the action in another room. In short, even though these "mirror neurons" were part of the brain's motor system, they seemed to be correlated not with specific movements, but with specific goals(http://blogs.scientificamerican.com).

라는 사회적 요소들이 동원되어야 합리적인 사회적 존재가 되지 않는가? 아니면 늑대인간이 될 것이다. 인간의 마인드는 현재 급격하게 변화 중이다. 석기시대의 인간의 마인드는 르네상스의 인간의 마인드와 현대인의 마인드와 판이하게 다를 수밖에 없을 것이다.

수경재배(water culture)를 통해 곡식을 생산하자 희한하게 인간은 글쓰기를 시작했다. 글쓰기 이래 인간은 복잡한 에너지 체계를 운영하기 시작했다. 구두선에 의한 신화적 차원에서 경전에 의한 신학적 차원으로 옮겨진다. 구두소통은 혈족과 친족에 한정되었기에 그 이상 확장될 수 없었다. 기록을 통하여 연관되는 사회조직과 소통을 하고 참조의 틀을 확장했다. 19세기 인쇄기의 발명으로 새로운 에너지의 시대에 접어들었다. 그것은 제1차 산업혁명의 불쏘시개가 된 석탄과 증기의 시대였다. 이를 시발로 유럽사회에 학교제도와 대중문학이 시작되었다. 신학적 관점은 이념적 관점(공산주의, 자본주의)으로 변경되었다. 그러다가 20세기에 이르러 제2차 산업혁명이 일어났는데, 그것이 전자의 시대이다. 이때 발달한 학문이 심리학이다. 이 점을 하디의 「그가 죽인 사람("The Man He Killed")」에 적용해보자.

'그와 내가 어느 오랜
주막에서 만나기만 했더라면,
우리는 마주 앉아 연거푸 술잔으로
목을 축였으리라!

'하지만 보병으로 배치되어
서로 정면으로 노려보며,
나는 그를 쏘았다 그가 나를 쏜 것처럼,

그래서 그를 그 자리에서 죽였다.

'나는 그를 쏘아 죽였다 그것은 -
그가 나의 적이었기에,
정작 그러했다: 물론 그는 나의 적이었지;
그건 너무나 분명하다; 하지만

'그는 입대하리라 생각했겠지, 아마,
자원해서 - 나처럼 -
실직해서 - 주변을 정리하고 -
딴 이유는 없어.

'그래; 전쟁은 해괴망측해!
당신이 동료를 쏘아죽여
어떤 술집에서 만났더라면 한 잔 내거나
혹은 몇 푼 도와줄 사람을.'

'Had he and I but met
By some old ancient inn,
We should have sat us down to wet
Right many a nipperkin!

'But ranged as infantry,
And staring face to face,
I shot at him as he at me,
And killed him in his place.

'I shot him dead because -
Because he was my foe,
Just so: my foe of course he was;

That's clear enough; although

'He thought he'd 'list, perhaps,
Off-hand like - just as I -
Was out of work - had sold his traps -
No other Reason why.

'Yes; quaint and curious war is!
You shoot a fellow down
You'd treat if met where any bar is,
Or help to half-a-crown.'

전쟁은 욕망의 발산이자 인간의 원시적인 욕망을 현실에 드러내는 원형의 장이다. 그것은 피와 살 위에 포장된 기호나 상징으로 대변되는 위선의 껍질을 벗고 맨몸의 실재를 드러내는 상황이기 때문이다. 피와 땀을 흘리며 복수를 실현하는 장이거나 증오를 발산하는 본질적인 장이다. 이때 전쟁의 본질적인 참상을 그린 전쟁 시인 오언(Wilfred Owen)의 시작품[2]를 생각한다. 이런 본질적인 측면과는 달리 전쟁은 정치적인 헤게모니를 실천하는 장이거나 정의를 실현하는 이념의 장이다. 문호 헤밍웨이가 『무기여 안녕』에서 주장하는 단독 강화(separate peace)와 아리안 순혈주의에 경도된 히틀러의 아우슈비츠 가스학살을 생각한다. 공산주의를 실현하려는 북한군의 6·25 남침에 맞서 남한의 민주주의를 수호한 마치 고대 서사시 『베어울

---

[2] 이상섭 교수가 옮긴 「더 큰 사랑("Greater Love")」이다. (빨간 입술이 제아무리 빨간들/죽은 병사가 키스한 피 묻은 돌 같으랴./연인들의 다정함도/그들의 순수한 사랑은 수치 같구나./오 사랑아, 네 눈빛이 매력을 잃는다./나대신 먼눈을 바라보며는!…)(Red lips are not so red/As the stained stones kissed by the English dead./Kindness of wooed and wooer/Seems shame to their love pure./O Love, your eyes lose lure/When I behold eyes blinded in my stead!…).

프』에 등장하는 외인 용사 베어울프와 같은 명장 맥아더를 생각한다. 그런데 인간은 전쟁과 평화의 상태 가운데 전자를 증오하고 후자를 선호할 입장에 서 있지 않다. 그것은 인간이 각자 도생(圖生)을 위해 직면하는 자연 상태와 주변 환경은 늘 전시상태에 처해 있기 때문이다. 햄버거를 사먹기 위하여 취업을 위해 남의 자리를 차지해야 하며, 타자가 먹기 전에 내가 먼저 먹어야 생존을 할 수 있기 때문에 인간사회에 갈등과 투쟁은 불가피하다. 이를 다소 완화해주는 것이 비본질적인 도덕과 윤리이지만 이 또한 지배층의 책무로서 노블레스 오블리주(noblesse oblige)라는 우아한 개념에 함축된 악어의 눈물이나 빈자에 대한 교황의 축수처럼 강자의 자기충족적인 욕망과 존재가치를 구현하는 구실에 불과하다. 인간사회에 신사숙녀는 현란한 환경에 적합한 페르소나로 위장하고 동물적인 본능을 발휘한다. 그러니 인간사회에서 겉으로 안정과 평화로 포장된 현상이면에 이전 투구가 지속되고 있다. 시장경제에서 통용되는 자유로운 자본주의나 만인복지의 사회주의의 실천 또한 평화로운 상태가 아니라 전시상태를 내재하고 있다. 다시 말해 빈부의 차이와 강자와 약자가 존재하는 유혈경쟁의 자본주의나 부르주아를 타도하고 공평한? 사회를 건설하려는 환상에 취한 프롤레타리아의 혁명 또한 피를 부른다. 물리적으로 공격을 받아 피를 흘리는 것이나 심리적인 고통을 받아 애가 타는 것이나 매일반이다. 인간관계는 본질적으로 공평무사하나 인간이 속한 의미의 공동체는 이념에 충실하고 그것에 충실히 복무해야 하기에 인간은 비본질적으로 살아가야하는 모순적인 인생의 과정에서 다른 이념을 가진 인간과의 투쟁이 불가피하다3). 그러니까 인간은 비본질적으로 생각하고 이를 존재의 가치나 기준으로 삼는 해괴한 동물이다. 인간은 칼, 도끼가 아니라 총, 기호로 같은 인간을 살상함으로써 문화화된다. 직접 타자의 피를 손에 묻히기보다 간접적인 수단, 즉 매체를 통해 실행함으로써 말초적 현실과 유리되어 심리적인 부담을 덜게 하려는 것이다. 입장이 곤란한 외교문제에 대해 왕이 사절을 보내 의견을 표명하듯이 역사적으로 인간은 실상을 대체하는 문화적인 수단(이미지, 아바타, 인공지능, 로봇)을 지속적으로 강구하고 있다. 요즘 현실적, 가상적 매체는 인생의 목표이자 거래의 대상이자 살상의 수단이 되었다. 돈키호테가 풍차와 싸우듯 인간은 인간이 만든 매체와 싸워야 할 형편에 처한다. 이제 적군은 메이드 인 코리아 아이언 맨과 전투를 해야 할 것이다. 그리하여 금세기는 인간과 기계, 현실과 비현실이 융합되는 이질성(heterogeneity)의 퓨전시대에 진입하고 있으며 인간사회의 순혈주의가 훼손되고 있다.

에너지와 소통기술의 융합은 인간의 의식을 변화시켰으며 인간 상호 간의 공감대를 확장시켰다. 그런데 이런 문명화의 과정들이 자연을 희생한 대가가 아니겠는가? 에너지 사용을 촉진하여 인류문명을 추진하여 지상의 엔트로피(entropy)를 증가시켰다면 이 비극적 현상에 대처하기 위해서는 공감(empathy)을 형성해야 할 시점이다. 파국적 엔트로피에 대한 대책이 전 인류의 환경문제에 대한 공감인 것이다. 보다 많은 에너지를 사용하여 전 지구인들을 하나로 결집한 후에 이에 따른 엔트로피의 격증이라는 파멸적 반작용을 고민해야 하는 것이 인류사의 미스터리이다. 이 역설을 분쇄하기 위하여 지정학적 의식에서 탈피하여 생태학적 의식으로 전환해야 할 것이다. 그러

---

3) 후쿠야마는 『역사의 종언』에서 냉전시대에 자본주의와 공산주의 사이의 치열한 투쟁에서 전자가 승리했다고 진단을 내린다.

나 자연의 관점에서 자유의지에 충실한 제멋대로의 인간이 지상에 존재함은 자연의 이용과 오용이 이미 예정된 것이 아닌가?

지상에서 인간의 수명을 연장하기 위하여 이제 세계관이 바뀌어야 할 것 같다. 인간중심의 관점을 주장하는 르네상스 이래로 세상을 지배해온 뉴턴의 17세기적 사고방식인 기계적 패러다임이 해체를 선언해야 할 시점에 이른 것이다. 아직도 여전히 유효한 뉴턴의 역학 제1법칙은 우주의 에너지와 물질의 총량이 변동이 없이 그저 형태만 바뀔 뿐이라는 것이며, 제2법칙은 물질과 에너지가 유용한 것에서 무용한 것으로, 질서에서 무질서로 오직 한 방향으로만 흐른다는 것이고, 이 기준과 척도를 엔트로피라고 부른다. 뉴턴의 이러한 제1법칙의 발견으로 인하여 중세의 가톨릭 세력이 충격을 받았으며, 이제 제2법칙이 개신교세력에 영향을 주고 있다. 그런데 가톨릭과 개신교의 경우 사물의 창조와 더불어 열역학의 법칙 또한 창조주의 섭리라고 보면 될 것인데, 이를 외면함은 일부 신자들의 불신앙으로 인한 교세의 약화를 우려한 비기독교적인 정치적 발상이다. 다시 말해 창조주를 흠모함에 있어 엔트로피, 교세의 증감은 아무 문제가 되지 않는다. 아우구스투스의 사례를 볼 때, 인간이 구획한 종파를 떠나 신앙은 어디까지나 하나님과 개인의 초월적, 실존적 관계이고 조우이기 때문이다. 과학과 기술의 발달로 인하여 외견상 인간의 생활이 윤택해지고 있다고 생각하였는데 세월이 흐를수록 그것이 독이 든 사과라는 것을 차츰 인식하고 있다. 이제 금세기 이후로는 인간중심, 물질중심의 엔트로피의 세계관이 지구인의 삶의 잣대가 될 것이다. 그러나 그리스도의 재림이 벼락같이 임할 경우 인간은 그리스도에 대한 믿음의 부재에 대해 혹독한 심판을 받아야 할 것이다. 엔트로피 법칙은 지상의 모든 것이 한정되고 유한한 생물들의 세계에 적용되는 가공할 만한 것이며, 영고성쇠의 자연법칙이 곧 엔트로피의 원리이기도 하다.

현대사회는 기계사회이다. 기계는 인간의 생활 저변에 존재하며 인간을 돕는 충직한 노예이다. 기계는 파업, 태업(sabotage)도 하지 않고, 질병과 졸음이 없이 인간의 명령을 충실히 수행한다. 그러나 간혹 인간의 욕망이 과하여 기계를 무리하게 가동할 경우 고장이 나기도 한다. 기계는 인간의 신체를 보완하는 장치가 되어 인간의 생명을 연장한다. 의족, 인공심장, 인공장기, 의치, 무인카메라가 인간을 구성하는 신체가 된다. 기계는 인간에게 밥을 지어주고, 커피를 제공하고, 세탁을 해주고, 발이 되고, 파수꾼이 되어 준다. 신에게 지상의 운명을 내맡긴 중세의 암흑기에서 기계적 세계관을 주장한 사람은 베이컨, 데카르트, 뉴턴이었다. 베이컨은 고대 그리스 세계관을 공격하며 신기관(Noum Organum)을 통해 플라톤, 아리스토텔레스, 호머를 신랄하게 비판한다. 그들의 업적을 그들의 담론이 현재에 이르도록 논쟁의 수단에 기여하는 것으로 폄하한다. 그리스 사람들의 관심은 사물의 근원에 대한 호기심(왜?)이었고 베이컨의 관심사는 사물의 방법론(어떻게?)에 관한 것이다. 그리스인들은 세상을 있는 그대로 보지 않고 세상을 초월하는 모델을 고민했으나, 베이컨은 세상을 있는 그대로 보려고 했다. 경험주의, 객관주의, 실증주의, 사실주의 모델이 그의 안목이다. 그런데 현재 베이컨의 기계적이고 사실적인 모델보다 그리스인들의 초월적이고 초현실적인 모델이 실현되고 있는 중이다. 리얼리티의 시대가 가고 하이퍼-리얼리티(hyper-reality)의 시대가 오고, 초점이 모이는 실상의 시대가 가고 초점이 분산되는 허상의 시대가 오지 않았는가?4) 데카르트는 수학을 통하여 우주의 원리를, 물질의 원리를 이해할 수 있다고 보고, '나에게 외연(extension)과 운동(motion)을 달라. 그러면 우주를 건설할 것이다.'(30)라는 말을 했다. 그는 인간이 세계의 정체를 밝혀 세계의 주인이 될 수 있음을 확신한다. 그의 전통을 이어서 뉴턴은 나뭇잎의 낙하와 행성의 운동에 대해 탐구한 결과 쉽사리 두 가지 법칙을 발견했다. 자연의 모든 현상은 불가지의 힘에 의해 발생하며 그것은 물체가 서로 당기거나 밀어낸다는 것이다. 전자의 경우가 결합, 단합, 통합, 합병이며, 후자의 경우가 격리, 분리, 와해, 독립이다. 이 기계적 패러다임이 매력적인 이유는 단순하며, 예측가능하다는 것이다. 그래서 로크(John Locke)는 국가와 인간 사이의 관계를 계약으로 규정하는 사회계약설을 주장하였고, 스미스(Adam Smith)는 보이지 않는 손이라는 개념을 통해 개인들이 각자의 반사이익에 따라 행동하는 것이 사회를 유익하게 한다고 본다. 로크는 국가와 인간 사이의 관계를 설정함으로써 신을 제거해 버렸고, 스미스는 보이지 않는 손이 수요와 공급의 손을 의미함으로써 개인과 개인 사이를 주재하는 신의 섭리를 무시해 버렸다. 아울러 베이컨은 사물의 객관성을 중시하기에, 우상의 신화를 주장하기에, 인간을 자연에서 분리해 버린다. 따라서 인간은 신과 자연에서 분리되어 세상의 지배자가 아니라 오히려 고립무원의 초월적인 미아의 처지가 되었다. 현재 인간은 창조주로서의 하나님을 의지하지도 않고, 자연에 대항하며 고독하게 살아간다. 이 점을 영화 <인터스텔라(Interstellar)>에 삽입된 딜런 토

---

4) A real image occurs where rays converge, whereas a virtual image occurs where rays only appear to converge(wiki.com).

마스의 「그 좋은 밤 속으로 순순히 들어가지 마시오("Do not go gentle into that good night")」에 적용해보자.

순순히 저 멋진 밤을 받아들이지 마시고,
노인이여, 하루가 저무는 것에 격노하고 고함지르고,
분노, 분노하세요. 빛의 사라져감에 대항하여.

현자들은 임종에 이르러야 어둠이 정당함을 알지만,
그들의 말은 더 이상 번개처럼 번쩍이지 않기에
그들은 순순히 저 멋진 밤 속으로 들어가지 마세요.

선인들은, 마지막 파도가 지난 후에야, 얼마나 영리하게 탄식
하지만
그들의 허무한 행위들이 푸른 강어귀에서 춤추어야 했음을,
분노, 사라져가는 빛에 대항하여 분노하세요.

비행중인 태양을 찬양하며 붙들려는 야만인들,
또한 알게 되죠, 그들이 궤도를 따르는 태양에 비통해 했음을,
순순히 저 좋은 밤 속으로 들어가지 마세요.

무덤지기들, 죽을 날이 가까운, 아물아물한 시각을 가지고
맹안은 유성처럼 반짝이며 즐거울지라도,
분노, 분노 하세요. 사라져가는 빛에 대하여.

그리고 당신, 나의 아버지, 그 슬픔의 언덕에 서서,
저주하고, 축복하시기를, 지금의 나를 격한 눈물로, 나는 기도
합니다.
순순히 저 멋진 밤으로 들어가지 마세요.
분노, 빛의 사라짐에 대항하여 분노하세요.

Do not go gentle into that good night,
Old age should burn and rave at close of day,
Rage, rage against the dying of the light.

Though wise men at their end know dark is right,
Because their words had forked no lightning they
Do not go gentle into that good night.

Good men, the last wave by, crying how bright
Their frail deeds might have danced in a green bay,
Rage, rage against the dying of the light.

Wild men who caught and sang the sun in flight,
And learn, too, they grieved it on its way,
Do not go gentle into that good night.

Grave men, near death, who see with blinding sight
Blind eyes could blaze like meteors and be gay,
Rage, rage against the dying of the light.

And you, my father, there on the sad height,
Curse, bless, me now with your fierce tears, I pray.
Do not go gentle into that good night.
Rage, rage against the dying of the light.

    화자는 "노인"을 포함한 모든 인간들이 노화에 무기력하게 순응하지 말고 저항하자고 촉구한다. 이는 생노병사의 원리를 역행하는 것이며, 요즘 유행하는 노화에의 저항운동의 선구적인 안목으로 볼 수 있다. 한편 생생한 청년에서부터 시들어 가는 노년으로의 전환을 규정하는 엔트로피의 원리에 대한 저항이기도 하다. "현자들"은 인간의 생사의 인과를 당연시한다. 하지만 그들도 인간인지라 인간의 말은 불확실하다. 죽음에 대한 인간의 일반적인 의식을 신뢰하지 말라. 바르트(R. Barthes)식으로 보아, 죽음에 대한 참혹한 의미를 투사하는 과거신화의 현재에 대한 일반화를 신봉하지 말라는 것이다. 여기서 "멋진 밤"은 두 낱말이 상충하는 일종의 형용모순(oxymoron)이며, 죽음이 인간에게 휴식을 주는 멋진 동기라는 조소적인 것이다. "선인들"에게 죽음은 대안이 아니다. 그런데 그들은 죽음이 현실의 "푸른 강어귀"에서 마땅히 춤추어야 했을 그들의 안식처로 생각한다. 이것은 죽음에 대한 순응에 불과하고, 생전 그들의 행동은 온당한 것이 아니라 부질없는 것이었다. 반면 "야만인들"은 "태양"의 법칙을 추종하는 과학자, 기계론자, 우상숭배자이다. 그러나 "태양"은 그들의 법칙대로, 소망대로 움직이지 않는다. 이는 요즘 회자되는 포스트모더니즘의 강령으로서 불확정성(uncertainty principle)의 원리를 함축한다. 또 "무덤지기들"이 주검을 매일 목격함으로써 죽음에 대해 만성적인 매너리즘에 빠져 무감각하다 할지라도, 여기서 "맹안"을 가진 늙은 "무덤지기"가 죽음을 작업거리로 생각하지 말고 죽음에 저항하라고 화자는 강권한다. 마지막으로 "아버지"는 하늘에 계신 창조주인지 유전적 아버지인지 구분이 되지 않는다. 그러나 "기도"한다는 점에서 전자를 의미한다고 볼 수 있다. "저주"한다는 것은 죄에 대한 심판을, "축복"한다는 것은 죄로부터의 구원을 의미한다고 본다. 그렇다 할지라도 화자는 "빛의 사라짐"이 암시하는 죽음의 어둠 속에 인간이 소멸되는 것을 거부한다. 전체적으로 창조와 죽음에의 저항, 우주를 유랑하는 부조리한 운명에 대한 저항, 위대한 디자인에 해당하는 실재의 음모에 대한 존재론적 저항을 표명한다. 아울러 초인정신, 프로메테우스적 저항, 실존주의가 강조된다. 간단히 말해, 화자는 세간에 유통되는 죽음에 대한 운명론적이고 기계론적인 일반성에 저항하고 있다고 본다. 이런 점에서 그에게 죽음에 대한 섭리와 탄식과 위로는 그리 달갑지 않다.

그다음으로 기계론적 세계관을 생물학적인 측면에서 적용한 사람이 다윈(Charles Darwin)이다. 그는 환경에 잘 순응하고 적응하는 것만이 살아남는다는 자연선택을 주장함으로써 자기의 이익을 추구함이 물질적 풍요와 사회질서에 기여한다는 기계적 가치관에 명백히 부응한다. 부수적으로 인간의 정신 상태를 의식/무의식/전의식으로 인격을 에고/이드/슈퍼에고로 나누어 적용하여 정상화된 인간을 생산하려는 프로이트(S. Freud) 또한 기계론의 패러다임에서 자유로울 수가 없을 것이다. 위에서 언급한 각 분야에서 기계론 패러다임의 발생사건을 정리하면 다음과 같다.

  a) 경제의 기계론 - 아담 스미스
  b) 사회의 기계론 - 존 로크
  c) 과학의 기계론 - 뉴턴
  d) 생명의 기계론 - 다윈
  e) 정신의 기계론 - 프로이트

이제 기계론 시대에 이어 엔트로피 시대의 상황을 언급해야 한다. 물론 기계론이 현재 종지부를 찍고 완전히 새로운 엔트로피의 시대가 도래한 것은 아니다. 여전히 기계론은 유효한 상황 속에 살고 있다. 이제 기계는 맥루한(M. Mcluhan)이 말한 대로 인간신체의 확대로서 인간의 대리인으로서 충실히 사명을 다하고 있다. 엔트로피 법칙을 간단히 정리하면 '우주의 전체 에너지는 일정하고 전체 엔트로피는 항상 증가한다'는 것이다. 에너지가 일정하다는 것은 에너지 제1법칙인 에너지 보존법칙이고, 사물은 에너지를 내재한 다양한 형태들이다. 에너지는 사물의 모습으로 위장하며 인간의 주위에서 등장과 퇴장을 반복한다. 일정량의 에너지(열)는 <일>로 바뀌고, 이때 <열>은 사라진 것이 아니라 다른 형태의 에너지로 바뀐다. 이를 자동차의 운용에 적용하면 다음과 같다.

※ 휘발유의 에너지=엔진의 동작+발생된 열+잔여에너지
(배기가스)

인간은 에너지를 창조할 수가 없고 단지 에너지를 운용할 뿐이다. 애초에 에너지를 만든 주체가 누구인지 아직도 불가지의 영역에 존재한다. 그런데 에너지는 무한하지 않다고 주장하는 법칙이 에너지 제2법칙이다. 에너지는 사용된 뒤 분산되어 대기 중에 흩어진다. 물론 에너지는 대기 중에 흩어져 공해를 유발하는 분산 에너지가 되어 전체적으로 에너지의 총량은 같을지라도, 에너지를 사용하기 위하여 에너지를 집적하는 과정이 필요하고 이 과정에서 또 에너지를 사용해야 할 것이다. 예를 들어, 에너지 덩어리인 돼지를 사육하기 위하여 얼마나 많은 에너지가 동원되어야 할 것인가? 에너지의 사용으로 '더 이상 일로 바꿀 수 없는 에너지의 척도'를 의미하는 엔트로피가 증가함으로써 인간이 사용가능한 에너지가 지속적으로 감소한다는 것이다. 에너지 제1법칙에 의해서 에너지는 창조/소멸될 수 없고 오직 형태만 바뀔 뿐이다. 그리고 에너지 제2법칙에 의해서 결집에서 분산 혹은 와해되는 한 방향만을 취한다. 따라서 에너지는 휘발유라는 결집된 에너지에서 자동차 내연기관을 거쳐 대기 속으로 분산되는 에너지, 즉 공해라는 사용 불가능한 엔트로피가 된다. 엔트로피 법칙을 발견한 사람은 독일인 클라우시우스(Rudolf Clausius)인데 그의 주장에 따르면 에너지가 일로 변하기 위해 에너지 농도의 차이가 발생해야 한다는 것이다. 에너지는 높은 농도(가열)에서 낮은 농도(냉각)로 진행되어야 일이 발생한다. 에너지는 높은 상태에서 낮은 상태로 흐르므로 달구어진 부젓가락은 점차 열을 상실하고 주위 공기와 같은 상태가 된다. 이것이 아무런 일이 발생하지 않는 평형상태이다. 인간이 에너지를 발산하며 정열적으로 일을 하다가 죽음에 이르러 주위의 에너지와 같아지는 죽음의 상태가 되는 것과 같다. 다시 말해, 사슴의 에너지는 사자에게 대부분 흡수되고, 뼈와 가죽과 같은 분산 에너지, 즉 공해의 잔재만을 남긴다. 사용가능한 에너지를 의미하는 자유에너지는 사용 불가능한 에너지를 의미하는 구속에너지로 변환되고, 다시 구속에너지가 자유에너지가 되기 위하여 모순적으로 자유에너지가 투입되어야 한다. 그러니까 석유를 원료로 비닐을 만들고 폐기된 비닐을 모아 사용가능 에너지로 생산한 전기를 통해 재활용되는 과정에서 에너지의 분산, 즉 엔트로피는 극대화된다. 닫힌계의 지구에서 인간이 이용할 수 있는 자원은 지하자원과 태양열, 수력, 풍력이 있다. 그런데 이 자원을 가공하는 데 자유에너지가 소비되어야 한다. 그러니까 에너지가 이중으로 사용되어 엔트로피는 가속화된다. 엔트로피의 증가에 대해서 전 세계의 대처가 부심해지는 요즈음 실천하는 방안은 고작 자원의 재활용이라는 구호다. 그런데 자원의 재활용에 자유에너지가 투입되어야 하기에 자원 재활용이 오히려 엔트로피를 증가시킨다. 결론적으로 지구에서 엔트로피의 상태는 종국적으로 극대화될 것이다. 이 비극적인 상황에 대해서 전 세계적으로 대책이 수립되고 있긴 하지만 엔트로피의 증가를 봉쇄하는 근본적인 대책은 전무하고 단지 엔트로피의 속도를 지연시키는 것이 유일한 대안이다. 말하자면 지상의 가용 자원을 절약하는 것만이 엔트로피가 초래하는 지상의 디스토피아(dystopia)를 지연시키는 길이지만, 엔트로피의 극대화로 인한 지구의 종말은 언젠가는 지구인이 맞이해야 할 미래완료적인 운명이다. 하지만 현재 국가이기주의에 입각하여 경제개발과 자원개발, 테러집단의 출현으로 인한 전쟁과 지역 헤게모니를 위한 군비경쟁과 핵실험으로 유한한 자원의 남용이 제어될 기미는 없다. 이러한 명백한 과학적인 관점에 의한 비관적인 전망과는 달리 만에 하나 신학적인 차원에서 그리스도의 재림을 기대해볼 수 있다. 이 점을 라킨의 「더블린 풍("Dublinesque")」에 적용해보자.

> 치장 벽토 골목 아래로,
> 그 곳의 빛이 푸르스름하고
> 오후 안개가
> 경주 안내문과 묵주 위
> 가게들에 불을 밝힐 무렵,
> 한 장례 행렬이 지나간다.
>
> 영구차가 선두에 있고,

그 뒤를 따르는 것은
한 무리의 매춘부들,
챙 넓은 꽃무늬 모자,
삼각형의 소매,
발목까지 내려온 드레스를 걸친.

대단한 우정의 분위기가 있다,
그들이 예우하는 듯,
그들이 좋아했던 사람에 대한;
몇몇은 몇 걸음 깡충거린다,
스커트를 능숙하게 잡고
(누군가 박수로 박자 맞춘다),

그리고 엄청난 애도의 분위기도 있다,
그들이 멀어지며
노래하는 어떤 목소리가 들린다
키티, 혹은 케이티에 대해,
그 이름이 한때 의미했던 것처럼
엄청난 사랑, 엄청난 미모를.

Down stucco sidestreets,
Where light is pewter
And afternoon mist
Brings lights on in shops
Above race-guides and rosaries,
A funeral passes.

The hearse is ahead,
But after there follows
A troop of streetwalkers

In wide flowered hats,
Leg-of-mutton sleeves,
And ankle-length dresses.

There is an air of great friendliness,
As if they were honouring
One they were fond of;
Some caper a few steps,
Skirts held skilfully
(Someone claps time),

And of great sadness also.
As they wend away
A voice is heard singing
Of Kitty, or Katy,
As if the name meant once
All love, all beauty.

이 작품에서 국가원수 서거 시 으레 탄주되던 쇼팽(F. Chopin)의
<장송행진곡>이 상기된다. 길거리 창녀는 자기의 에너지를 모두 소
모하고 공중으로 영혼이, 지하로 육신이 사라진다. "오후 안개"가
의미하는 어두운 거리, 희미한 가로등, 질퍽이는 거리를 지나는 장
례행렬이 로컬리티를 부각하는 "더블린풍"이 아니라 우리의 보편적
인 미래완료적인 모습이다. 그런데 인간사에는 슬픔과 장난기가 공
존한다. 인생의 종말은 슬프지만 인간은 그 숙명을 망각한 채 야망
과 꿈을 잠시 세상에 장난스럽게 도배한다. 그 주제는 사랑, 전쟁,
폭력, 파괴, 살상, 자비, 명예, 허영이다. 죽은 창녀는 관 속에 누워

있고 그 행진을 따라가는 창녀들은 희희낙락한다. 그것이 죽음의 행렬이기도 하지만 살아 있는 자가 베푸는 하나의 행사이기 때문이다. 한때 "엄청난 미모"로 뭇 남성들의 "사랑"을 받았지만 결국 엔트로피의 법칙 속으로 수렴되고 만다. 아름다움의 역동은 지상으로 낙하하기 마련이다. 피겨스케이팅 선수가 몇 바퀴 공중회전을 하고 지상에 착지해야 하듯이. 아울러 창녀는 순수와 비순수라는 양면이 내재된 모순적 존재이다. 말이 앞서는 것이 아니라 자신의 몸을 던진다는 점에서 순수한 것이고 타자들에게 몸을 판다는 점에서 비순수하다. 그러나 모든 인간들은 생활을 위하여 매일 품을 팔고 있지 않은가? 간, 쓸개와 같은 신체의 일부가 아니라 전부를, 영혼마저 팔고 있다. 따라서 국민을 위해서 몸을 헌신하지 않고 말을 앞세우는 정치인들은 창녀보다 더러운 인간들이고, 입신영달을 위하여 양심을 파는 관료들은 창녀보다 더 불결한 인간들이다. 그런데 이런 정상배들은 창녀보다 더 추악한 자신의 꼴을 망각한 채 오히려 창녀들을 손가락질하고 조소한다. 인간의 가증스러운 자기기만에 대해 2천 년전 예수는 창녀에게 돌을 던지려는 위선적인 군중들을 질타한다. 그러니 인간치고 누가 창녀에게 돌을 던질 수가 있겠는가? 창녀를 포함한 모든 인간에게서 발생하는 엔트로피의 대동소이한 과정은 다음과 같다. 그것은 청춘의 유토피아적 비전에서 노년의 디스토피아적 비전으로의 이행과정이다.

 a) 창녀의 유혹이 사랑을 만들고 주검으로 변한다.
 b) 사원의 열정이 업적을 만들고 주검으로 변한다.
 c) 학자의 정열이 성과를 만들고 주검으로 변한다.

자연의 산일(散逸)구조론

프리고진(Ilya Prigogine)¨ 키츠(John Keats),
홉킨스(Gerard Manley Hopkins)

프리고진(Ilya Prigogine): 키츠(John Keats), 홉킨스(Gerard Manley Hopkins)

러시아 태생 벨기에 화학자 프리고진은 널리 알려져 있으나 현재 그의 이론에 대한 독자들의 난독증세가 심각한 상황이다. 상기되는 그의 주요 개념은 '혼돈'이며, 주지하다시피 『혼돈으로부터의 질서』 (Order Out of Chaos)는 그의 출세작이다. 그가 보기에 질서의 근본이 혼돈이라는 말이다. 혼돈을 부정적으로만 인식할 것이 아니라 혼돈은 질서의 초석이 된다는 것이다. 혼돈/질서는 나아가 우연/필연, 비가역성/가역성으로 이어진다. 그가 세상에 드러난 것은 1977년 『비평형 통계역학(nonequilibrium statistical mechanics)』을 발표하여 노벨화학상을 수상한 이후였다. 그는 학문적 편식을 부정하며 화학자면서 동시에 사상가이며 저술가로서 당대 대중의 계몽에 기여했다. 그가 애용하는 개념들은 '비가역성', '소산' 혹은 '산일구조'(dissipative structures), '자기조직', '창발성'[1] 등이다. 그는 과학도였지만 어린

---

[1] 창발(創發) 또는 떠오름 현상은 하위 계층(구성 요소)에는 없는 특성이나 행동이 상위 계층(전체 구조)에서 자발적으로 돌연히 출현하는 현상이다. 또한 불시에 솟아나는 특성을 창발성(emergent property) 또는 이머전스(emergence)라고도 부른다. 자기조직화 현상, 복잡계 과학과 관련이 깊다 (wiki.com). 예를 들어, 부속을 조립하여 전체로서의 비행기를 만들면 비행기가 하늘을 날 수 있는 능력이 발생한다는 것이다.

시절부터 고전음악과 철학을 두루 섭렵했다. 1941년 열역학을 연구 주제로 삼아 브뤼셀 자유대학에서 엔트로피와 연관된 '비가역 현상과 열역학'의 연구로 박사학위를 받았다. 이후 벨기에, 미국에서 교편을 잡았으며, 다른 분야의 연구자와도 제휴하여 학문의 융합을 추구하였는데, 프랑스 과학철학자 이사벨 스텐저스과 공저하여 낙양의 지가를 올린 새로운 연합이 대표적인 사례이다. 특히 그는 스티븐 호킹과 마찬가지로 시간에 대한 많은 관심을 경주했다. 그 결과 『시간의 탄생』(1988), 『시간과 영원 사이』(1992), 『시간의 패러독스』(1993), 『필연의 종말』(1996)과 같은 걸작이 이어진다. 그는 뉴턴의 법칙, 카오스의 결정론, 양자 이론, 자연의 비가역성, 빅뱅과 시간의 관계를 검토하고, 확률적 삶과 세계의 자기조직화에 바탕을 둔 과학적 세계관을 통해 확실성의 연기와 유보가 신-과학의 출발점임을 강변한다.

행동을 추동하는 시간의 정체에 대하여 유사 이래 많은 논의가 있어 왔다. 막연히 시간은 영원과 순간을 가늠하는 기준으로서 신비스럽게 인식되었지만, 프리고진은 시간의 신비적 불확실성을 규명하려고 작심했다. 그가 보기에 뉴턴은 결정론적인 관점에서 과거와 미래가 등가의 의미를 가진다고 본다. 양자역학과 상대성이론이 유행하는 20세기에 접어들어서도 여전히 같은 입장이 지속되었다. 그러나 일상적인 관점에서 우리가 늘 경험하듯이 오늘과 내일은 양립할 수 없다. 그런데 왜 과학자들은 과거와 미래의 가역적인 양립을 주장하는가? 프리고진 이론의 백미는 소산구조와 자기조직화(self-organization)이다. 전자는 환경과 물질이 상호 에너지를 교환하는 '열린 계'의 현실에 관한 것이다. 사람이 동/식물재료의 음식을, 사자가 사슴을, 토끼가 풀을 먹고 각각 그 찌꺼기를 배출함으로써 스스로 안정적인 질서구조를 생성하고 유지한다. 이는 평형의 상태가 아니라 비평형의 상태이기에 항상 삶의 불완전한 동요가 수반된다. 미래가 불확실한 인간을 포함한 생물체가 비평형의 상태를 유지하고, 환경 속에서 에너지를 취하며 안정의 상태를 견지하여 새로운 구조를 생성하며 엔트로피를 감소시킨다고 본다. 이 생성구조를 '소산구조'라고 하며 각각 자발적인 동기에 의하기에 '자기조직화'라고 정의한다. 다시 말해 질서가 무질서로 나아가는 과정에서 다시 질서를 유지하는 것이다. 이는 인간이 타자를 위하여 희생하여(소모적 비평형상태) 그 인간이 타자의 의식 속에 자리하는 것(평형상태)과 인간이 삼겹살을 먹고 그 삼겹살이 인간을 구성하는 요소가 되는 것을 동일한 상태라고 볼 수 있다. 탕자가 용서를 구하고, 정진의 자세가 흐트러지면서 질서를 찾는 것이 인간의 운명이며, 카오스로부터 질서를 회복하는 것이 자연의 운명이다. 이 잔인한 구도를 어찌할 것인가? 꽃을 찾아 난잡하게 날아다니는 각각의 벌들이 결국 자발적으로 벌통의 질서 속에 편입되듯이 프리고진의 이론은 일상에 흔히 나타난다. 소산구조화는 자기조직화로 이어지고 비가역성이 배경에 자리한다.

프리고진은 엔트로피가 증대하여 무질서를 초래하는 현상이 인간의 삶에 바람직하지 못하다고 인식하여 이를 전복시키기 위하여 진력했다. 기존의 열역학의 3법칙이 평형상태에서만 유효하다고 인식하여 그로 인한 인류의 비극적인 종말, 즉 점차 '뜨거운 양철판 위의 고양이' 신세가 되는 인류의 결정론적 운명을 역전시킬 수 있는 메시아적 가능성을 탐문한다. 그것은 지속적으로 가열되는 현실을 어떻게 냉각시킬 수 있는가 하는 것이다. 이른바 열역학[2]의 비평형상태에서의 역전 가능성이다. 열역학은 예나 지금이나 인간의 물리적

에로스를 추동하는 근간이 된다. 자연의 형태를 구성하는, 다시 말해 자연의 미쟝센에 대한 배후적 욕망으로 존재한다. 열이 동력에너지로 바뀌어 열차를 추동하고 비행기를 띄운다. 열의 정체에 관한 서너 가지의 법칙이 있다. 하지만 열의 법칙은 어디까지나 평형상태(가역적)에서만 성립하고 비평형상태(비가역적)에서는 성립하지 않는다는 점이다. 그러니까 향후 인류는 태양열에 훈제되어 죽을 운명인데 이에 대한 역전 가능성을 주장하는 자가 프리고진이다. 예를 들어 물(평형상태)을 가열하면(비평형상태) 변하지만 식으면(평형상태) 원래의 상태로 돌아간다는 것이다. 물을 얼리면 얼음이 되지만 녹으면 원래의 상태로 돌아가는 것처럼. 그런데 물에 잉크를 투하하면 물 전체가 잉크물이 되고 이것은 원래의 상태를 회복하지 못한다. 전자가 가역적 변화이고 편향적인 비가역적 변화이다. 빅뱅의 우주도 처음의 상태로 회귀하기는 어려울 전망이다. 이혼한 부부가 처음으로 돌아가기가 어려운 것처럼. 이것을 가능케 하는 것이 신학적 종교적 차원이다. 자연의 과정은 비가역적인 상태를 지향한다. 인간이 몸부림을 쳐야 질서의 상태를 유지하는 것이다. 겉으로 평온해 보이는 오리가 물속에서 죽도록 발가락을 움직여 평형을 유지하듯이. 프리고진이 보기에 삶의 질서를 유지하기 위하여 생물체들은 엄청난 에너지를 써야 한다. 물을 데우면 더운 물은 위로 올라가고 차가운 물이 아래로 내려와 전체적으로 데워진다. 무질서로부터 질

---

2) The four laws of thermodynamics define fundamental physical quantities (temperature, energy, and entropy) that characterize thermodynamic systems. The laws describe how these quantities behave under various circumstances, and forbid certain phenomena (such as perpetual motion). The four laws of thermodynamics are: Zeroth law of thermodynamics: If two systems are in thermal equilibrium respectively with a third system, they must be in thermal equilibrium with each other. This law helps define the notion of temperature(wiki.com).

서를 창출하는 이 대류현상을 비평형의 평형화로 볼 수 있다. 아울러 과거 패망 직전 남베트남에서 벌어진 무질서가 지금은 공산주의에 의해 폭력적이고 일방적인 질서가 잡힌 것처럼, 현재 난민사태로 어수선한 시리아의 무질서도 언젠가 전체적인 평형을 이룰 것이다. 정열적인 율동의 엘비스가 멤피스의 뜰 안에 조용히 잠든 것처럼. 항상성을 유지하던 부동의 존재가 홀연히 주변의 환경을 타파하려는 시도를 할 때 그것은 또 하나의 평형을 창출하려는 것이다. 프리고진이 보기에 일반적이고 정상적인 것은 후자에 해당한다. 환원되지 않는 비가역적인 것이 만들어 내는 또 하나의 세계 혹은 질서 혹은 평화. 프리고진이 염원하는 엔트로피와 무관한 무풍지대를 키츠가 「빛나는 별(Bright Star)」에서 말한다.

빛나는 별이여, 내가 너처럼 변치 않는다면 좋으련만-

밤하늘 높은 곳에 걸린 채 외로운 광채를 발하며,
마치 참을성 있게 잠을 자지 않는 자연의 수도자처럼,
영원히 눈을 감지 않은 채,
출렁이는 바닷물이 종교의식처럼
인간이 사는 육지의 해안을 정결케 하는 것을 지켜보거나,
혹은 산지와 황야에 새롭게 눈이 내려서
부드럽게 덮인 것을 응시하는 별처럼 되고 싶은 것이 아니라-

그런 게 아니라- 그러나 여전히 한결같이, 변함없이,
아름다운 내 연인의 풍만한 가슴에 기대어,
가슴이 부드럽게 오르내리는 것을 영원히 느끼면서,
그 달콤한 동요 속에서 영원히 잠 깨어,
평온하게, 움직임 없이 그녀의 부드러운 숨소리를 들으면서,

그렇게 영원히 살았으면- 아니면 차라리 정신을 잃고 죽었으면.

Bright star, would I were steadfast as thou art ⁻

Not in lone splendour hung aloft the night
And watching, with eternal lids apart,
Like Nature's patient, sleepless Eremite,
The moving waters at their priestlike task
Of pure ablution round earth's human shores,
Or gazing on the new soft-fallen mask
Of snow upon the mountains and the moors ⁻

No ⁻ yet still stedfast, still unchangeable,
Pillow'd upon my fair love's ripening breast,
To feel for ever its soft swell and fall,
Awake for ever in a sweet unrest,
Still, still to hear her tender-taken breath,
And so live ever ⁻ or else swoon to death.

화자는 세상이 고통의 현장임을 인식하고 있다. 그것에 대한 반작용으로 초월적인 인식에 의존하고 있다. 마치 『성냥팔이 소녀』에서 "소녀"가 성냥을 하나씩 그어 불을 밝히며 소원을 읊조리듯이. 화자는 철석 같은 신념의 화신인 "수도자"처럼 영원성을 함축한 "빛나는 별"에게 말초적인 현실에서 파생되는 고통의 감각을 투사한다. 동시에 그 고고한 이상으로 인하여 인간의 삶이 무미건조해지는 것에 대해서 저항한다. 이것이 인간의 이중성이다. 한순간에 소멸되는 허무한 현실을 부정하면서도, 그 끔찍한 현실로부터 유리되어 무색무취의 한 줄기 에테르 혹은 먼지로 변모됨을 선호하는 것이 아니라, "여인의 풍만한 가슴에 기대어"에서 암시하듯이 그 동물적인 감각을 향수하려고 한다. 다시 말해, 화자가 지향하는, 지상에서의 추악하고 진저리 치는 삶의 현장을 탈출하면서도 그 달콤한 감각의 마력을 오히려 향수하려는 이중성이 자연을 향수하면서도 문명의 이기를 향유하려는 인간의 이기적인 이중성에 다름 아니다. 이는 매일 자신의 모습을 정화하기 위하여 독한 샴푸와 세제를 사용하여 개념 없이 하천을 오염시키면서 산과 들로 나가 싱그러운 자연을 만끽하려는 인간의 모순적인 모습이다. 사물이 가치에서 무가치로 전환되는 엔트로피의 비극을 인식하고 이에 대한 희망적이고 긍정적인 반역의 법칙을 탐구한 프리고진의 반-엔트로피적 인식이 이 작품 속에 함축되어 있다.

팝의 고전인 <보헤미안 랩소디("Bohemian Rhapsody")>의 마지막 소절인 "내게 상관없어 하여튼 바람은 분다"(Nothing really matters to me anyway the wind blows)에 나오는 "바람"이 유동하는 기류의 상황은 단순한 것이 아니라 사실 복잡한 것이다. 지/수/화/풍은 천지만물의 오묘한 조화인 것이다. 이에 대한 진단이 카오스와 복잡성의 이론이다. 복잡성은 자연의 감추어진 모습으로 사실 자연의 복잡성은 계속 존재하였지만 우리는 그 복잡성을 제대로 보지 못했다. 그러나 이 격심한 혼돈의 와중에도 질서가 있음을 프리고진은 보려고 한다. 고공을 나는 비행기 창밖에서 난무하는 비를 동반한 천둥번개의 소름 끼치는 현장에도 엄연한 질서가 존재한다는 것이다. 따라서 겉으로 보기에 카오스와 프랙털(fractal)의 혼돈스러운 현상에도 그 이면에 은밀한 질서가 내재해 있다는 것이다. 북경의 하늘을 나는 나비의 온화한 움직임이 반대편 뉴욕에서의 무자비한 폭풍으로 변한다는 '나비효과'도 프리고진의 새 질서이론에 작용된다.

혼란의 카오스도 사실은 마냥 혼란스러운 것이 아니고 질서의 구조를 가지고 있는데 그것을 MIT의 기상학자 로렌츠(Konrad Lorenz)가 우연히 발견했다. 마치 나비날개 모양의 이 현상을 '이상한 끌개'(strange attractor)라고 명명한다. 전개방향을 예측, 확정할 수 없는 혼돈의 궤적을 확률의 변화를 통해 포착가능하다고 본다. 그는 시간이라는 화살의 특징인 비가역성에 대한 대안을 찾고 있는 것이다. 그러니까 과거에서 현재로 흐르는 시간의 방향에 대한 기존의 사고를 바꾸는 것이다. 이리하면 과거와 미래의 시간차이가 없어 고전역학과 양자역학이 가지는 모순이나 역설을 해결할 수도 있다고 본다. 일반적으로 적용하는 전형적이고 폭력적인 자연법칙 대신 확률적인 방법이 더욱 타당하다고 본다. 카오스와 같은 복잡성을 가진 현상은 부분들, 요소들의 상호작용의 양상으로 보아야 하기에 전일주의(holism)적인 시각이 필요하다. 다시 말해 <1+1=2>라는 상투적인 관점에 대한 수정이 필요한 시점이라는 것이다. 이처럼 복잡성에 대한 인식을 정치, 경제, 사회, 문화 등 현실의 제반 현상들에 적용해 볼 필요가 있을 것이다.

프리고진은 요즈음 회자되는 학제 간의 융합을 앞서 실천한 지식인이었다. 그가 시도한 것은 과학과 인문학의 융합이다. 그것은 과학이 사회로부터 무관하고 유리된 것이 아니라 사회 내 현상들과 밀접하게 연관되기 때문이다. 과학과 사회 간에 주고받는 교감은 이른바 피드백현상이라고 볼 수 있다. 그런데 일반적인 인식은 과학과 사회와의 관계를 별개로 보는 경향이 있다. 프리고진의 과학이 가지는 매력은 아마도 복잡성에 대한 그의 관심이 아닐까 싶다. 종전의 과학의 원리가 내포하는 고전적이고 기계적인 관점에서 자연현상, 사회현상을 수렴하는 방식에서 벗어나, 현재 변화무쌍한 자연, 정치, 경제, 사회, 문화현상을 진단하는 데 유익한 관점이 '복잡성의 원리'이기 때문이다. 현재 우리는 원인과 결과, 입력과 출력을 획일적으로 단순하게 단정하기 힘든 상황에 처해 있다. 이제 인류의 복지를 위해 선형적인 관점이 아니라 다양성, 무질서, 비평형, 불안정성에 해당하는 비선형적인 관점이 적용되어야 할 시점에 처해 있다. 동시에 무의식의 자유분방함을 향유하는 포스트모더니즘 시대에 들어서도 인간의 정상화를 위하여 여전히 유효한 데카르트적 관점에 대한 대항담론의 역할을 수행한다. 그러니까 인간을 둘러싼 환경이 획일적으로 예측가능하게 변하는 것이 아니라 불확실한 혼돈 자체라는 것이다. 결정론이 아니라 비결정론이 중시되는 시점이다. 예를 들어, 국가라는 종래의 전통적이고 보수적인 구조와 기능을 뛰어넘는 조직들이 현재 출현하고 있다. 이른바 국가연합과 종교연합체이다. 인간이 불확실하다고 보아 외면하는 사항으로, 성경에 따라, 아니 인간이 엄연히 존재하기에 제1원인자인 하나님은 인간의 의사와 상관없이 스스로 존재하며, 노자가 주장하듯이 무위(wu-wei)를 속성으로 하는 자연 또한 인간의 의도와 무관하게 스스로 존재한다고 볼 수 있다.

프리고진의 혼돈사상은 과학이라는 폐쇄적인 실험실의 공간을 넘어 기존의 닫힌 질서에 대한 하나의 대항담론으로서 포스트모더니즘, 페미니즘, 생태주의를 아우른다. 포스트모더니즘의 특징인 불확정성을 기조로 삼아 리오타르(Jean-Francois Lyotard) 역시 프리고진의 주장과, 부분이 전체를 답습하는 자기 유사성을 주장하는 '프랙털 이론'의 만델브로트(Benoît Mandelbrot)를 지지한다. 인간의 일상은 역전이 불가능하다. 시간이 역전된다면 주전자의 증기가 주전자 속으로 들어가고, 바닥에 떨어진 유리잔의 파편들이 원상 복구될 것이다. 영화 <슈퍼맨>에서 슈퍼맨이 지구의 반대방향으로 수없이 회전하자 지구의 과거가 원상 복구되는 기적이 발생한다. 자연현상에서 절대 불가능한 그 불가역성에 대한 연구가 프리고진의 과업이었다. 무엇이 자연의 현상을 불가역적인 상황으로 몰고 가는가? 천상으로 향하는 욕망의 바벨탑을 쌓으려는 인간이 사물을 완전히 파악할 수 있는가? 그러나 완전히 알 수 없는 상태가 행복하지 않는가? 만약 인간이 사물을 완전히 이해한다면 세상이 어떻게 되겠는가? 과연 그곳이 유토피아가 되겠는가? 인간은 사물을 조금씩 이해하는 과정 속에서 살아가야하는 것이 행복하지 않는가? 인간의 주변에 벌어지는 평형상태를 벗어나려는 시도는 생물학, 기상학, 천체물리학에서 목격되고 있다. 엔트로피에 대한 역행가능성, 즉 '동요상태'에 대한 탐색이 프리고진의 주된 연구목표이다. 동요상태에서 새로운 질서를 창조하기 위하여 잠정적으로 시스템은 비평행상태를 유지할 수밖에 없을 것이다. 이 시스템은 개방되어야 하며 에너지의 자유로운 흐름이 담보되어야 한다. 엔트로피의 극대화, 즉 에너지의 산일(散逸) 혹은 고갈 시 시스템은 일시 비평형상태가 되며 이 상태에서도 스스로의 질서를 유지하려고 한다. 이것이 산일구조론이다. 스스로 자기의 상태를 규정하고 이에 상응한 구조를 선택하여 자기를 형성하는 자기조직화 시스템이다. 자연과 인간, 생명체와 비생명체가 각각 엔트로피의 증대로 말미암아 각자의 구조가 평형상태가 되어 운동이 정지하는 것이 아니라 오히려 새로운 질서를 구축하려는 시도를 한다는 것이다.3) 그의 공적은 자연과학이 인문학에 적용이 가능한 새로운 자연의 법칙을 발견한 것이다.

삶의 원리인 산일은 불가역성을 의미하며, 한번 흩어지면 결합할 수 없다는 것이다. 젊은 시절 팽팽한 청년의 피부는 점점 산일하여 원래대로 되돌아갈 수 없을 정도로 푸석해진다. 그러나 엔트로피의 충만이 청춘의 발산을 대변한다면 엔트로피의 산일은 노장의 희뿌연 연륜을 보여준다. 시간의 흐름 탓에 전자의 질서만을 주장할 수는 없으며 시시각각 후자의 안정을 인정하게 된다. 그의 관점은 시간이라는 화살궤적의 비균질성(duration)을 주장하는 베르그송(Henri Bergson)의 것을 닮는다. 그는 불가역적인 시간 개념으로 '제3의 시간'을 설정한다. 생태계에서 비가역성의 중요성이 부각되고 있으나 현대과학과 기술의 진보와 발전에 고전 열역학의 기여도 또한 무시할 수 없다. 가장 잘 알려진 산일구조는 일명 '버네드 불안정'(Benard instability)이라고 하는데, 물의 층이 밑에서 덥혀질 때 형성된다. 열이 대류를 통해 전해질 때 규칙적인 간격으로 6각형의 모습으로 관찰된다. 이 구조는 열이 전달될 때 발생하고 열의 전달이 중지될 때 사라진다. 구조는 평형상태인 원형의 유지(온전한 컵)와 비원형의 상태(깨어진 컵)로 나뉘진다. 전자는 독자적으로 존재하지만 후자는 존재감을 상실하고 또 다른 것으로 변하기 위한 잠정적 과정에 놓인다. 신문이 파지로 변하고 파지는 주변의 인간적인 상황과 연계되어 휴지로 변모될 것이다. 평형상태를 유지하다 파괴되고 비평형 상태에서 또 다른 구조를 모색한다. 그의 주개념들은 자기조직, 복합체계, 분기점(bifurcation points), 비선형성, 끌개(attractors), 형태

---

3) 이를 영어로 재구성하면 다음과 같다. (These are physical or chemical systems in far from equilibrium" conditions that appear to develop "order out of chaos" and look to be "self-organizing").

발생(morphogenesis) 등으로 열거된다. 인간은 환경과 끊임없이 물질과 에너지를 교환해야 한다. 인간이라는 시스템 혹은 보일러 시스템은 연료를 공급받고 이 에너지를 주위의 상황에 따라 적절히 땀 혹은 증기와 열을 방출한다. 가역적인 현상과 비가역적인 현상의 양립은 자연계에서 종종 관찰된다. 시간이라는 화살의 기원은 무엇인가? 조물주인가? 동작인가? 자연의 근본적인 성질은 어디에서 유래되는가? 이 것이 프리고진의 고민이자 수많은 철인들의 고민이었다. 뉴턴의 가역적인 법칙과 비가역적인 현상과의 융합이 프리고진의 과제였으며, 그의 복잡성의 과학은 사회적, 경제적 문제의 해결에도 도움이 된다. 이 점을 홉킨스의 「하나님의 위엄("God's Grandeur")」에 적용해보자.

세상이 하나님의 위엄으로 채워졌네
금박에서 광채가 뿜어지듯, 기름이 매끄럽게 흘러나오듯
그분의 위대함이 모아진다네
왜 사람들은 신의 회초리를 경홀히 여기는가?
많은 세대들이 밟히고 또 밟혔다

고단한 노동으로 그들의 정신은 마비되고, 초점은 흐릿해졌다
누추한 인간의 냄새가 진동 하네
옥토가 불모지 되고, 너덜너덜한 신발 속 발가락은 무감각 하네

자연은 소진하지 않으리라
사물을 소생케 하는 신선함이 있기에
마지막 빛이 검은 서쪽으로 사라져도,
오! 아침이여… 어둑한 동쪽에서 떠오르라
성령께서 일그러진 이 세상을 품고 있다네
따뜻한 가슴과 빛나는 날개로

The world is charged with the grandeur of God.
It will flame out, like shining from shook foil;
It gathers to a greatness, like the ooze of oil
Crushed. Why do men then now not reck his rod?
Generations have trod, have trod, have trod;
And all is seared with trade; bleared, smeared with toil;
And wears man's smudge and shares man's smell: the soil
Is bare now, nor can foot feel, being shod.

And for all this, nature is never spent;
There lives the dearest freshness deep down things;
And though the last lights off the black West went
Oh, morning, at the brown brink eastward, springs –
Because the Holy Ghost over the bent
World broods with warm breast and with ah! bright wings.

이 작품에 대한 종래의 접근방법, 즉 단순히 창조주의 섭리에 대한 찬양과 인생의 무상함으로 접근하는 관점을 떠나 우선 여기에 네오플라토니즘이 암시된다. 그것은 제1원인자로서 하나님의 자비와 은총이 흘러넘침이 나타난다. 그러므로 인간 혹은 만물은 그 근원이자 주체인 조물주의 은총을 망각한 데에 대해 질책을 반드시 받아야 한다. 그것은 세상을 다스리는 불변의 법칙이 '벌과 상'이기 때문이다. 그래서 인간은 하나님의 은총을 망각하고 인간 본위의 삶을 구가하다 내려진 소돔과 고모라, 노아의 홍수와 같은 징벌을 모면할 방법이 없다. 인간이 하나님이 창조한 자연을 아무리 인위적으로 초토화시키더라도 하나님이 주재하는 땅은 언젠가 복구되고 지상의 개구쟁이 같은 인간을 갈아치운다. 인간들은 출생하자마자 곧바로 노쇠의 과정 속에 편입되지만, 자연은 철마다 옷을 바꿔 입고 등장하여 하나님의 실존을 증명한다. 유신론, 무신론, 불가지론을 떠나 인간은 매일 혹은 매달 자연이 변모하는 것을 데카르트적인 명료한 인식을 가지고 분명히 목격한다. 그렇다면 각자의 신에 대한 입장을 떠나 자연을 변화시키는 힘이 자연의 배후에 존재할 가능성을 생각하거나 느낄 수 있지 않는가? 이 엄연한 변화의 현실을 대면하면서 신을 증명하기 위해서 굳이 복잡한 토마스 아퀴나스의 공식 혹은 티베트의 밀교적 이론을 들이댈 필요가 있는가? 과학과 미신을 떠나 명백한 것은 자연을 변모시키는 과정에서 인간 각자의 상황에 따른 생/사/화/복을 유발하는 초월적인 힘이 분명히 존재한다는 사실이다. 화자는 이 점을 간파하고 인간은 삶의 가치이자 징벌인 노동의 피로에 절어 소진되지만, "자연은 소진하지 않으리라."라고 설파한다. 자연을 운행하는 에너지가 있다면 이 에너지를 발생시키는 주체는 분명히 존재할 것이며, 물질이 있다면 이에 반하는 반물질이 존재하기에, 객체로서의 자연이 있다면 그 주체로서의 창조주가 있을 것이기에, 여기에 인간중심의 편협한 논리나 이론이 개입할 여지는 없다. 따라서 복잡한 사유, 공식, 논리에 의지하여 신의 증명을 시도한 안셀무스, 아퀴나스, 헤겔, 들뢰즈의 노력은, 인간 누구나 변화무쌍한 자연을 바라볼 때 창조주의 오묘한 섭리를 즉시 느낄 수 있고 인식할 수 있기에 사실 무용한 것이다. 지리산에서, 백두산에서, 그랜드 캐니언에서 하늘과 대지의 웅대한 전경을 바라볼 때 탄성이 절로 나오지 않는가? 자연 속에 재현되는 창조주의 모습이 생성을 통해 산일되는 사물을 비극적으로 보지 않고 오히려 또 다른 생성의 전조로 접근하려는 프리고진의 탐색은 무질서 속의 새로운 질서를 확립하는 신지평의 동기가 된다.

11

사회생태학

머레이 북친(Murray Bookchin): 엘리엇(T. S. Eliot),
오언(Wilfred Owen), 오든(W. H. Auden)

머레이 북친(Murray Bookchin): 엘리엇(T. S. Eliot), 오언(Wilfred Owen), 오든(W. H. Auden)

러시아계인 뉴욕태생 북친이 관여하는 주제는 사회에 팽배하는 무정부주의와 사회 생태학이다. 그것은 사회주의를 지지하는 부모들의 성향에 영향 받은 바가 클 것이다. 그는 정치적으로 지방자치제에 대한 관심을 표방하고 지구촌의 폐해를 의식하여 반-세계화 운동(anti-globalization)을 추진했다. 지역화, 지방화에 대한 그의 관심은 세계화의 추세에 반(反)하기는 하지만 매우 진지하다. 세계화가 자유와 평등과 편리를 기치로 삼고 있지만 그것은 다국적 기업을 운영하는 제1, 제2세계와 산업발전, 자원개발을 목표로 삼는 신생 산업국가(BRICS)들에게 유리한 이념이기도 하다. 아프리카의 현실에 대해 디지털 매체를 통해 생생히 목격하고 있듯이 자원의 독점, 지역 노동력의 착취는 비인간적인 현상이 아닐 수 없다. 인도를 강점한 영국, 한국을 강점한 일본, 아프리카를 강점하고 수탈하고 있는 세계의 열강은 인도주의의 가면 속에 탐욕을 감추고 있다. 요새 유행하는 로컬리티(locality)라는 개념은 주변부의 관심을 주장하는 포스트모더니즘의 주개념이기도 하면서 북친의 개념이다. 그런데 전체주의적으로 인체의 확대를 표방하는 매체의 발달로 전 지구가 한통속이 되어

가는 와중에 그의 개념은 공염불에 그칠 가능성도 있다. 하여튼 지구가 미래에 지속적으로 존재하는 방법(sustainability)에 대하여 쉼 없이 탐구되어야 한다.

특히 그의 주장은 대개의 학자들이 그러하듯 탁상공론이 아니라 현실참여의 경험이 반영된 실제적이라는 것이다. 그는 실지로 자동차 공장에서 노동자로 근무한 적이 있으며 노조에 관여한 적도 있었다. 사회개혁을 모토로 하는 공산주의 운동에 가담하였으나 나중에 그것이 폭력적이고 독재적인 측면이 있음을 간파하고 탈퇴하고 뉴욕에서 자유주의 운동을 시작했다. 그리고 대학의 종신교수가 됨으로써 제도권 내에서 반자본주의적인 생태운동과 비폭력적인 방식으로 반핵운동을 지속했다. 그는 인간 공동체와 지구가 별개가 아니라 하나라는 관점을 일관되게 유지한다. 살충제, 방부제, 첨가제, X선, 방사능은 인간의 건강과 행복을 보장하는 것이 아니라 해악임을 주장한다. 아울러 만인복지의 미명으로 독재적이고 급진적인 공산주의와, 공동체를 희생하는 과도한 개인주의 또한 북친이 반대하는 이념이었다. 이런 점은 그가 좋아하는 경구인 화가 고야(Goya)가 말한 "이성 없는 상상력은 괴물을 생산한다"(Imagination without reason produces monsters.)는 점과 연관된다. 이는 초기의 패기나 혈기에 의한 소영웅주의적 이성상실의 실천에 대한 냉정한 반성으로 볼 수 있다. 그는 심층생태학을 반대한다. 그 이유는 심층생태학이 자연과 인간의 관계를 신화주의로 해석하는 측면이 있어 실질적인 생태계의 상황을 추상적으로 호도할 우려가 있기 때문이다. 그러니까 실천보다는 관념에 사로잡히기 쉽다는 것이며 실천이 없이 막연히 관념적으로 인간과 자연의 일체감에 사로잡히기 쉽다는 것이다. 생태보호에 대한 체계적인 실천을 주장하면서 그가 무정부주의를 주장하는 것은 특이하다. 그것은 자아중심의 무정부주의(lifestyle anarchism)와 사회적 무정부주의(social anarchism)다. 그는 보헤미안적인 특징이 있는 전자보다는 사회에 실질적인 영향력을 행사할 수 있는 후자의 관점을 취하고 있다. 개인주의의 자율적인 측면이 아니라, 소자본가(petty-bourgeois)적인 참여와 개성을 보여주는 사회적 무정부주의자의 역할을 강조한다.

그는 사회적 무정부주의를 버몬트에 실제로 적용해 보았다. 그것은 개인으로서 자유를 만끽하면서 공동체의 현안을 외면하지 않고 자기의 목소리를 내는 것이다. 그는 실현이 거의 불가능하지만 민초에 의한, 참여적이고, 진정성이 있는 대중정치를 갈망했다. 개인의 능력을 존중하면서 집단적인 책임의식을 공유하기 위하여 식민주의자 혹은 식자층의 재인식을 통해 지구촌 빈민층의 경제를 개선하는 것이 그의 삶의 목표였다. 사회적 생태학은 일종의 천국의 환상이며, 유사 이래 지구촌의 철인들이나 사상가들이 주장해온 파라다이스의 변용이다. 이와 같은 계열 속에 플라톤의 이데아, 아서 왕의 알비온(albion), 노자의 도, 장자의 무위, 공자의 대동 사회, 불교의 법열, 토머스 모어의 유토피아, 콜리지의 공산주의, 루소의 자연, 바쿠닌의 무정부주의가 있다. 여기서 '사회적'이라 함은 근대화 이후 원자적 개인주의에 함몰되어온 사회에 대한 재인식을 의미한다. 그것은 인간과 인간 사이에 필연적으로 발생하는 경제적, 정치적, 윤리적, 성적인 갈등을 조정하기 위한 것이다. 홍수, 쓰나미, 지진과 같은 자연재난은 여기에 포함하지 않지만, 그가 보기에 자연재난을 유발하는 것은 그릇된 사회 문제 탓이라는 것이다. 상하 지배구조와 억압과

굴종의 계층의식은 일종의 식민주의로서 자연을 파괴하는 주요한 원인이자 동기가 되며, 자연의 반작용을 초래하게 된다. 이집트의 피라미드와 중국의 만리장성의 대역사는 군주와 백성의 지배와 피지배계층의 전형적인 지배와 굴종의 사례이며, 외삽법(extrapolation)의 견지에서 자연의 반작용이 그간의 인류의 역사에 반영되었을 것이다. 이 점을 엘리엇의 「영원의 속삭임("Whispers of Immortality")」에 적용해보자. 영생불멸에 대한 염원과 향수를 워즈워스가 「영생불멸의 노래」에서 이미 노출시킨 바 있다.

> 웹스터는 죽음에 심히 사로잡혀
> 피부 밑 해골을 보았고;
> 젖가슴 없는 사람들은 지하에서
> 입술 없는 웃음을 지으며 몸을 뒤로 젖혔네.
>
> 고환이 아닌 수선화 구근이
> 눈구멍으로 노려보았네.
> 그는 사상이 죽은 가지를 감싸고
> 사상의 탐욕과 사치를 조이는 것을 알았네.
>
> 추측건대, 던 또한 그런 사람이야
> 감각의 대용물을 찾지 못한,
> 붙잡고 움켜쥐고 꿰뚫는데,
> 경험너머의 달인이라고,
>
> 그는 골수의 번민을 알았네
> 해골의 고통을;
> 살점을 아무리 단련해도

뼈 속의 열기를 진정시킬 수 없다.

그리쉬킨은 멋진 여자:
이 여인의 러시안풍의 눈은 단연 매력적이네;
코르셋을 입지 않는, 그녀의 친근한 가슴은
영적 축복의 약속을 준다네.

드러누운 브라질산 재규어는
날랜 원숭이를 복종시키네
고양이 특유의 분비물로;
그리쉬킨은 작은 집을 갖고 있다네;

윤기 나는 브라질산 재규어는
수목의 그늘 아래서
고양이의 체취를 풍기지 않는다네
응접실의 그리쉬킨 같은.

추상적 실체도
그녀의 매력 주위를 돌아다닌다네.
그러나 우리의 행운은 마른 늑골 사이를 기어 다니네
우리 형이상학을 훈훈케 하며.

Webster was much possessed by death
And saw the skull beneath the skin;
And breastless creatures under ground
Learned backward with a lipless grin.

Daffodil bulls instead of bulbs
Stared from the sockets of the eyes!
He knew that thought clings round dead limbs

Tightening its lusts and luxuries

Donne, I suppose, was such another
Who found no substitute for sense,
To seize and clutch and penetrate,
Expert beyond experience,

He knew the anguish of the marrow
The ague of the skeleton;
No contract possible to flesh
Allayed the fever of the bone.

Grishkin is nice : her Russian eye
Is underlined for emphasis;
Uncorseted, her friendly bust
Gives promise of pneumatic bliss.

The couched Brazilian jaguar
Compels the scampering marmoset
With subtle effluence of cat;
Grishkin has a maisonette;

The sleek Brazilian jaguar
Does not in its arboreal gloom
Distil so rank a feline smell
As Grishkin in a drawing room.

And even the Abstract Entities
Circumambulate her charm;
But our lot crawls between dry ribs

To keep our metaphysics warm.

박사 "웹스터"는 서구인을 대변하는 자로 실존주의자들처럼 미래 완료적인 "죽음"에 전율을 느낀다. 그리하여 비전 없는 지성의 세계에 대해 말초적인 감각으로 대응하려 한다. "젖가슴 없는 사람들"은 누구인가? 이들은 생물학적 재생산이 불가능한 자들로서 모성의 불모성을 의미한다고 본다. "입술 없는 웃음"은 삶에 대한 조소를 의미하는 감성을 상실한 직업적인 행동을 의미하고 진정한 사랑을 상실한 채 영혼과 육체를 파는 창녀 같은 현대인의 사무적이고 기계적인 행위를 의미한다고 본다. 여기서 "고환"을 매달고 "눈구멍"으로 타자를 물색하는 남근이 등장한다. 이것은 실체를 상징화한 노골적인 표현으로 사물을 상기시키는 '객관적 상관물'에 해당한다. 사물에 접근하는 다른 수가 없으나 인간을 닦달하여 육체와 감정을 메마르게 하는 것은 공허한 사색과 번민이다. 사색은 감성과 사물이 일치하는 '감수성의 통합'이 아니라 감성과 사물이 분리되는 '감수성의 분열'을 조장하는 주범이다. 감각은 기침, 한숨과 마찬가지로 실존 혹은 실재의 영역이기에 상징계의 현실에서 "대용물"을 찾을 수 없을 것이다. 과거 동양의 선사들이 오죽했으면 불립문자를 주장했을까? 인간에게 주어지는 사물에 대한 지향적 인식은 기호, 개념, 사고로 대체되는 현상학적인 접근에 불과하다. 사물이 그 자체로가 아니라 머릿속에서 공허한 사물이 되어 유통되는 것이다. 인간을 분리하면 살점과 뼈로 나눌 수 있는데 전자는 형해(形骸)되고, 후자는 인간의 정신을 뼈에 새기는 백골난망의 가치인 것이다. 원한이 살점에 새겨지는 것이 아니라 뼈에 사무치는 것이다. 인간은 살점과 뼈를 조합하여 촛불을 밝히는 번민이라는 파생의 가치가 발생시킨다. 그런데 물리적인 대상이 영적인 기쁨으로 승화되는, 육체를 학대하면서 동시에 기쁨을 얻는 모순적인 존재가 인간이다. 모리아 산에서 아브라함에게 하나님이 원하시는 것은 믿음의 마음이 아니라 외아들 이삭이다. 물질인 인간의 마음이 아니라 물질을 하나님께 바쳐야 하는 것이다. 물질을 추한 것이라 하여 형이하학이라고 무시하지만 결국 물질이 형이상학으로 이르는 교두보인 셈이다. 육신이 없이 마음만으로 어떻게 하나님을 찬양할 수 있겠는가? 마찬가지로, 석가가 육체를 학대하여 피안에 이르려고 했는데 피골상접하여 죽을 지경에 이르다 지나가는 아낙네의 우유를 마시면서 중도(middle path)를 주장한 것은 법열의 세계를 밝히는 불쏘시개로서의 육신의 헌신을 인정한 탓이다. 이런 점에서 남성에게 실질적으로 기쁨을 주는 것은 샤를로트(Charlotte), 베아트리체, 유리디체(Euridice)와 같은 텍스트 속의 유령이 아니라, "코르셋"을 입고 남성을 유혹하는 창녀 "그리쉬킨"인 것이다. 이때 침상에 드러누워 안토니우스를 유혹하는 클레오파트라가 상기된다. 이는 여느 동물처럼 암컷이 수컷을 유혹하는 본래적이고 생물적인 접근이다.

인간에게 공연한 고민을 주어 육체와 피를 말리는 "형이상학"은 비본래적인 억압기제가 된다. 생리적인 "분비물"을 대체할 유혹의 미사여구는 부재하다. 영화 <향수(Perfume: The Story Of A Murderer)>에 나오는 냄새와 언어의 불일치, 언어의 임의성이 연상된다. 언어는 사물의 냄새, 사물의 실체를 거세한다. 여기서 그녀의 아담한 "작은 집"은 남성을 포박하는 여성의 기관을 의미한다고 볼 수 있다. 전체적으로 보아, "수목"과 "응접실"에 존재하는 여성성의 "재규어"

와 "그리쉬킨"은 각각 야생과 문명의 주체들이다. 그런데 야생에 존재하는 "재규어"가 교미 혹은 짝짓기 하는 것은 당연한 것이고, "그리쉬킨"이 "응접실"에서 남성을 유혹하는 것은 죄스럽다는 점이 비판된다. 화자는 야생에서 동물의 유혹은 자연스러운 것이고 반수반신의 인간이 이성을 유혹하는 것은 진정 추한 일인가를 반문한다. 인간을 억압하는 "추상적 실체"는 일종의 이미지이다. 이는 구체적 실체를 담보하는 대상 혹은 사물의 파생적 산물로서 사물의 흐릿한 그림자에 불과하다. 그런데 모순적인 문제는 "추상적 실체"가 구체적 실체를 포착하고 대변하려는 것이다. 마치 풍문이 사실로 세간에 유통되어 현실을 좌우하듯이. 이것이 "우리의 형이상학을 훈훈하게 하며"에서 함축되는 의미이며, "마른 늑골"을 대변하는 것은 죽지 않고 허약하게나마 생을 유지하는 "우리의 행운", 즉 우리의 가여운 상황이다.

생/사의 택일이라는 햄릿의 명제에 포섭된 현재 자본주의 시장은 철저히 몰개성적이며 자동적인 기계장치와 다름 아니다. 이 문제에 대한 근본적인 인식이 없이 기술의 발달과 인구의 증가만을 탓할 수만은 없을 것이다. 이익창출을 위한 자유무역증진, 열강의 산업팽창을 통하여 전 세계에서 자원개발이 극대화되어 지구의 고통은 극에 달한다. 세계를 황폐화시키는 문화화의 음모를 경계하여 변화시키자는 것이 북친의 사명이다. 구호나 관념이 아니라 실질적인 행동으로 실현하자는 것이다. 도덕적으로 자각하고, 일상에서 가능한 생태복원을 실천하고, 생산성에 입각한 종의 변형을 기도하지 않고 자연적인 종의 진화에 대한 미적 의식을 집단적으로 고양하는 것이 중요하다. 인간의 자연에 대한 마음가짐은 인간이 만물의 영장이라고 하는 배타적인 지배성과 우월성의 문제가 아니라, 인간이 자연 속의 한 구성요소로서 더불어 존재하는 다른 구성요소들의 가치를 인정하는 것이다. 인간은 도시든, 밀림이든, 이런저런 환경에 포위되어 있으며, 이 친화적 혹은 비친화적인 환경으로부터 초월되어 있다는 인식을 불식하고, 하이데거처럼 그 속에 존재함을 실질적으로 인식해야 한다. 그것이 우월과 열등을 아우르는 '상보성의 윤리'라는 것이다. 그런데 이 상보성의 강조는 인류의 존속을 위해서도 절실히 필요한 것이다. 지속되는 문제는 자연에 대한 인간의 안하무인격인 근시안적으로 유익한 것이 거시적으로 인간에게 유해하다는 것이다. 따라서 인간은 자연, 환경, 사물의 지배자가 아니라 친구가 되어야 한다. 그런데 북친의 이러한 상생의 인식은 문학의 공간을 통해 계몽이 가능하지만 자칫 자연 위의 신성을 초대하는 자연숭배의 신학 혹은 신화로 변질될 우려가 있을 것이다. 실례로, 지역개발을 위하여 성황당 나무를 제거했더니, 마을 뒷산에 바위를 제거했더니, 마을에 재앙이 왔다고 하는 신화이다. 물론 특정한 사물을 숭배하는 토테미즘(totemism)이나 만물에 정령이 있다고 보는 애니미즘(animism)이 아직도 현대사회에 존재하고 있긴 하다. 현실을 신성에 의존하는 것은, 페스트를 조물주의 분노로 보는 중세기적인 발상이지만, 사물 너머의 배후에 대해서 일면식도 없는 상태에서 이를 부정하기도 어렵다.

현재 인간은 땅을 콘크리트로, 물을 하수로, 공기를 매연으로 오염시켜 가며 자신의 삶을 개발하고자 줄기차게 노력하지만, 오히려 자신의 삶을 파괴하는 방향으로 나아가고 있다는 점을 부인할 수 없을 것이다. 세계의 공장으로 군림하는 중국의 공장에선 수많은 상품이 생산되어 중국인들을 부요하게 한다고 생각하지만, 이것이 중국인들에게 혹은 전 세계인들에게 부메랑으로 돌아오고 있다. 현재 매일 보도되듯이 북경의 공장굴뚝에서 배출된 매연은 중국인들을 질식시키고 점점 더 나아가 인근국가 국민들을 질식시키고 있다. 마찬가지의 현상이 구라파에서 벌어지고 있고, 산업화로 인한 온난화의 결과로 북극곰이 빙하를 타고 내려오는 중이며, 해수면의 높이는 차차 올라가 저지대의 주민들을 익사시키고 있다. 굳이 미국에서의 쓰나미를 야기하는 북경의 나비를 탓할 필요가 없을 것이다. 북친이 보기에 이 재앙은 모두 주인과 노예, 고용주와 종업원, 국가와 국민을 형성하는 수직적 계열구조로 인한 지배와 종속의 폐해이고, 인간의 지배하에 놓인 자연의 인간에 대한 하극상이자 반작용이다. 이렇듯 인간이 자연을 남용, 이용, 파괴, 재생하든 말든 자연은 인간의 작용에 맞추어 적절히 대응하고, 그 모습을 유기체적으로 변화시켜 나가는데 이것을 자연의 변증법적 진화과정으로 볼 수 있고, 북친은 이를 '참여적 진화로서의 자연'이라고 불렀다(이상헌, 108-9). 그러나 자연의 무한한 인내와 아량에도 불구하고, 성장, 개발, 억압, 지배의 이데올로기를 금과옥조(金科玉條)로 애지중지하는 인간은 결국 불멸의 자연과의 마찰로 파멸을 맞이하게 될 것임이 자명하다. 이기주의에 기초한 인간과 인간, 국가와 국가, 인종과 인종의 이해관계는 어느 쪽의 유/불리를 떠나 공멸하는 지름길이다. 마치 서서히 기분 좋게 죽어가는 양철판 위의 개구리처럼 혹은 마약에 중독된 환자가 약기운으로 기분 좋게 죽어가는 것처럼. 이 비극을 지연하거나 방지하기 위한 개인행동은 미약하고 그 영향력이 미미하기에, 집단행동이 주효한 수단이다. 이때 자연을 저해하는 소비와 투자에 대한 인식의 재고는 집단적인 차원에서 고려해야 할 것이다. 이것이 북친이 강조하는 '녹색 자본주의'(green capitalism)의 실천이다. 이를 상업적으로 활용하기 위하여 내세우는 생태, 자연, 환경, 녹색, 그린, 에코, 바이오 운운하는 수사는 자연의 파괴를 가속화시키는 선전선동의 구호가 될 것이다. 요즘 자연을 이용하여 그 부산물을 홍보하는 기업이 전 세계적으로 얼마나 많은가? 이 점을 오언의 전쟁시 「최후의 웃음("The Last Laugh")」에 적용해보자.

'오! 예수님! 맞았어요', 그가 말하고 죽었다.
그게 허무하게 저주했든지 진정하게 기도했든지,
총알이 재잘거렸다 - 헛되다, 헛되다, 헛되다!
기관총이 낄낄거렸다 - 투-투! 투-투!
그리고 큰 대포가 폭소를 터뜨렸다.

또 한 병사가 한숨 쉬었다 - 오 엄마 - 엄마 - 아빠!
그리곤 웃음 없이, 어린애처럼, 죽었다.
그리고 높은 유산탄의 구름이
한가롭게 움직였다 - 바보야!
그리고 파편이 침을 튀기며, 낄낄 웃었다.

나의 사랑! 한 병사가 신음했다. 그는 사랑에 나른하게 취한 것 같았다,
서서히 몸이 수그러지고, 그의 얼굴이 진흙에 키스했다.
그리고 총검의 긴 이빨이 씩 웃었다;
폭탄의 무리가 폭소를 터뜨리며 으르렁거렸다;
그리고 독가스가 쉭쉭 소리를 냈다.

'Oh! Jesus Christ! I'm hit', he said; and died.
Whether he vainly cursed or prayed indeed,

The Bullets chirped-In vain, vain, vain!
Machine-guns chuckled,-Tut-tut! Tut-tut!
And the Big Gun guffawed.

Another sighed,-'O Mother, -Mother, - Dad!'
Then smiled at nothing, childlike, being dead.
And the lofty Shrapnel-cloud
Leisurely gestured,-Fool!
And the splinters spat, and tittered.

'My Love!' one moaned. Love-languid seemed his mood,
Till slowly lowered, his whole faced kissed the mud.
And the Bayonets' long teeth grinned;
Rabbles of Shells hooted and groaned;
And the Gas hissed.

　인간은 타자의 공적인, 사적인 음모가 실려 있는 "총알"에 맞아 죽는다. 이때 "총알"은 맥베스의 손을 더럽히지 않는 면책의 수단이다. 살인자가 죽이지 않았고 "총알"이 죽였다는 것. 생전에 "총알"에 쫓기는 인간은 그 "총알"에 맞설 숭고한 존재를 방패막이로 내세운다. 그러나 "예수님"은 현실에 대해 즉답을 피하시고 인간은 총알의 제물이 된다. 인간은 절대자에게 총알을 피하게 해달라고 기도하지만 좀처럼 응답이 없다. 무정하게 응답이 없음은 오히려 고통의 세계에서 인간을 구제해준다는 무언의 축복으로 볼 수 있다. 마찬가지로, 예수가 십자가에 매달려 창조주를 간절히 찾을 때 그 대속의 형벌을 모면해주지 않으신 이유가 이와 같을지 모른다. 여기서 세속적인 신앙의 한계가 있고 이 세속적인 문제를 초월하여야 진정한 신자가 되는 것이다. 그래서 속인들은 위기에 처하여 응답 없는 절대자를 신봉하는 신자들을 조소한다. 인간이 신봉하는 절대자는 인간의 위기에 대한 해석이 인간과 다를 것이다. 이때 무심하고 가책이 없는 "기관총"과 "대포"는 오히려 신자를 연단하는 도구가 될 것이다. 절대자에게 기도하지 않는 병사는 자신의 근원이자 원천으로서의 부모만을 그리며 죽는다. 일종의 유전자의 끌림으로 '수구지심'이라는 말이 있듯이 태어난 곳을 지향하는 본능인 셈이다. 폭탄이 터진 모양이 "구름" 같으며, "파편"은 튀기는 "침"과 같다. 병사에게 먹장구름이 몰려오고 타자들의 침의 세례를 받는다. 그것은 병사의 불행을 동정하는 것이 아니라 조소한다. 속속 밀려오는 세상의 불행에 대해서 우왕좌왕하는 "바보" 같은 병사는 속수무책이다. 병사가 백병전으로 인해 "총검"에 쓰러진다. 그것은 흙과의 "키스"이며 "진흙"은 병사를 품는 모성의 근원이다. 병사를 자연으로 귀향케 한 것은 "총검"과 "폭탄"과 "독가스"이며 자연의 거죽 혹은 무대에서 발생하는 지엽적인 사건이다. 자연의 표면은 자연이 제공하는 삶의 무대로서 등장하는 주인공과 엑스트라가 수시로 교체된다. 사람이 다른 사람으로 사물이 다른 사물로 변화무쌍하게 생성되고 소멸된다. 그런데 그 억만 가지의 프로그램을 누가 기획하고 감독하는지 아무도 모른다. 실존주의자의 말대로, 사람은 자기도 모르게 무대에 오른 서투른 단역배우에 불과하기 때문이다. 자기를 무대에 세워준 존재의 정체에 대해서 과학적으로, 생물학적으로 접근하기는 불가능하고, 46억 년의 연대기를 거슬러 올라가야하기에 방편상 종교적 관점으로 접근한다. 사람의 죽음에 대해 슬픔을 표명하는 것은 사람뿐이며 다른 사물은 무심하고 냉정한 중립의 관찰자에 불과하다.

우리는 대개 선형적 사고에 익숙하다. 원인과 결과에 충실하고, 원리와 법칙의 결과를 존중하는 자동적인 인식의 태도가 우리의 삶에 편리할 것이다. 그러나 불확실하지만 오히려 비선형적이고 유기적인 사고가 생태계에 유익하다. 이것이 문화수단으로 이용될 생태에 대한 변증법적인 태도이다. 달력에 인쇄된 자연의 그림이 아니라 눈앞에 펼쳐진 자연의 유동이 생태계에 대한 재인식의 계기로 훨씬 중요하다. 그러나 한순간에 벌어지는 사슴의 약동이 영원한 것이 아니라 그 약동은 지속적으로 변한다. 마찬가지로 한순간의 진화가 아니라 지속적인 진화가 당연하다. 현재 포스트휴머니즘에서 무기물도 유기물에 포섭하려는 시도가 엿보인다. 그것은 후자가 전자에 의해 생존을 지속하기 때문이다. 그러니 전자와 후자를 구분하여 볼 일이 아니라는 것이다. 전체성에 입각한 전자와 후자의 결합을 의미한다. 그런데 중요한 것은 무기물은 인간이라는 유기물에 의해 이기적으로 악용될 수는 있으나 그것이 오히려 유기물의 근간을 해치는 일이 된다. 유기물 위주의 사고는 오히려 자승자박을 초래하는 셈이다. 유기물은 무기물을 무시하거나 악용해서는 진화과정에서 유익하지 않고 무기물 친화적인 사고는 유기물의 진화에 도움이 된다.

유기물의 잠재성은 무기물 속에 내재되어 있기에 유기물의 기능을 극대화하기 위하여 무기물의 자질을 폄하할 수 없을 것이다. 예를 들어, 충분한 무기물을 섭취한 운동선수가 시합에서 제 기량을 발휘할 수 있을 것이다. 미국 그랜드캐니언의 골짜기에 수많은 유기물의 자취가 각인되어 있음을 결코 부정할 수 없다. 인간은 무기물과 무관한 외계인이 아니라 무기물의 주체이다. 그리하여 인간에게 유익한 무기물과의 융합과 합성을 끊임없이 지구의 종말이 올 때까지

시도할 것이다. 이것이 인간중심의 초월적인 연금술의 신화이자 전설이다. 유기물과 무기물을 포함하는 지구라는 가이아(Gaia)는 살아 움직인다. 인간들이 아무리 지능적, 지성적이라고 해도 수십억 년에 달하는 지구의 역사를 감안할 때 그들의 선대에 존재한 유인원이나 매머드와 다를 바 아니다. 결국은 흙 속에 유기될 수밖에 없는 존재인 것이다. 인간과 지구는 기생과 숙주의 관계는 아닌가? 동물의 사체와 구더기의 관계는 이와 별개인가? 아니다. 인간이 지능적으로 자연을 파괴하고, 구더기는 본능적으로 인간을 해체한다. 여기서 기생하는 양자가 숙주를 파괴한다는 점은 동일하다. 이렇게 파괴하든 저렇게 파괴하든 결과적으로 질량불변의 법칙에 의해 별 차이가 없을 것이다. 따라서 현재 전 세계가 공해에 시달리지만 결국은 지구가 파괴될 것이고 파괴의 속도에 따라 지구의 수명이 좌우될 수는 있을 것이다. 이런 점에서 지구수명을 연장하기 위해 관료적이고 체계적인 자연파괴를 중단해야 한다는 북친의 주장은 생태주의의 진실이지만, 아직도 실감하지 못하는 국가나 사회는 과거의 파괴적 형태를 반복하여 후손의 안위와 안녕을 도외시하며 당대의 호사와 번영만을 추구한다. 지구의 보다 장기적인 존속을 위하여 자연보호를 기치로 삼는 생태주의와 함께 이타주의적인 태도가 절실히 필요한 시점이다. 그러니 인간이 행복하기 위하여 이기적으로 비인간적인 사물을 악용하는 것은 결국 인간의 불행을 초래하며, 인간과는 무관하게 보이는 비인간적인 대상에 대한 관심이 인간의 행복을 초래한다.

무기물 자연은 야성의 존재로 낭만화되었고 인간의 의도, 작용, 영향에 힘입어 존재하는 것으로 인식되어온 것이 문제가 된다. '태풍이 무정하다'든지 '저 달이 우리를 축복해주고 있다'라는 아전인

수식 사고방식. 그런데 사실 인간이 자연에 대해 어떤 말을 하든지 자연과 아무 상관이 없다. 그것은 인간의 의도와 달리 자연은 내재적인 자율의지에 따라 시시각각 변하면 그만이기 때문이다. 이와 달리 인간적인 관점에서 현재 인간이 자연을 무분별하게 개발한 결과 자연은 점점 따뜻해지고 있지 않은가? 그리하여 극지의 빙하는 점점 녹아 해수면은 점점 상승하고 있지 않은가? 이처럼 자연은 인간의 작용 따라 너무나 투명하게 은밀하게 움직이는 습성이 있다. 쥐도 새도 모르게 오존층이 뚫리고, 해수면이 상승하고, 극지방의 빙하가 녹고, 지진과 해일이 빈번해지는 이 모든 것이 북친이 비판하는 인간의 파시즘적 제도, 정책, 주의에 의해 집중적이고 지속적인 화석연료의 연소와 연관이 있다. 무위의 자연은 지구가 망하든 흥하든 이런저런 형편과 상태로 존재하면 그만이지만, 단지 지구상에 인간은 자연과 스스로에 대한 인위적인 만행으로 인해 점점 존속이 위태로워질 뿐이다. 자연은 인간의 무차별 타격을 받으면서도 절대 쓰러지지 않는 일종의 좀비와 같은 성질을 가지고 있다. 그리하여 인간은 결국 좀비로서의 자연에게 잡아먹히게 되어 있다. 인간은 자연의 주인 행세를 할 뿐만 아니라, 성경에 따라 흙으로 빚어진 자연의 부산물이자 노예이기도 하다. 그럼에도 지면을 휩쓰는 지진, 해일, 홍수에 인간은 속수무책이다. 인간의 야심만만한 기술, 과학, 제도, 학문은 모두 자연의 잠재력과 분자적 자질에 바탕을 두고 세워진 것이다. 이것은 마치 실체를 띠고 자연 위를 떠도는 허황된 망령 혹은 신기루 혹은 허깨비 같은 것이다.

인간은 사고의 발달에 따라 자연의 감추어진 법칙과 자질들을 개발함으로써 육신의 행복을 이루려 했다. 그러나 인간의 자질은 자연의 자질에 다름이 아니다. 인간이 이성과 상상력을 발휘하여 자연을 점점 괴물로 만들어 갈 뿐이다. 자연에 따라 인간이 진화되어 가고 인간의 행동에 따라 자연이 변화되어 간다. 상전벽해. 격정, 감정, 광기, 분노는 비정상적인 자질로 분류되어 이성, 합리, 상식, 논리로 대체되었다. 그리하여 자연에 저항하여 자연 위에 문화의 왕국을 건설했다. 그런데 자연의 토대 위에 구축한 인간의 왕국은 사실 사상누각에 불과하다. 그것은 자연에 매몰된 돈황석굴이나 진시황제의 능을 보면 알 수 있다. 인간은 일단 생물학적으로 근거하고 있으니 이 것을 '1차적 자연'으로, 이를 바탕으로 자연을 기호화한 것을 '제2의 자연'으로 볼 수 있다. 그리하여 인간은 몸/영혼이라는 이분법적 구도 속에서 전자를 닦달하여 후자를 고양하는 불쏘시개로 사용한다. 다시 말해 추한 물질을 통해 선한 과업을 수업하려는 것이다. 물론 주변을 밝히기 위해서 양초를 사용할 수밖에 없을 것이다. 그럴 수밖에 없겠지만, 인간이 자연의 진화와 변용을 묘사, 기술한다는 것은 자연의 힘을 과소평가하는 것이며, 오해하는 것이다. 자연에 대한 이러한 간접적인 접근을 통하여 인간은 자연으로부터 분리되고 탈-자연화된다. 호수에 비친 인간의 모습은 호수와 무관한 자화상이다.

인간이 탈-자연화되는 것은 인간을 무기물의 진화와 별도로 진행한다고 집요하게 생각하는 것이다. 상호 주관적인 자연의 관점에서 인간이 개미, 풍뎅이보다 우월하다고 보는 것은 자가당착이다. 이 유기물들은 각자의 시각에서 자연을 바라보고 존재한다. 자연은 이 유기물들을 포용하고 있지만 이 존재들의 행위에 본질적으로 좌우되지는 않는다. 인간이 풍뎅이보다 우월하다고 보는 것은 인간만의 시각이다. 풍뎅이는 그것 나름대로 삶의 방식이 있을 것이다. 그러니 인간과 풍뎅이 사이의 우열에 대한 인간적인 판단은 자연의 관점에서 볼 때 별 의미가 없을 것이다. 따라서 인간중심의 관점으로 자연을 다루려는 인류학 중심주의나 환원주의에 입각한 생명중심주의라는 개념은 사실 자연에서 유리된 초월주의적인 관점이기에 자연과 아무런 상관이 없다. 그렇다고 인간이 자연으로부터 유래되었기에 인간이 생전에 자연과 혼연일체가 될 수는 없는 노릇이다. 그것은 양자가 각각 이기적인 관점에서 존재하는 것이 자연스럽기 때문이다. 이에 인간은 인간대로 사고/행동하고, 자연은 인간에게 유익하든 말든 자연대로 유동하는 것이 낫다.

인간이 자연에 접근하는 길은 상징화를 통해서이고 인간이 자연과 일체화가 되는 것은 사후의 문제이다. 자연은 인간의 어떠한 학대와 폭력을 감내하다가 결국 인간을 자기의 제물로 삼아 지상의 거름으로 환원시킨다. 말하자면 손오공이 부처님 손바닥을 벗어나려 수만 리 창공을 날아서 착지한 곳이 결국 그 손바닥 안이라는 것이다. 인간은 본래적인 거짓된 자질인 상상력과 은유와 상징을 통해 자연을 포섭하려 애를 쓰지만 '산은 산이 아니요, 물은 물이 아니다'에서 함축하듯이 자연을 박테리아만큼도 변화시킬 수 없고 자연은 그대로이다. 인간이 자연을 바라본다 함은 인간의 시각을 통해서 자연을 접하고 인간의 인식작용을 통해 자연에 접근한다. 시각 속에 포착된 자연은 '노에마'이며, 그것에 대한 인식작용은 '노에시스'이다. 이런 점에서 자연에 대한 현상학적인 관점은 타당하다. 자연이라는 '물자체'(what-is)를 인간은 시각과 인식이라는 이중의 왜곡을 통해 사실 '물자체가 아닌 것'(what-is-not)으로 바라보면서 자신이 바라본 자연을 '물자체'라고 착각하는 것이다. 인간이 자연을 시대별로 혹은 과거와 현재의 상황으로 구분하지만, 그것은 인위적인 구분이기에 시간과 시대는 영구한 무정형적 연속체에 불과하며, "오백년 도읍지를 필마로 돌아드니 산천은 의구한데 인걸은 간데 업네"라는 길재의 말이 적합한 표현이다. 다시 말해 인간은 자연의 진화과정 속에 있을 뿐, 자연이 인간의 진화과정 속에 있지 않다. 인간이 자연에 대한 소유권이나 권리를 주장하는 것은 가당치 않은 일종의 자폐적인 망상이다. 신동 모차르트와 악성 베토벤이 죽었다 하더라도 자연은 아무런 감정이 없다. 자연은 나름대로 무한히 생성과 변화를 해나갈 뿐이다. 공룡이 멸망해도, 지구에 빙하기가 와도, 인간이 화성을 탐사해도. 그 과정 속에서 기존의 생물이 존재할 수도, 존재하지 않을 수도 있을 것이다. 이 와중에 과학의 발달로 인하여 인간은 자연의 비밀을 하나씩 알아내어 최대한 수명을 연장하고, 영화 <인터스텔라(Interstellar)>에서 보듯이 행성과 행성 사이를 전전할 수 있을 것이다. 아울러 인간의 가치관과 윤리관도 점점 변형될 것이다. 이처럼 자연 자체에 대한 원근법에서 유리되어 허구를 사실로 인식하는 사이버 세계로 인간은 점점 비-자연화 되어 가고 있는 중이다. 요즘 인간은 인간중심주의를 낡은 패러다임으로 비난하고 타자중심주의를 새로운 패러다임으로 선호한다. 이것이 북친이 의도하는 생태주의를 지향하는 공동체 중심의 사고와 연관이 있다.

자연에 대해 인간은 개구쟁이 같고, 인간에 대해 자연은 숭고한 대상이며 관대한 어머니와 같다. 그러나 자연과 인간 사이에 이러한 분리되고 소외된 사고가 문제가 된다. 인간은 어린 시절 자연을 놀이터로 삼지만 나이를 먹을수록 자연의 숭고함을 느낀다. 인간이 자연을 개발할 수밖에 없기에 하는 수 없이 자연에 대한 인간의 행동방향, 즉 사회생태학적인 윤리학을 정할 수밖에 없다. 인간의 모든 유치한 행동에 대해 자연은 누적적, 사후적 반응으로 인내의 결과를 드러낸다. 자연에 대한 윤리학의 적용은 자연의 개발에 대한 속도를 조절하여 지상 위에서 인간의 수명을 연장하려는 편의적인 조치인 것이다. 자연의 본성과 인간성은 지상 위에서 엄연히 존재하는 두 가지 특성이다. 자연은 무한대의 흐름 속에서 인간의 단속적인 행위로 인해 상처를 받는다. 골짜기를 막아 저수지나 댐을 만들고, 산을 허물어 길을 닦고, 밀림을 태워 밭을 만들어도, 그 상처를 내재한 자연은 말이 없다. 가해자로서 인간의 무지막지한 개발로 인해 자연이 훼손되는 것처럼 보이지만, 결국 인간은 스스로 판 구덩이에 매몰되는 자발적인 피해자로 남는다. 자연은 인간이 파괴한 흔적을 유수한 세월에 걸쳐 끈기 있게 회복한다. 과거 한국인이 한국산 호랑이를 모조리 포획하여 멸종시켰다 할지라도 자연은 호랑이의 멸종에 연연하지 않는다. 인간이 아는 자연의 모습은 당대의 모습이며 미래의 모습은 알 수 없다. 한국인과 호랑이는 비자연적 존재와 자연적 존재라는 상극의 관계로 어차피 상생의 관계를 유지하기 어렵다. 양자가 문화와 자연의 공간에서 각각 공존하기를 원하지만 양자의 경계를 명확히 확립하기가 어려워 서로 생존을 담보하기 어렵다. 호랑이는 인간을 먹이 감으로 볼 것이고 인간은 부귀의 상징으로서의 호피를 욕망한다.

북극곰이 빙산을 타고 남하하고, 북경시민이 숨 막혀 신음하고, 미국인이 회오리바람에 날아가고, 한국의 앞바다에 열대어종이 노는 지금에야 대책마련을 위해 분주하다. 그 결과물이 환경에 대한 각국의 이해관계를 반영하는 교토의정서(Kyoto protocol)이다. 그런데

50억 년에 육박하는 지구의 나이에 비추어 겨우 5천 년 혹은 2천 년을 구가하는 인간생존의 역사는 조족지혈에 불과하다. 서구의 관점에서 '위대한 존재의 연쇄'(Great Chain of Beings)[1]의 공식에 따라 신은 인간과 동물과 식물과 무기물을 배치한 제1원인자이며 인간은 신탁에 의해 동물/식물/무기물을 이용하고 관리하는 대리인으로 존재한다. 자연을 다루는 인간의 규범은 신학, 물리학, 생태학, 생물학 같은 비-자연적인 형이상학이다. 가족 이외의 사람들을 이방인으로 간주하는 것은 인간 생태계에서 빈발하는 갈등의 문제가 된다. 인간이 동질성만을 추구하고 이질성을 적대시하는 것은 예나 지금이나 거의 동일하므로, 인류의 화목을 위하여 이 악순환에 대한 근원적인 연구가 필요할 것이다.

생태계에 대한 인간의 제약은 도덕률이다. 이는 예로부터 초자연적으로 신비적으로 묵인되어 온 공동체의 규범[2]이다. 예를 들어 노자와 장자는 자연을 만물의 기원인 하늘처럼 생각하여 도가를 창시하고 발전시켰으며, 그리스에서는 이데아와 질료의 대립의 와중에 자연에 대한 절충적이고 상호 보충적인 수준의 규범을 논의했다. 문화의 발전에 따라 인간은 혈연에 입각한 공동체에서 벗어나 점점 개

---

1) The great chain of being is a strict, religious hierarchical structure of all matter and life, believed to have been decreed by God. The chain starts from God and progresses downward to angels, demons (fallen/renegade angels), stars, moon, kings, princes, nobles, commoners, wild animals, domesticated animals, trees, other plants, precious stones, precious metals, and other minerals (wiki.com).

2) 미국의 사회학자 W. G. 섬너가 1907년에 발표한 포크웨이스(folkways:習俗) 중 특히 생활원리로까지 높여진 상황을 의미한다. 이는 습속이나 관습에 대하여 규제적, 명령적 특성을 명확히 하고 규제체제는 집단 전체 복지에 이바지한다는 신념을 근거로 하면서 인간의 기본적 욕구 충족을 위한 사회적 행동의 올바른 자세를 규정한다. 즉, 모레스는 양심 속에서 내면화한 도덕이나 제재 형식의 조직화한 법, 제도 등의 모체가 되고, 항상 각 사회나 집단에 특유한 가치와 신념 체계에 기인하여 스테레오(stereo)화한다. 또한, 개인에게 사회적 행위의 시범을 보이며 부여된 동기를 배양하는 사회통제수단이다(네이버 지식백과).

인화되어 각자 이방인이 되었다. 그래서 자연에 대한 집단적인 관점에서 벗어나 이기적인 관점에서 자연을 바라본다. 문자가 없는 원시시대에 인간들이 의지하는 사람은 연장자나 무당의 말이었을 것이다. 왜냐하면 자연현상에 대해 부족이나 종족의 전통을 먼저 경험한 자들이 원로들이고 초월적인 자들이기 때문이다. 이런 점에서 플라톤이 사회지도자로 지목한 샤먼이 신탁을 받은 시인이다. 고래의 이런 전통은 현재에도 맥맥이 우리 주위에 여전히 살아남아 있다. 어른에게 조언을 구하고 무당에게 현상의 배후와 미래를 물어본다. 인간관계에 대한 갈등을 방지하기 위한 원로들의 조치가 근친상간의 금지나 지참금을 포함한 혼인규례, 여필종부(女必從夫)와 같은 남녀의 역할분담일 것이다. 여성은 남편을 따르고 남편이 죽은 후에는 아들의 말을 따라야 한다는 것. 이를테면 로미오와 줄리엣의 결합을 금지하여 발생한 비극의 단초는 양 집안의 원로들이 유발한 것이다. 현재 페미니스트들의 저항도 현재의 남성들이 아닌 과거의 남성들이 획정한 남성중심의 규범에 대한 저항이어야 한다. 불합리하고 불평등하게 보이지만 인간관계의 실상은 상보적인 관점에서 형성된 것은 분명할 것이다. 주인과 노예, 왕과 신하의 변증법. 그것은 양자가 우열의 상황을 떠나 전체를 구성하기 위해 공동체의 당연한 일원이기 때문이다. 하지만 자연의 법칙하에서 태생적으로 평등하지만 공동체를 원활히 통제하기 위하여 지배와 복종으로 이루어지는 인간의 관계는 상하의 수직적인 모습으로 형성된다. 왕권신수설(Divine Right of Kings), 귀족과 농노, 신학적인 관점에서 '존재의 위대한 연쇄' 같은 것. 가부장제는 노인통치를 의미하며, 삶의 경험과 지혜를 가진 노인들에게 공동체의 구성원들의 생사여탈권이 부여된다. 공동체의 명예를 지키기 위한 중세의 속죄급(wergild)이나 이슬람의 명예살인 (honor killing)이 상기된다. 이런 현상은 호메로스의 『일리아스(Ilias)』에 나오는 트로이 전쟁의 신화에서도 발견된다. 스스로 생산하지 않는 귀족들은 스스로 생산하는 농노보다 물자가 더 풍부하다. 그 이유가 무엇인가? 이것이 마르크시즘의 시초가 된다. 잉여 생산품은 농노를 보호해주는 귀족의 손으로 넘어간다. 물론 수직적 지배구조가 노동착취만을 유발한다고 볼 수는 없을 것이다. 백성과 국민의 생활여건을 늘 염두에 두는 성군이나 지도자도 있기에.

북친이 주장하는 버려진 땅을 누구나 개발할 수 있는 권리인 용익권(principle of usufruct)도 생태계에 위협적인 인간의 자연에 대한 권리남용이다. 자연에 대한 개념은 사실 원주민들에게는 해당이 없는 추상적인 의미를 가진 그들의 생활에 영향력을 행사하지 못하는 것인데, 자연이란 용어의 발생이 자연 친화적인 분위기를 조성하는 것이 아니라, 자연 파괴적인 분위기를 조장하는 데에 심각성이 있다고 북친은 본다. 자연의 파괴는 인간이 채집생활에서 정착생활로 전화되면서 급진전되었다고 보는 것이 타당하다. 그리하여 곡물을 필요 이상으로 생산하고 유통하고 저장하면서 정치제도, 문화제도가 발생하고, 이것을 유지하기 위해 곡물을 더욱 양산해야 하는 실정에 이르렀다. 그리고 인간이 돌에서 금속으로 도구와 무기를 만들면서 점점 동물의 영역을 침범해 들어갔다. 창, 칼, 활, 총, 대포는 자연을 파괴하는 인간의 마술적인 도구들이다. 그런데 자연과 생태에 대한 인간의 음모는 인간의 장점인 추상주의에서 비롯된다. 그것은 사물에 영혼이 깃들어 있다는 범신론(pantheism)이나 정령주의(animism)이다. 전통적으로 신성이 부여된 돌멩이 하나, 나무한 그루, 사슴 한

마리도 함부로 다룰 수 없다는 것이다. 이러한 사상이 한국의 민속문화에 깊숙이 스며들어 있다. 성황당 나무, 산신령, 호랑이, 거북이. 인간의 제국주의적 개발에 저항하는 것이 인간의 추상주의이다. 인간의 인간에 의한 지배, 자연의 인간에 의한 지배는 하루 이틀에 생긴 사건이 아니다. 인간을 세상의 주체로 삼고 나머지 사물들은 타자로 대상화하는 것이 인간의 철학이고 학문이다. 그러나 이것은 인간의 본성이 본래 그러하므로 불가피하다. 사물을 보는 족족 의식화, 대상화 하는 것은 인간의 고유한 습성이기 때문이다. 이를 타파하기가 용이하지 않다. 인간이 마음을 비우고 모든 사물에 대해 주체성을 인정하는 융통성을 발휘하기를 기대하는 것은 사물의 근본을 탐구하기 위해 죽음을 마다 않는 인간의 무한한 열정과 욕망에 비추어 가당찮은 일이다. 물론 인간이 사물에 대해 약간의 동정과 연민을 가지는 것은 가능한 일이다. 개구리에게 돌 던지지 않고, 나뭇가지를 함부로 꺾지 않는 일은 실천가능하다. 북친이 비판하는 인간이 물질의 과소로 저울질되는 경제구조에서 벗어나지 않는 이상 인간은 대량생산을 위해 자연을 파괴하는 지배이념에서 결코 탈피할 수 없을 것이다. 간간히 생태적인 삶을 지향하는 듯한 위선적인 삶을 내포하는 요가, 명상, 자연식을 실행한다고 할지라도 근본적으로 자연에 대한 인간의 주체적인 태도는 바뀌지 않을 것이다.

아담, 노아, 모세, 요나로 이어지는 서구의 창조역사는 시작서부터 현재까지 자연탐구와 지배의 신화로 구성되어 있다. <오디세이>, <니벨룽겐의 반지>, <반지의 제왕>, <마젤란과 콜럼버스의 탐험>, 그리고 지상의 무료한 삶을 달래기 위한 <스타워즈>에 이르기까지. 지상의 사물은 인간의 손아귀에 이미 들어와 있다. 그런데 자연재해에 대해서는 아직도 인간이 전전긍긍한다. 지진, 쓰나미, 토네이도에 어쩔 도리 없이 인간은 가라앉고 익사하고 날아간다. 자연은 인간에 의해 타자화되지만 그 지엄한 내재성과 반작용을 발휘하여 간간이 주체성을 회복한다. 코뮤니스트 북친이 양자의 조화와 화해를 권장하는 일차적 자연(자연 자체)에 대한 이차적 자연(자연가공)의 횡포는 당연한 일인지 모른다. 사물의 소멸은 두 가지 방식이 있다. 자연스러운 소멸과 인위적인 소멸. 인간의 죽음에도 두 가지 방식이 있다. 내부적으로, 외부적으로 고사되는 자연사와 타살. 이 점을 오든의 「장례식 블루스("Funeral Blues")」에 적용해보자.

> 모든 시계를 멈추고, 전화선도 끊어라.
> 개에게도 뼈다귀를 던져 주어 짖지 않도록 하라.
> 피아노를 멈추고 드럼도 덮고
> 관을 내놓고, 문상객을 맞이하라.
>
> 비행기들이 머리 위를 탄식하듯 돌게 하여
> 창공에 부고를 쓰게 하라. 그가 죽었다는.
> 비둘기 흰 목덜미에 나비넥타이를 매게 하고
> 교통경관들은 검은 면장갑을 끼게 하라.
>
> 그는 나의 북쪽, 나의 남쪽, 나의 동쪽, 나의 서쪽이었고,
> 내가 일하는 날과 나의 일요일 휴식,
> 나의 한낮, 나의 한밤, 나의 대화, 나의 노래였느니,
> 사랑이 영원하리라 생각했으나, 내가 틀렸네.
>
> 별들도 지금은 원치 않으니; 모두 치워 버려라
> 달을 보따리에 싸고, 해도 없애 버려라

바다를 쏟아버리고, 숲을 밀어 버려라;
이제 그 어떤 것도 선이 될 수 없느니.

Stop all the clocks, cut off the telephone.
Prevent the dog from barking with a juicy bone,
Silence the pianos and with muffled drum
Bring out the coffin, let the mourners come.

Let aeroplanes circle moaning overhead
Scribbling in the sky the message He is Dead,
Put crêpe bows round the white necks of the public doves,
Let the traffic policemen wear black cotton gloves.

He was my North, my South, my East and West,
My working week and my Sunday rest
My noon, my midnight, my talk, my song;
I thought that love would last forever, I was wrong.

The stars are not wanted now; put out every one,
Pack up the moon and dismantle the sun.
Pour away the ocean and sweep up the wood;
For nothing now can ever come to any good.

  인간이 즉물적인 '제1의 자연'이라고 할 때 인간이 창조한 문화잔
재들인 '제2의 자연'이 인간의 주위를 포위하고 있다. 여기서 인간
과 자연의 존재인 그래서 물자체로서의 인간, 즉 실존적인 인간이
되기가 어렵다. 『로빈슨 크루소』에 나오듯이 인간이 정상적인 인간
이 되기 위하여 인간사회에 구축된 문명의 도구들을 이용해야 하고,

선대의 문화를 이용하는 능력이 인간의 가치를 좌우한다. 제2의 자연인 "시계", "피아노", "드럼", "비행기", "나비넥타이", "면장갑", 애완견으로서의 "개"는 인간의 정상화, 개성화에 기여한다. 이는 인간이 순수하게 자연으로 귀환하기 위해 배제되어야 할 것이다. 그리고 인간이 제1의 자연인 "별", "달", "해"를 진정으로 대할 수 없는 것은 그 사물들 위에 채색된 인간중심의 망상 때문이기에 사실 인간과 아무런 상관이 없다. 그러나 인간은 생전에 이 사물들을 노리개로 삼아 지루한 수명을 채워왔음은 부정할 수 없다. "달아달아 밝은 달아 이태백이 놀던 달아"에 나오듯 사물은 인간에 의해 호명되어 인간의 친구가 된다. 인간이 자연에 씌워준 가면은 소쉬르가 창안한 기의, 즉 작의적이고 임의적인 의미에 불과하다. 따라서 화자가 자연과 인간 사이에 의미 없음을 선언하든지 말든지 인간에게 귀속되는 문제이므로 천재지변으로 수많은 인간이 죽어도 자연은 하등 슬퍼할 일이 없는 것이다. 홀로코스트(holocaust)는 인간과 자연에 의해 자행되는 재앙이다. 인간이 자연을 억척스럽게 이용하든지 말든지 자연은 알 바가 아닌 것이다. 단지 자연은 인간의 작용에 맞추어 피드백을 계속할 뿐이며, 그로 인한 교훈을 인간이 수용해야 한다.

북친이 주장하는 인간이 자연과의 공생을 위해 필요한 조치는 자연과의 관계설정에서 그 노선을 결정하는 상위층의 각성이다. 그들의 지배욕과 정복욕은 지구상에서 공존해야 할 비인간적인 대상인 자연을 파괴하여 스스로 토대를 허무는 자해행위로 귀결된다. 인간과 자연의 관계는 텐트와 그 속의 존재하는 인간의 상황으로 비유해 볼 수 있다. 인간의 철없는 몸부림으로 텐트가 무너지면 인간은 노천에 내버려지는 신세가 된다. 고래의 농경시대부터 독재화 시대를 지나 현재의 민주화 시대에 이르도록 국가와 제도는 자연을 집단적으로 파괴하고 학살하는 주체들이다. 르네상스와 산업혁명이 자연 파괴의 방아쇠를 당긴 셈이다. 그 작전명은 히틀러 제거작전인 <발키리>가 아니라 자연 파괴공작인 계몽주의 기획이다. 여기에 가담한 국가들은 점차 전 세계를 정복해 나가기 시작했으며, 영화 <미션 (The Mission)>에서 보듯이 문화의 등불을 원시의 암흑에 비추어주었다고 자찬했다. 봉건제도하에서 중요한 것은 국지적인 농지와 성곽이었지만 식민주의의 실천을 통하여 열강의 상인들은 점차 유통의 영역을 확장하여 전 세계의 밀림 숲을 파헤쳐 나아갔다. 그리하여 감성 어린 눅눅한 밀림은 이성의 건조한 아스팔트로 변형되었다.

자본주의 창궐과 기술발전은 야생에서의 삶을 포기하고 점점 분자적인 삶을 추구한다. 물질을 분쇄하고 인격을 분열시키고 점점 사물의 핵심을 향하여 자아분열의 과정을 지속한다. 그런데 외곽에서 중심을 향하여 나아가는 것은 인간의 습성이며, 상징에 의존하며 살면서 늘 그 원형을 동경하는 것이 인간이다. 인간이라는 한자가 지시하듯이 인간이 인간을 상호 의지하며 살아가야 하지만 자기가 살기 위하여 자기를 지지하고 있는 상대를 전복시키려는 것이 모순적인 인간이다. 인간은 인간의 공동체에서 자아실현을 통해 존재의 의미를 찾아보려 하지만 한편 그 공동체와 동지로서의 구성원을 파괴하려는 것이 인간의 불가해한 습성이다. 예를 들어, 현재 미국에서 빈발하는 무차별 총기난사의 경우. 인간의 삶의 법칙은 영토의 확장과 이익의 향유이다. 조선 호랑이를 만주벌판으로 몰아내는 힘을, 북극의 빙산을 녹여낼 힘을, 만리장성을 쌓을 바벨의 힘을 인간이 가지고 있다. 종족의 신념이 상호 협동에서 자유경쟁으로 바뀌었다.

이런 점에서 북친이 주장하는 마르크시즘은, 소연방, 동구유럽, 북한에서 자행된 독재적 요소를 제거한다면, 개인의 욕망과 자유를 제어하지만 자본주의의 무분별한 무차별의 경쟁으로 인한 비극이나 참사를 제어할 차선의 장치가 될 수 있을 것이다. 그러나 이 이념을 운용한 인간들이 전부 자기탐욕에 사로잡혀 독재자로 변신하여 노동자천국을 주장하던 그들이 오히려 노동자들을 탄압하다가 20세기에 비극적인 종말을 맞이하였고, 이에 프란시스 후쿠야마(Francis Fukuyama)는 자본주의의 승리를 선포했다. 하지만 아직도 한반도 북쪽에서는 실현 불가능한 공산주의를 미명으로 일인독재가 유지되고 있다. 그러니 제도가 아무리 생태 친화적이라 할지라도 이를 운용하는 인간에 따라 악용되는 수가 있는 것이다. 만물의 법칙인 도(道)를 합당하게 운용하는 인간의 자질이 건전한 덕(德)인 것이다. 대개 후자가 잘못 악용되어 인류의 재앙을 초래한다. 종교, 정의, 법, 약, 불(火)이 얼마나 악용되고 있는가?

다국적 기업들이 세계 주요 매체(CNN)를 통해 생태보호를 옹호하는 척하며 호화로운 광고를 내보내지만, 사실 영리를 추구하는 것이 기업의 본성인지라 불가피하게 반-생태적일 수밖에 없다. 매끈한 스마트 폰을 만들기 위해 얼마나 많은 오염물질을 배출해야 하며, 번지르르한 승용차를 만들기 위해 얼마나 많은 공해물질을 배출해야 하는가? 그리하여 'We are the world!'와 같은 광고는 병 주고 약 주는 모순적인 것이다. 현대 자본주의는 인간과 자연과의 상생을 주장하면서 인간의 경계심을 이완시키면서 오히려 자연의 파괴를 가속화하고 있다. 이제 지구상의 인간들은 그들이 저질러온 관행에 대해 일대 혁명적인 조치를 취해야 할 때가 되었다. 그것은 시장경제에 대한 철저한 반성과 역행이다. 그런데 맬서스의 법칙에 의해 식량은 산술적으로, 인구는 기하급수적으로 증가한다면 소용이 없을 것이다. 그것은 인간이 들어설 입추의 여지가 없는 6·25전쟁 당시 한국의 흥남부두의 참상이 그대로 드러날 것이다. 배를 탈 사람은 미어터지고 배의 공간은 턱없이 부족한 아노미적 상황의 재현. 북친의 주장대로 반자본, 반시장의 실천은 실지로 힘들지만 적어도 기업이 탐욕을 줄이고, 이익을 사회에 환원하고, 자연과 공동체와의 조화를 꾀한다면 얼마나 바람직한가?

벤츠 자동차는 생존하기 위하여 전 세계로 영역을 확장해 나아가야하고 각종 매체는 벤츠라는 개선장군을 홍보하는 나팔수로서 대중의 허영심과 우중의 심리를 선동하여 소비를 부추긴다. 자연 속을 질주하는 벤츠의 모습은 그야말로 자연과 인간의 조화로운 삶을 부각시킨다. 그리하여 인간은 매체의 타자로서 노예가 된다. 혹세무민하는 매체의 선동의 사례로, 2007년 벽지나 지방이 아니라 한국의 인텔리들이 사는 서울 한가운데에서 벌어진 광우파동을 상기한다. '미제쇠고기를 먹으면 머리에 구멍이 난다'로 요약되는 일부 매체의 선동에다 일부 좌편향 조직들이 가세하여 우중들을 거리로 내몰아 혁명을 유도한 사건이다. 그런데 미제햄버거를 먹고 머리에 구멍이 난 서울시민이 한 명이라도 있었던가? 이처럼 인간은 짐승과 달리 필요 이상의 상품을 욕망하고, 한낱 기우에 불과한 잉여이념을 맹종한다. 그것이 결국 인간의 외면적, 내면적 생태환경을 피폐화시켜 자신을 파멸에 이르게 하는 결정적인 요소로 작용한다. 따라서 벤츠의 소비주의와 극좌세력의 선동주의는 대중을 노예화하고, 선량한 공동체를 파괴하는 치명적인 것이다.

생태계를 파괴하여 인간이 자신의 터전을 허무한 바보스러운 행위가 전쟁이다. 소수의 전쟁은 차치하고, 제1, 2차 세계대전으로 인하여 지상의 생태계가 얼마나 파괴되었으며, 그 결과를 후손들이 고스란히 감수하고 있지 않은가? 그것은 46억 년에 달하는 지구역사상 불과 500년 내에 벌어진 비극적인 사건들이다. 물론 여기에 르네상스와 산업혁명을 추가해야 할 것이다. 인간은 지구의 운명을 500년 내에 요절낼 작정으로 기를 쓰고 생태계를 개발한다. 지구의 산소통인 아마존의 밀림, 아프리카의 밀림을 오늘도 파괴하고 있지 않는가? 모성의 물기를 부성의 불기로 건조시키고 있다. 포크레인과 다이너마이트와 같은 도구와 무기는 인간의 묵시론적 운명을 재촉하는 유용한 시한폭탄이다. 북친의 주장에 따라, 생태환경에 위해한 것은 인간의 수직적 지배구조와 효율성 수익성을 장려하는 시장체제이다. 이는 인간의 공존공생을 추구하는 것이 아니라 일방의 이익, 일방의 행복만을 추구하는 방향으로 질주한다.

사회생태학은 인간과 자연과의 관계정립을 통해 양자의 인간과 조화를 모색한다. 국가와 시장에 대한 윤리의 호소를 벗어나 진정한 정신적 회복이 촉구된다. 그러나 인간이 존재하는 이상 자연과의 원만한 관계를 유지하기가 어려울 것이다. 그것은 인간이 자연을 통하여 의식주를 영위해야 하고 인간의 본성이 자연을 대상으로 삼아 자유의지의 무한 발휘를 목표로 하기 때문이다. 인간과 자연의 관계에 대한 조명은, 현재 전 세계적으로 벌어지고 있는 자연재해나 기상이변이 없었다면 지속적으로 무시되었을 것이다. 인간의 후회는 항상 때 이른 것이 아니라 때늦은 것이다. 현재 외계의 별을 탐사하고 있지만 인간이 지구를 벗어나 존재할 삶의 인프라가 구비된 공간이 없지 않은가? 그리고 자연을 파괴하는 국가, 인종, 개인 간의 피라미드 서열구조를 재구성하기도 쉽지 않다. 탈식민주의가 오히려 제국주의의 합리화를 가장하는 수단이 될 수도 있다. 가장 합리적인 대안은 국가와 국가, 인종과 인종, 개인과 개인의 상보적인 관계를 유지하고 상호 존중하는 일이다. 그리고 특정 국가나 개인의 이익보다 전 세계적인, 공동체의 이익이 우선되어야 하는 일종의 21세기 신판 공리주의의 적용이 필요하다. 이에 북친이 내놓은 합리적인 대안은 국민에게 최저임금 보장, 토지공개념, 상호 부조 등이다. 음성적으로 지체하는 기업이 있으나 최저임금의 인상은 현재 미미하게 시행 중이며, 토지에 대한 소유권은 공동체에 귀속시키고 국가나 생산자나 자본가의 일방적인 독점을 금하는 문제는 사유재산 침해라는 문제를 야기하기에 실천하기 어려운 점이 있고, 개인의 불행한 사건에 대해 공동체가 책임을 분담하는 것은 가능할 것이다. 이런 점에서 이스라엘의 협동농장인 키부츠(Kibbutz)와 모샤브(Moshav), 미국 로키산맥에 있는 몰몬교 집단, 한국의 도인마을인 청학동이 상기된다. 사회생태학적 관점에서 이익은 분배되어야 하며, 특정집단이 독점하는 것은 불편한 현실을 초래한다. 코뮤니스트 북친의 관점에서, 공동체는 자치적으로 유지되어야 하며 국유화, 사유화(privatization)는 바람직하지 않다.

노동자, 농민, 전문가와 같은 구성원들은 일개 조직의 구성원이 아니라 전체적으로 법적인 시민으로서 공동체의 재산을 공유해야 한다. 개인의 이익과 공동체의 이익이, 사적인 이익과 공적인 이익이, 사회적인 이익과 정치적 이익이 불가분의 관계에 있음을 인식해야 한다. 국가의 일방적인 통치에도 반대하며, 대의정치에도 반대하며, 오직 시민이 직접적으로 정치에 일정기간 참여한다. 그리하여 종국적으로 인간에 의한 인간의 지배를 배제함으로써 인류의 생존을 위협하는 생태계의 제반 문제들을 다룰 수 있다. 이런 변화를 외면하는 것은 생태계의 상황을 악화시켜 졸지에 구제불능의 상태에 이를 수 있다. 생태계의 문제는 개인적으로, 사회적으로, 국가적으로 다룰 문제가 아니라, 전 지구인이 다루어야 할 전체적인 문제라는 점을 염두에 두어야 한다. 따라서 중국의 극심한 매연에 대해 중국에만 국한되는 문제가 아니라 전 세계인이 참여해야 할 문제인 것이다.

12

위험사회론

울리히 벡(Ulrich Beck): 커밍스(E. E. Cummings), 긴즈버그
(Allen Ginsberg), 스티븐스(Wallace Stevens)

울리히 벡(Ulrich Beck): 커밍스(E. E. Cummings), 긴즈버그 (Allen Ginsberg), 스티븐스(Wallace Stevens)

　독일의 저명한 사회학자 생태학자인 벡은 최근 타계했다. 70세의 삶을 살았으나 21세기 수명 120세 시대에 비추어 요절한 셈이다. 금세기에 화제를 몰고 다니는 손꼽는 사회과학자로서 그의 핵심주제는 사회의 통제 불능성에 관한 것이었다. 이것은 외치와 내치가 불가능한 가공할 만한 불가항력적 사건의 빈발 가능성을 염두에 둔 것이다. 최근 온난화로 인한 기상이변, 태평양 연안의 지진, 지구촌 경제 불황으로 인한 유럽의 국가부도사태, 중동의 무정부사태, 테러단체들의 무차별 살상에 따라 해당 국가의 존립이 위태로워지고 국민들이 위기에 내몰리는 있는 상황에서 벡의 주장은 유효하다. 이런 비극적인 사건, 사태의 희생양인 인간은 무능하고 무지하고 미래는 불확실하다. 이 점에 착안하여 벡이 창안한 개념이 일명 "위험사회"론, "제2의 모더니티", "재귀적 현대화"이며, 세계주의(cosmopolitanism)에 함몰된 작금의 국가적 시책을 비판했다. 그의 연구 지점은 국경이 없는 시대에 걸맞게 독일, 프랑스, 영국에 위치하며, 연구영역은 철학, 심리학, 사회과학에 걸쳐 다양하다. 그의 주장은 실생활과 유리되는 것이 아니라 실사구시의 성격을 지닌 구체적인 것이다. 끈기 있고 집요하게 학업에 몰두한 결과 사회학 분야에서 독일을 벗어나 전 세계적인 존재가 되었으며, 존재론의 대부인 하이데거 못지않게 사회학의 거목이 되었다. 인류사에 기념할 만한 그의 학문적 공적은 1980년대에 촉발된 지구촌화에 대한 반성과 재검토에서 비롯되었다.

벡이 보기에 이 개념이 인류에게 유익한 것이 아니라 최근 급증하는 지구촌의 상호 의존성이 인류에게 오히려 유해하다는 점을 『위기의 사회』에서 밝혔다. 산업사회의 확장으로 전 세계적으로 산업의 존폐가 만연하여 위기와 기회가 양립한다. 인류역사상 유례없이 가장 많은 자연을 가공하여 상품으로 전환시키고 있는데, 이것이 기회이자 위기인 셈이다. 인류는 마치 자기 꼬리를 물고 자족하는 재귀적인 우로보로스(uroboros)적 상황에 처해 있다. 그러니까 인류의 생활수준은 점점 나아지고 있지만 자연, 환경의 수준은 악화되고 있다. 그가 예로 든 인류의 위기이자 기회의 사례가 러시아 체르노빌(Chernobyl) 원자력 발전소에서 벌어진 참혹한 방사능 누출사태였다. 여기서 원자력이 인류의 기회이자 위기의 대상임을 여실히 보여주었다. 물론 사물의 모든 양상이 이중적인 야누스의 모습을 하고 있다. 인간을 살리고 죽이는 불, 물, 화약은 이기이자 흉기이지 않는가? 데리다가 애용하는 약으로서의 파르마콘(pharmakon)[1]은 동시에 독이 되는, 병을 주고 약을 주는 자연의 이중성을 우리는 매일 목

---

1) 파르마콘(pharmakon)은 약물, 약품, 치료, 독, 마술, 물약 등의 상반된 의미를 갖고 있는 용어이다. 플라톤은 『파이드로스』에서 글을 파르마콘, 즉 망각의 치유로 언급하면서 '약(치료제)'과 '질병'이라는 의미를 동시에 가지고 있는 파르마콘(parmacon)이라고 말한다. 즉, 약과 질병은 서로 모순되고 대립되는 것인데 글은 이러한 모순을 동시에 가진다는 것이다. 그는 글(문자)을 말보다는 하위의 것으로 생각하였다. 말이 로고스라면 문자는 기호라고 할 수 있다. 왜냐하면 말은 화자의 현전속에서, 즉 화자가 실제로 존재하는 가운데서 화자의 입을 통해서 나오는 직접적인 목소리이기 때문이다. 이에 반해서 글(문자)의 의미는 다른 것과의 비교나 해석을 통해서 전달될 수 있다. 따라서 말은 자기 스스로 현전하는 것이라면 문자는 항상 타자의 흔적 속에서 자신을 드러낸다는 것이다(네이버 백과).

격한다. 지구의 지배자라고 자찬하는 인간은 무기력하게 관운장의 청룡도에 추풍낙엽처럼 베어지는 조조 군사처럼 가공할 만한 토네이도 속으로 사라진다. 자연을 파괴하는 것은 인간의 건설적인 제도와 관습이며, 이것이 자연의 반작용을 촉발시키는 방아쇠인 셈이다. 다시 말해, 벡이 주장하는 위기라는 개념은 인간에게 위협적인 것이 아니라 동시에 재생의 삶을 부여하는 기회가 된다. 그러니 지금 인간의 행동에 대한 손익계산서, 즉 재귀적인 결과를 검토해볼 시점이라는 것이다. 이 점을 커밍스의 「봄은 어쩌면 손과 같다("Spring is like a perhaps hand")」에 적용해보자.

봄은 어쩌면 손과 같다
(조심스럽게 다가오노라
어디선지)마련하자
창문을, 사람들이 본다(사람들이
보는 동안
준비하고 위치를 바꾸며
조심스럽게 거기에 낯선 것을
그리고 여기에 낯익은 것을)그리고

조심스레 모든 것을 바꾸고

봄은 어쩌면
창가에 손과 같다.
(조심스럽게

새롭고
낡은 것을 이리저리 옮기며, 그동안

사람들은 신중하게 둘러보고
옮길 자리를 궁리한다
꽃의 조각을 여기에
1인치의 공기를 저기에) 그리고

아무것도 부수지 않고.

Spring is like a perhaps hand
(which comes carefully
out of Nowhere)arranging
a window,into which people look(while
people stare
arranging and changing placing
carefully there a strange
thing and a known thing here)and

changing everything carefully

spring is like a perhaps
Hand in a window
(carefully to
and from moving New and
Old things,while
people stare carefully
moving a perhaps
fraction of flower here placing
an inch of air there)and

without breaking anything.

봄은 사물을 삽, 포크레인을 사용치 않고 바꾼다. 자연의 가구들을 소리 없이 배치한다. 푸석푸석한 겨울의 옷을 걷어내고, 싱싱하고 상큼한 푸른 옷으로 자연을 장식한다. 그런데 봄은 "손"이 없이 일하는 기묘한 존재이다. 이 봄을 추동하는 손길은 누구인가? 보이지 않는 손길로부터 만들어진 보이는 현상들이 등장한다. 무신론자들은 이것에 대해 무조건 침묵한다. 자연은 자동엔진에 의해서 움직이고 있는가? 태초에 자연의 플러그에 점화한 세력은 누구인가? 인간은 자연을 바꾸기 위해서 고작 거죽을 뒤집고 파헤쳐 자연의 표피를 자극하지만 근본적으로 자연을 자극할 수는 없다. 인간이 자연을 바꾸는 것은 죽어 있는 무생물을 재배치하는 것에 불과하다. 여기에 있는 돌멩이를 해체하고 다시 저곳에 돌멩이를 쌓아 올린다. 그런데 이 돌멩이는 자연산 돌멩이가 아니라 인공적인 돌멩이다. 인간이 아무리 자연을 끔찍하게 훼손해도 얼마간의 시간이 흐른 뒤 어떤 모양으로 솜씨 좋게 회복되어 있다. 그 옛날 행성이 지구에 충돌하여 공룡들이 멸종되어도 전 지구가 빙하기를 거칠 때에도 자연은 스스로의 시간표에 따라 변신을 계속할 뿐이다. 인간들은 이런저런 생존을 위해 불가피하게 자연을 파괴한 죄과에 대해 그저 당대에 자연의 참혹한 반작용이 초래하지 않기를 바랄 뿐이다. 그렇지만 현재 자연의 역린은 인간의 **뻔뻔한** 기대를 저버리고 전 세계 도처에서 드러나고 있다. 그러기에 벡이 주장하는 '위험사회론'은 근본적으로 정당하다. 인간이 태어나는 순간부터 인간은 자연이 절로 수행하는 해체의 과정 속으로 진입되기 때문이다. 마치 푸줏간에 도살된 황소가 일꾼들의 능숙한 칼질에 해체되어 미식가들의 입 속으로 나아가듯이. 그리고 인간이 성장하기 위해서는 마땅히 먹어야 하기에 당연히 주변의 사물들을 훼손하게 되고 이 사물들은 반작용의 내재성을 품고 후일을 도모하며 인간의 배 속으로 사라진다. 요란한 레스토랑에서 인간이 스테이크를 섭취한 행위는 사실 자연의 역린을 꿀꺽 삼킨 셈이다. 따라서 생존을 위한 이유여하를 불문하고 자연의 역린을 건드리며 생존해온 인간은 당연히 벡이 말하는 '위험사회' 속에서 매일 자연의 응보를 예견하며 전전긍긍 살아갈 수밖에 없다.

결혼은 가족이나 본인에게 경사이자 동시에 악몽의 시작이다. 사랑에 빠진 연인들은 결혼이 달콤한 축복이기도 하지만, 삶의 과정에서 이혼이라는 상실의 쓴맛을 보기도 한다. 그런데 높은 이혼율을 인지하고 있음에도 불구하고 결혼이라는 허니문으로 입성하려고 한다. 그것은 결혼이 성인으로 개성화되는 필수적인 관문이기 때문이다. 『사랑은 지독한 그러나 너무나 정상적인 혼란』에서 벡은 사랑이 혼란스럽지만 지극히 당연하다고 본다. 그 이유는 인간관계가 유동적이기 때문이다. 이때 미우나 고우나 건강할 때나 병이 들 때나 백년해로를 당부하는 혼인선언문을 상기한다. 사랑은 직장과 마찬가지로 평생을 보장해주지 않는다. 플라톤의 주장대로 남녀의 사랑은 자신의 다른 반쪽을 찾는 모순적인 행위이다. 그것은 인간이 남과 여로 구성이 되어 있기 때문에, 남성일방이 오랫동안 득세해온 과거 가부장제 사회는 완전한 사회가 아니고 불완전한 사회이며, 마찬가지로 현재의 풍조처럼 페미니즘의 사회 또한 불완전한 사회로서 '위험한 사회'인 것이다. 그래서 남성을 표시하는 양극으로서의 기호인 (+)와 여성을 표시하는 음극으로서의 기호인 (-)가 결합하여야 에너지가 발생하며, 이 모순을 취하여 동력을 얻는 것이 결혼이라는 인생의 원리인 셈이다. 그러니 현재 경제적인 이유로 선호되는 독신주의(celibacy)는 사회의 동력을 상실한 '위험사회'로 나아가는 첩경인 셈이다. 아울러 성의 자유로운 선택에 따라 추구하는 동성의 상태가 아니라, 이성의 상태가 사회의 기반을 확충하고 사회의 연속성을 확보하는 근간이 된다. 따라서 남/여 간의 사랑은 양자가 모순적이기에 어쩔 수 없이 지독한 상황에 처함을 암시하지만, 동시에 이질성의 결합과 조화가 사회의 동력이 되기에 오히려 정상적인 상황을 의미한다.

"자연으로 돌아가자"라는 루소의 언명이 공해와 오염이 극심한 요즈음 부쩍 머릿속에 메아리쳐진다. 그러나 루소의 근본주의는 지구상에 인간이 생존하는 한 사실상 실천하기가 어려울 것이다. 따라서 자연에 대한 인간의 근본적인 행동의 궤도수정은 사실상 불가능하고 약간의 수정주의를 가미할 도리밖에 없을 것이다. 아울러 인간들의 정치적인 성향도 검토되어야 할 것이다. 벡은 자연개발에 몰두해온 전통적인 정당보다 자연보전을 지향하는 진보적인 정당을 지지하도록 정치적인 태도를 바꾸어야 한다고 본다. 물론 벡의 주장을 일반화시켜서 모든 나라에 적용할 수는 없을 것이며, 지상의 어떤 나라 정당의 강령이라도 자연개발 혹은 자연보존이라는 식으로 일관되게 유지되는 것이 아니다. 사랑의 '정상적인 혼란'의 복사판이 정치의 '정상적인 혼란'이다. 현대사회에서 정당에 대한 대중의 충성도는 점점 낮아지고 매일의 사건과 상황에 대한 정당의 대응에 따라 기호가 수시로 바뀐다. 그러기에 대중의 자연친화적인 인식의 제고에 부응하기 위해 산업발전, 국토개발에 진력해온 정당의 인식의 변화가 필요한 시점이다.

벡은 소수의 권력자들이 일방적으로 대중을 통치하는 피라미드식 정치의 전횡으로 야기되는 생태계의 위기에 대처하기 위해 하위정치를 주장한다. 이는 중앙정치에서 배제된 주변의 타자들이 그룹을 형성하여 정치행위를 하는 것을 의미하며 지자체도 일종의 하위정치의 조직에 해당한다. 특히 벡이 관심을 가지는 정치집단은 유럽연합(EU)이다. 그는 이기적인 민족주의를 배제하고 이를 초월하여 전 세계적인 영향력을 행사할 수 있는 집단을 원했다. 민족주의는 지구 생태계의 지속가능성을 추구하기엔 턱없이 미흡한 탐욕적인 이데올로기이다. 이런 점에서 히틀러가 주창한 유대인을 혐오하는 아리안주의(arianism)는 위험한 노선이다. 그래서 벡의 관점에서 히틀러가 생각하는 '독일식 유럽'(German Europe)이 아니라 '유럽식 독일'(European Germany)이 되어야 하는 것이다. 그러나 세계경제의 침체로 인하여 회원 국가들의 경제난이 가중되어 바람직하진 않지만, 독일의 영향력이 커짐에 따라 독일식 유럽이 되는 측면이 있으며, 메르켈 총리는 유럽의 실질적인 대통령으로 군림한다. 설사 메르켈이 선의로 유럽의 경제를 구하고 싶은 잔 다르크와 같은 용기와 의욕이 있다고 할지라도 우선 자국 내 정치, 경제 상황을 고려하여야 할 것이다. 자국의 경제상황을 고려하지 않고 남부 유럽의 파산 국가들을 일방적으로 지원할 수는 없는 노릇이다. 공존, 공동의 번영을 외치면서, 전체의 생태계의 보존을 주장하면서도, 자국의 특수한 사정들이 메르켈의 인류애적인 행보를 제지하고 있는 것이다. 이로 인해 자비로운 메르켈이 실각하고 민족중심주의 혹은 자국중심주의에 충실한 후임자가 선임된다면, 유럽공동체의 어려움은 한층 더 가속화 될 것이다. 부도 직전에 처한 국가들에게 무조건적으로 내핍과 절약만을 권유할 수만은 없는 노릇이다. 다시 말해, 위급환자에게 항생제가 필요한데 한약이나 미음을 먹일 수는 없는 노릇이다. 벡의 관점에서는 일국의 이익을 우선시함으로써 유럽공동체를 파괴하지 말고, 이익을 추구하는 대중식 경제원리 대신 전체에 속한 부분인 자국의 관점에서 유럽의 부실국가들을 바라볼 시점이라는 것이다. 그러니까 시각이 독일화되지 말고 유럽화되어야 하고, 나아가 유럽중심주의보다는 세계중심주의가 되어야 한다는 것이다. 몇 달 전(2016. 1. 11) CNN 뉴스에 등장한 뉴욕 지하철에서 남루한 걸인에게 자신의 외투와 모자를 벗어준 어느 사마리아인처럼. 이는 마치 무정부주의자나 급진주의자의 강령인 '자본과 정부의 권력은 강하나 그 합법성이 약하고, 시위자들의 권력은 약하나 그 합법성이 강하다'는 점을 상기시킨다. 환언하면, 걸인의 권력은 약하나 그 상황은 절실한 것이고, 부자의 권력은 강하나 그 위상은 위계적인 것이다. 이 점을 랜섬의 「푸른 처녀들("Blue Girls")」에 적용해보자.

> 푸른 스커트를 펄렁이며, 잔디 위를 활보하라
> 너희 신학교 탑 아래로,
> 선생님의 낡고 고약한 말씀을 들으러 가라
> 한마디도 믿지 말고.
>
> 머리에 머리띠를 매고
> 내일 일을 생각지 말고
> 잔디밭에서 뛰놀자
> 공중에서 지저귀는 파랑새보다 더.
>
> 아름다움을 만끽하라, 푸른 처녀들아, 쇠하기 전에;
> 나는 크게 소리 질러 공포하겠노라,
> 아무리 노력해도 세울 수 없는 아름다움을,
> 그렇게 약한 것을.

진실 하나 알려줄까;
내가 입이 거친 한 여성을 알았지,
푸른 눈이 침침해지고,
절세의 미모가 사라진 - 그러나 얼마 전까지
너희들 누구보다 예뻤단다.

Twirling your blue skirts, travelling the sward
Under the towers of your seminary,
Go listen to your teachers old and contrary
Without believing a word.

Tie the white fillets then about your hair
And think no more of what will come to pass
Than bluebirds that go walking on the grass
And chattering on the air.

Practice your beauty, blue girls, before it fail;
And I will cry with my loud lips and publish
Beauty which all our power shall never establish,
It is so frail.

For I could tell you a story which is true;
I know a woman with a terrible tongue,
Blear eyes fallen from blue,
All her perfections tarnished - yet it is not long
Since she was lovelier than any of you.

여기서 "자연으로 돌아가라"는 루소의 언명에 부합된 상황이 전
개된다. 인간의 피를 메마르게 하는 것은 내면의 사색으로 인하여

초래되는 공연한 것이다. 존재가 온전치 않고서는 사색도 사실 무용지물이다. 그러므로 여기서 유물론적인 시각도 아울러 제시된다. 인생은, 청춘은 순간적이며 어딘가 고정되기 위해서 날아가는 화살촉과 같다. 화자는 인생에 대해 쾌락주의적인 입장으로 접근한다. 이는 '카르페 디엠'의 원초적인 강령으로 실천되어야 한다. 그런데 인간은 육체적인 정열을 상상만 하고 실제로 발산하기 어렵다. 물론 사회적 대가를 무릅쓰고 발산하는 경우도 종종 있다. 그것은 다른 동물들과 달리 인간의 내연구조 속에 정신적인 인식기능도 존재하기 때문이다. 도스토옙스키의 『죄와 벌』에 나오는 창녀 소피아가 역설적으로 그리스도에 귀의하려는 정신적, 육체적 이중성을 보여주지 않는가? 물론 그녀가 작가의 의중이 반영된 작중인물이긴 하다. 인간은 청춘을 제대로 소진하지 못하고 인간 정상화의 미명하에 사색의 공염불에 에너지를 방전하고 만년(晩年)에 외부의 불로초, 강장제, 비아그라를 섭취하여 원기를 보전하려 한다. '초자아'로서의 정신적인 것은 인간의 청춘을 옥죄며 거세시켜 인간을 기계적이고 서열중심의 사회 구성원으로 복무케 한다. 따라서 청춘을 발산하려는 화자의 인식은 사회의 근간을 뒤흔드는 위험한 인식인 셈이다. 화자의 입장과는 달리, 벡의 입장은 개인이 자기중심적인 관점에서 사회를 바라보지 말고, 개인이 사회의 일원이라는 관점에서 사회를 바라볼 때에 개인과 사회가 공존하기 위해 인간의 야성을 거세하여 질서가 확립된 정상적인 사회를 조성하는 데 "신학교"가 기여해야 한다는 것이다.

마르크스로 포장되는 독일 사회학은 빈부격차로 인한 아비규환의 현실을 천국으로 바꾸려는 만민공동체주의가, 동구유럽, 러시아, 중국, 북한, 쿠바의 상황에서 목격하였듯이, 노동당 일당주의와 소수독재주의로 인하여 오히려 프롤레타리아를 탄압하는 역효과를 초래하자 비판에 직면한다. 여기서 프롤레타리아를 억압하던 부르주아의 역할을 아이러니하게도 민중의 머슴을 자처하는 공산당의 소수권력층이 대신하여 프롤레타리아를 억압하고 있다. 이렇듯 인간사회에 완전한 제도와 완벽한 이념이 없다. 자국 내 강력한 공산주의 비판주의자들은 벡 이전에 막스 베버(Max Weber)와 프랑크푸르트학파의 대부인 위르겐 하버마스(Jürgen Habermas)가 있었다. 그러니까 자본가와 노동자로 양분되는 자본주의사회에서 전자가 후자를 억압한다고 보아 전자를 파괴하고 후자의 세상을 만들려고 했는데, 후자의 구조가 또한 노조지도층과 일반노조원으로 구성되어 있기에 자본가의 역할을 노조지도층이 대신하여 빈자와 약자의 불평등은 사회주의, 공산주의에서도 여전히 잔존하게 된다. 마르크스가 노동자에게 사회의 주도권을 부여하고 자본가, 관료, 귀족을 타도의 대상으로 삼아 공산주의 노동자 천국을 만들려는 시도는, 20세기 중반에 완전히 실패했음은 인간이 만든 제도나 이념의 불완전성을 여실이 증명한다. 이렇듯 사회를 개조하는 것은 특별한 제도나 이념이 아니라 그것을 운용하는 주체들의 양심과 의식 수준의 문제로 귀결될 수밖에 없을 것이다. 하버마스가 보기에 노동자들만이 집단적 주체가 되어 사회의 모든 기능을 장악할 것이 아니라, 주위의 다른 상대 주체들과도 변증법적 토론을 해야 한다는 것이다. 이것은 노동자의 일방통행식의 자유의 행사만이 능사가 아니라 조절된 민주주의를 의미한다. 이는 실지로 제2차 세계대전의 원인발생에 대한 반성의 일환으로 독일사회에서 전후에 실시되었던 상대적 민주주의의 실천이다. 문화의 동일성, 순수성만을 강조하는 단순한 모더니티는 독재성, 폭력성을 내포하기에 이보다 복잡하고 다양한 이질성의 모더니티에 길을 내주어야 한다.

벡은 나날이 악화되는 환경오염을 위험사회의 묵시론적 증상으로 우려한다. 그것은 독일 녹색당이 염두에 두는 제1의 주제이다. 인간 사회가 늘 발전하고 자연의 훼손을 복구할 수 있다고 보는 환경주의2)적 모더니티에 대한 일종의 우려인 셈이다. 인간은 지난한 이 모더니티의 과정에서 의도한 결과보다 의도하지 않은 결과를 얻을 상황이 농후하다. 모더니티의 비전이 불확실한 이유는 눈먼 자가 길을 더듬어 가듯이 환경과 차단된 인간의 고립된 확신에 의지하여 나아가기 때문이다. 벡은 기존의 모더니티에 대해 재귀적이라는 말을 첨가했다. 재귀적 모더니티는 다른 말로 '누워서 침 뱉기'식 방식이며, 지구에 대한 인간의 원대한 야망을 좌절시키는 것이 오히려 인간의 건설적인 욕망이라는 것이다. 의도되지 않는 결과들이 인간의 미래를 좌우하는 기하급수적으로 증가하는 위험요소가 된다. 그는 기존의 정치학은 자본과 노동의 대결로 점철되는 소득의 분배, 이익의 분배, 공공복지에 국한되었으나 이 이기적인 국면에서 탈피하여 산업화로 인한 재앙에 대한 전 지구적 대처가 시급하다고 본다. 그러니 자본주의에 대항하는 마르크시즘이 강력히 주장하는 이익의 분배, 자본주의가 지향하는 이익의 극대화와 같은 단일한 목표는, 이제 생태계의 위기에 직면한 지금 철 지난 일이며 인류의 미래를 담보할 수 없는 낡은 사고방식에 불과하다. 노동자 위주로 정책을 집행하든, 자본가 위주로 정책을 집행하든 사실 생태계와 무관한 일이

---

2) 생태주의(ecologism)는 전통적인 환경주의보다 더 근본적이고 급진적인 방법으로 환경문제를 바라보는 사상이다. 즉, 현재의 환경 문제를 기술적 전문성의 적용으로만 해결할 수 있는 것으로 여기며 사회의 근본적 성격이 개선될 필요가 없다고 여기는 환경주의와 달리, 이를 보다 심각하고 심층적인 잘못들이 겹쳐 일어난 문제로 보는 것이다(wiki.com).

다. 미래의 불확실성(uncertainty)이라는 개념을 포스트모더니즘의 강령이라고 굳이 주장할 필요가 없을 것이다. 그것은 현재의 정치, 경제, 사회, 문화적 현실이 실제로 불확실하기 때문이다.

자연의 이용과 정복을 모토로 하는 제1의 고전적 모더니티는 이제 자발적으로 자연의 보호를 천명해야 할 반성적이고 재귀적인 제2의 모더니티를 수행해야 할 과제를 인류에게 떠넘겼다. 자연을 개발하여 인간의 지복을 누리려했던 모더니티가 이제 인간에게 무지막지한 괴물로 다가온 것이다. 기존의 모더니티는 실효성이 없는 아니 인류의 비전에 위해한 일종의 죽여도 죽지 않는 '좀비 범주'(zombie categories)라고 부른다. 물론 그의 주장이 유사 이래 예수를 제외하고 현인, 성자, 철학자, 과학자의 주장처럼 절대적인 진리가 아니라는 점을 인식해야 할 것이다. 그의 주장은 간단히 말하여 인간의 욕망에 대한 자발적인 제약이다. 그는 국가로서의 네이션(nation)을 인정하지 않고 국가를 사라져야 바람직하지만 결코 사라지지 않는 좀비로 본다. 기존의 국가적인 관점에서 생태를 바라볼 때에 과거회귀적인 퇴행이라고 본다. 민주주의가 사라지고 없음에도 민주주의를 주장하는 기형적인 국가가 탄생한 것이다. 이런 점에서 벡은 기존의 국가 대신 국가연합, 즉 유럽연합을 선호하기에 'German Europe'이 아니라 'European Germany'가 되기를 희망한다. 제2차 세계대전의 상황처럼 독일이 유럽연합을 지배할 것이 아니라 유럽연합이 독일을 지배해야 한다는 것이다. 인간의 프로메테우스적 모더니티의 추진은 위험하며, 인류의 미래에 대한 급진적인 불확실성을 표명하여 경각심을 준다. 그는 역설적으로 공포와 불안을 공동체를 사수하는 겸손의 미덕으로 보고, 기존의 모더니티와 국가를 퇴행적인 개념과 기구로 본다. 그가 보기에 불안과 위기가 현 지구를 수호하는 개념이다. 그러나 이 개념들이 능동적이고 적극적인 동기를 유발하는 개념이 아니라 부정적이고 억압적인 개념이라는 점에서 인간의 삶에 그림자를 드리운다. 벡이 세상이라는 드라마를 바라보고 불안과 공포를 느끼고 감정을 정화한다는 점에서 자연, 지구, 세상이라는 리얼한 비극적인 드라마에 동화되는 것으로 볼 수 있다. 이러한 관점에서 영문학계에서 화제가 되는 시작품인 스티븐스의 「검은 새를 바라보는 13가지 방법("Thirteen Ways of Looking at a Blackbird")」[3]을 읽어볼 수 있다.

I

Among twenty snowy mountains,
The only moving thing
Was the eye of the blackbird.

눈 덮인 스무 산 속에,
단 하나 움직이는 것은
검은 새의 눈이었다.

인간이 헤아리는 100개의 산 혹은 "스무" 개의 "산"은 사물의 관

---

3) 이 시작품에 대한 서구의 비평은 다음과 같다. 필자의 해석과 서구의 해석을 비교, 감상해보면 재미가 있을 것이다. 각각의 해석은 절대적인 것이 아니며, 무수한 독자들에 의한 해석의 지평이 펼쳐져 있다. 형식은 하이쿠이며 내용에서 검은 새의 이미지가 중요하며, 우주의 속성과 인간의 속성이 대립한다. 분석이 빠진 스탠자를 제외하고 스탠자별로 분석하면, 1. 존재와 인식/2. 원근법 혹은 전망/4. 불교: 모든 것이 하나/5. 진술과 함축/10. 우주만물은 무한으로 향하는 연속적인 중심원/12. 직관중시. 이 작품은 회화성을 강조하는 이미지즘(imagism)을 차용하고 윌리엄 칼로스 윌리엄스의 시풍(관심이 아닌 사물을 말하라!)(no ideas but things)을 닮았고 본인의 시풍인 근원과의 배리를 탐색하는 상징주의(symbolism)와 소원해 보인다. 또 정신분석학적으로 칼 융의 원형과 인간욕망의 언어 속 현시를 다루지 않는다(http://www.enotes.com/topics). 아울러 새의 시각을 통한 원근법주의가 사용된다. 원근법은 「눈사람」에서 보듯 거리의 관점이 아니라 시인의 상상력에서 비롯된다.

점에서 무의미하고 혹시 "새"의 눈만이 사물을 바라보고 있다고 볼 수 있지만 사물 자체의 세상은 무의식적이다. "산"이든 "새"든 자연의 관점에서 아무런 의미가 없고 동일한 존재들이다. "산"과 "새"를 의미 있게 만드는 것은 이 사물 자체에 접근하려는 인간의 기술, 형용, 묘사, 표현, 재현, 모방에 해당하는 발화(utterance)된 2차적인 수단뿐이다. 언어가 부재하여 사물을 직시하는 "새"의 눈은 세상과 일체화되어 물화된다. "새"의 눈은 의미가 없는 실재의 눈이고 인간의 눈이 의미가 있는 가상 혹은 추상의 눈이다. "산"을 헤아려 소유화하려는 인간의 모더니티는 사실 자연의 의지와 무관하며 자연의 현상은 후행적이다.4)

Ⅱ

I was of three minds,
Like a tree
In which there are three blackbirds.

나는 세 마음을 지니고 있었어.
그 속에
세 마리 검은 새가 들어 있는 나무처럼.

인간의 마음속에 "세 마리 검은 새"가 들어 있고, 동시에 나무 속에도 "세 마리 검은 새"가 들어 있다. 인간의 마음속에 들어있는 새

---

4) 이렇듯 사물과 인간 사이의 넘을 수 없는 간격인 재현을, 사물에 대한 신체적 반응을 의미하는 행동적 재현(enactive), 사물이 감각기관에 포착된 상상적(imagistic) 재현, 사물의 기호적 변환을 시도하는 언어적(lexical) 재현으로 나누어볼 수 있다(Suler, 101-3).

는 새가 아니라 추상적이고 초월적인 새다. 나무 속에 들어있는 새는 구체적인 새이다. 그런데 둘 다 새가 아니다. 그것은 구체적인 새는 추상적인 새를 통하여 드러나야 하는데, 후자는 전자를 재현하지 못하기 때문이다. 인간이 바라보는 새는 기호적인 새이며, 나무 속의 새는 재현되지 않는 사물 자체에 불과하다. 따라서 각각이 다른 새이다. 예를 들어 하나님이 예수를 통해 성육신하여 인간에게 재현하지 못했다면 하나님의 존재는 의미가 없을 것이다. 따라서 인간, 나무, 새의 입장이 다르므로, 생태적 관점에서 인간의 마음대로 자연을 개발하고 인간의 마음대로 자연을 복구할 수는 없을 것이다.

Ⅲ

The blackbird whirled in the autumn winds.
It was a small part of the pantomime.

검은 새는 가을바람에 선회했다.
그것은 무언극의 작은 일부였다.

자연의 기류에 반응하는 검은 새는 실존을 향유한다. 바람에 자연스레 반응하는 "검은 새"는 사물 자체로서 시인의 은유적 왜곡을 벗어난다. 재현능력이 없는 자연의 관점에서 검은 새, 흰 새, 푸른 새는 모두 동일하다. 그것은 웃음, 울음, 공포도 없는 희극, 비극도 아닌 감정이 스며들지 않은 "무언극"이다. "무언극"은 행위가 물자체를 대변하는 법열의 언어이다. 석가가 제자에게 미소를 지은 것처럼. 침묵도 언어이고 소리도 언어이다. 공간에 아무 소리가 없어도 "선회" 그 자체가 언어인 것이다. 그것은 공간에 쓰인 잉크자국에 해당하는 행동이라는 소묘이다. 침묵은 금이라는 말이고 소리는 은이고 소음은 동이라는 말이다. 자연 전체가 하나의 "무언극"이고 새의 "선회"는 그 중의 일부에 불과하다.

IV

A man and a woman
Are one.
A man and a woman and a blackbird
Are one.

남자와 여자는
하나다.
남자와 여자와 검은 새는
하나다.

"남자"와 "여자"는 "하나"가 되기 위해 잠시 서로의 주변을 배회하는 각각이 반쪽인 인간이다. 상대적으로 서로 대립하고 모순되지만 서로의 인격을 완성하기 위하여 결합하지 않으면 안 된다. 가부장제/페미니즘 이렇게 서로 대립하고 있지만, 인간의 삶, 인간의 역사를 이어나가기 위해 합일하지 않으면 안 된다. 그것은 인간과 인간이 재현한 의미의 색깔에 따른 "검은 새"가 "하나"가 되어 비로소 자연을 구성하기 때문이며, 인간만이 존재하는 세상은 의미 있는 세상이 아니다. 인간은 "검은 새"와의 차이를 통해 존재하고, "검은 새"는 인간과 차이를 통해 존재하기 때문이다. "남자"와 "여자", 인간과 "검은 새"는 서로의 존재를 보증하는 상보적인 관계를 유지한다. 다시 말해, 인간과 "검은 새"는 세상이라는 거대한 텍스트를 구성하는 필수요소이다. 요즘 유행하는 남자와 남자의 결합, 여자와 여자의 결합은 생산과 소멸을 원리로 삼는 자연의 이치를 역행하는 반-생태주의적인 도발이다. 또 "검은 새"를 무시하고 인간만을 중시하는 세상은 "하나"의 세상이 아니라 분열된 세상이다.

V

I do not know which to prefer,
The beauty of inflections
Or the beauty of innuendoes,
The blackbird whistling
Or just after.

나는 어느 것을 더 좋아해야 할지 모른다,
굴절의 아름다움인지,
암시의 아름다움인지,
검은 새의 노래인지
그 직후인지.

화자는 세상의 "아름다움"의 본질에 대해 회의한다. 그것은 세상의 "아름다움"의 기원과 기준이 애매모호하기 때문이다. 화자는 "아름다움"에 대한 기존의 인식에 회의한다. 인간은 모든 예술이 그러하듯 자연이 기호에 의해 "굴절"된, 자연 속에 틀어박힌 "암시"된 진리를 천착하든지, 모든 학문이 그러하듯 진리를 추구하다 자아도

취하든지, 실존적으로 "검은 새"가 "노래"를 하든 말든지 아름다움의 진정한 기원을 알 수가 없으며, 진리라는 무념무상의 무료한 경지에서 유리된 허위와 감각의 인간은 단지 새 울음 "그 직후에" 음절화된 우아한 새소리에 더욱 매료된다. 그렇다면 인간이 자연의 진리를 알게 될 때 지상이 천국이 되겠는가? 지옥이 되겠는가? 탐욕스러운 인간은 평생 진리의 쟁취가 아니라 진리를 추구함을 생의 목표로 삼는 것이 적당하지 않는가?

VI

Icicles filled the long window
With barbaric glass.
The shadow of the blackbird
Crossed it, to and fro.
The mood
Traced in the shadow
An indecipherable cause.

고드름이 긴 유리창을 채웠다
원시적인 유리로 된.
검은 새의 그림자가
그것을 가로질렀다, 이리저리.
그 기분이
그림자 속에서 추적된다
풀 수 없는 원인을.

"고드름"과 "유리창", "검은 새의 그림자"와 "유리창"의 대립이 제시된다. 유리창에 끼어드는 "고드름"은 인간의 인위적 환경에 대한 자연의 대응이다. "검은 새의 그림자"는 "유리창"에 어른거린다. 진리의 실재는 "유리창"으로서의 인간의 망막 위를 어른거린다. "검은 새의 그림자"는 인간이 추적하는 실재의 전부이자 "풀 수 없는 원인"이다. 그리고 "유리창"과 "그림자"는 대면할 수 없는 인간과 실재의 간극을 나타낸다. 이 "유리창"으로 구분된 사물의 희미한 "그림자"를 추적하는 인간의 야심에 대한 화자의 관점은 회의적이다.

Ⅶ

O thin men of Haddam,
Why do you imagine golden birds?
Do you not see how the blackbird
Walks around the feet
Of the women about you?

오 하담의 마른 사내들이여,
그대들은 왜 황금 새를 상상하는가?
그대들은 검은 새가 주변
여인네들의 발치에서
걷는 것을 보지 못하는가?

지상에서 궁핍한 "마른 사내들"이 갈구하는 것은 "황금"으로 만든 "새"지 단백질로 구성된 "새"가 아니다. 자연의 관점에서 단백질이나 황금이나 같은 물질이지만 인간은 다르게 생각한다. 전자는 인간에게 초월적인 우상이며 후자는 평범한 미물에 불과하다. 인간은 누구나 할 것 없이 "황금 새"에 몰두하기에 탐욕의 대상으로 부적합한 생물로서의 "검은 새"에 대한 관심이 희박할 것이다. 그러나 생태계보존운동 혹은 환경보호운동을 부르짖는 운동가들이나 자연주의자들이 행여나 "검은 새"를 빌미로 "황금 새"를 추구하는 것은 아닌지 심히 의문이다.

VIII

I know noble accents
And lucid, inescapable rhythms;
But I know, too,
That the blackbird is involved
In what I know.

나는 고상한 악센트와
명쾌하고 적절한 리듬을 안다,
나는 또한 안다,
내가 아는 것에 검은 새가
포함되어 있음을.

인간의 위치에서 알 수 있는 것은 고작 사물의 껍질뿐이다. 서사시 『금강』으로 유명해진 신동엽 시인이 사이비가 판치는 한국사회를 개탄하며 "껍데기는 가라!"라고 외쳤는데 사실 이 시인을 포함 모든 인간은 껍데기에 불과하다. 플라톤이 말하길 인간이 아는 것은 사물의 이중왜곡이라고 했듯이. 각인각색의 관점에서 사물에 대한 의미 분화는 끝없이 이어진다. 사물의 이데아-사물 자체-사물의 모방1-사물의 모방2-사물의 모방n. "검은 새"는 화자가 인식하는 지식의 범주에 들어있기에, 새의 실재로부터 멀어진 추상의 새다. "악센트"와 "리듬"은 자연에서 소외된 인간이 자족하기 위해 만든 인위적인 선율이다. 과연 자연이, 동식물이 바흐의 심각한, 모차르트의 재기 넘치는, 재즈의 무료한 "리듬"과 런던 토박이의 스타카토한 영어 "악센트"에 관심을 가지겠는가?

IX

When the blackbird flew out of sight,
It marked the edge
Of one of many circles.

검은 새가 안 보이게 날아갔을 때,
그것은 많은 원 중 하나의
가장자리를 표시했다.

호수에 돌을 던지면 물의 거죽에 파문을 일으키고 흔적 없이 사라진다. 마찬가지로 공중에 새 한 마리의 비행은 기류에 파문을 일으키고 흔적 없이 사라진다. 인간이나 돌이나 새나 자연의 거죽 위에 존재할 뿐 세상을 추동하는 자연의 본질에 영향을 주지 못한다. 자연의 모든 사물은 각자 중심이자 동시에 각자 가장자리에 해당하기에 세상은 각자가 중심인 전체로 구성되어 있다. 이기적인 사물들이 이타적으로 조합이 된 모순적인 형상이다. 이타적으로 조합이 되었다 함은 조합이 안 되었을 경우 세상이 구성되지 않기 때문이다. 그것은 하나가 중심이 되면 다른 것은 "가장자리"에 위치해야 하기에. "검은 새"가 인간의 시각에서 영원히 안주할 수 없기에 각자의 상황에 따라 사라지고 인간의 시야에 새로운 사물이 포착된다.

X

At the sight of blackbirds
Flying in a green light,
Even the bawds of euphony
Would cry out sharply.

푸른 빛 속에 날고 있는
검은 새의 모습에,
심지어 목청 좋은 뚜쟁이들도
날카롭게 외칠 것이다.

"푸른" 창공을 선회하는 "검은 새"를 보고 자유와 해방, 불길한 조짐을 연상하며 느끼는 것은 만민 공통의 반응이다. "뚜쟁이"든, 숙녀든, 신사든, 어린이든, 학자든, 그 누구든. 자연에 대한 인간의 반응은 언어적이고 그저 외침뿐이다. 사람들의 고함소리가 "검은 새"의 운행을 정지시킬 수가 없다. 그것이 공포, 감탄, 탄식, 후회, 그 무엇이든지. 그것은 마치 비극을 감상하고 공포를 느끼며 눈물을 흘리면서 카타르시스를 느끼는 인간의 자가당착적이고 자기본위적인 문화행위이다. 자연의 일환으로서의 "검은 새"에 자신의 감정을 투사하려는 인간의 시도는 자연에 인간의 모더니티를 적용하려는 인간의 우격다짐과 같다. 그리하여 자연을 벡이 말하는 위험사회로 조성한다. 아니 인간이 굳이 위험사회를 조성하지 않더라도 인간에게 자연은 위험한 터전인지 모른다.

XI

He rode over Connecticut
In a glass coach.
Once, a fear pierced him,
In that he mistook
The shadow of his equipage
For blackbirds.

그는 유리마차를 타고
코네티컷으로 갔다.
한 번은 두려움이 그를 꿰뚫었다,
그가 자기 마차 그림자를
검은 새로
잘못 보았을 때.

　인간은 실체를 보고 실체를 상상한다. 실체를 실체로 보지 않고 실체를 뛰어넘어 상상한다. 이처럼 인간은 실체를 실체 그대로 볼 수 없다. 그것은 실체를 마음속으로 인식하는 현상학이라는 학문이 입증한다. 그것은 마음속에 입장한 사물의 노에마를 가공하는 노에시스를 통하여 스스로 유령을 만드는 것. 그런데 인간은 실체를 제대로 보았다고 주장하지만 실체를 잘못 본 것이다. 폐쇄회로에 포착된 객관적인 사물도 최종판단은 인간이 주관적으로 한다. 눈이 있지만 눈이 제구실을 못하고 반사경 구실을 한다. 여기서 눈은 직관의 눈이 아니라 렌즈의 눈, 기계적인 시각, 마술적인 시각이다. 인간의 눈은 "마차 그림자"를 "검은 새"로 오인하는 과오를 저지르고 인간의 마음은 비본질적인 "두려움"에 사로잡힌다. 마찬가지로 돈키호테가 풍차를 적군으로 오인하고 놀라는 것이 인간의 비본질적인 운명이다. 그런데 심리적인 두려움이 인간의 물리적인 실체를 꿰뚫을 수 없다. 그럼에도 인간은 심리적인 무형의 요소를 연료로 삼아 자신의 육신을 파괴하는 괴상한 동물이며, 불을 지피지 않고 마음속을 새까맣게 태우는 것이 인간이다. 이 점을 인간이 깊이 인식한다면 유한한 세상에서 보다 행복하게 살 수 있을 것이다. 아울러 인간의 심리적인 요소는 심신안정, 생태친화, 환경보존이라는 미명의 테마를 만들어 자연을 파괴하는 주범이다.

XII

The river is moving.
The blackbird must be flying.

강은 움직인다.
검은 새는 날고 있어야만 한다.

마치 선(禪)의 화두와 같은 내용이다. "강"은 본질적으로 흘러야 하고 "새"는 본질적으로 날아야 한다. 이것이 인간이 알고 있는 지식의 전부이다. 강이 흐르지 않고 새가 날지 않으면 강과 새로서의 본질이 사라진다. 나아가 인간이 인간이라면 인간의 본질을 유지해야 한다. 그것은 야성과 신성이 반반 존재하는 야누스적인 것이다. 반수반신의 본질을 인간은 유지해야 한다. 때로는 짐승이 되고 때로는 신이 된다. 만인이 비난하는 히틀러와 만인이 존경하는 마더 테

레사가 선인과 악인의 모델이 아니라 선/악을 겸비한 인간의 본질을
극단적으로 발휘한 인물들이다. 따라서 사랑과 부활의 예수는 말구
유에서 미물인 인간으로 태어났지만 하나님의 인간적 재현이다.

XIII

It was evening all afternoon.
It was snowing
And it was going to snow.
The blackbird sat
In the cedar-limbs.

오후 내내 저녁이었다.
눈이 오고 있었다
그리고 눈이 오려 했었다.
삼나무 가지에
검은 새는 앉았다.

화자는 "눈"이 오는 싸늘한 현실에 대한 무심의 상태를 보여준다.
"저녁"에 "눈"이 내리고 "삼나무 가지"에 "검은 새"가 앉아 있는 풍
경이다. 사물이 있는 곳에 흐르는 시간과 시간의 구분인 시제가 개
입한다. 모든 동작에 시간이 필요하다. 인간이 헤아리든 자연이 헤
아리든 시간이 없는 동작이란 존재하지 않는다. 인간이 시계를 보든,
치타의 빠른 동작과 코끼리의 느린 동작이 시간이 있음을 함의한다.
시간은 모든 개체들에게 일관적으로 반복적으로 적용된다. 어린 것
은 늙어가고 늙어가는 것은 어린 것의 거름이 된다. 사물이 어디서

와서 어디로 가는지는 모르지만 이것이 인간적인 관점에서 니체가 말하는 질량불변의 '영겁회귀'의 현상이 아니겠는가? 물론 성경에 따르면 인간이 자연의 중심에 서 있고 물리적인 자연은 지상에 사멸하고, 물리적인 요소에 영적인 요소가 가미된 반신반수의 인간은 속죄 유무에 따라 천국 혹은 지옥으로 향한다고 한다. 여기에 '파스칼의 선택'(Pascal's wager)만이 의심 많은 지상의 인간들에게 사후의 삶에 대한 합리적인 판단을 강권한다. 의심 많은 제자 도마(Thomas)에게 십자가 위에서 못에 박인 자국과 창에 찔린 자국을 보여준 예수처럼. 화자는 여기서 "삼나무"에 앉은 "검은 새"에 대한 존재론적, 목적론적 의문을 던진다. 그것은 인위가 사라진 무위의 풍경이며 "눈", "검은 새", "삼나무"가 상호 주관적으로 병치된다.

전체적으로 이 작품은 인위적 현실에 대한 무위적 삶을 주장하고, 단속적 사물이나 영원한 대상에 대한 화자의 무관심(disinterestedness)을 보여줌으로써 모더니티에 대한 부정적인 인식을 보여준다. 그것은 자연의 법칙에 무관한 듯이 약동하는 모든 사물들이 결국 자연의 법칙 속에 수렴되기 때문이다. 인간이 사물에 부과하는 모더니티의 관점은 각자 주관적이며, 이것이 인간사회를 '위험사회'로 몰고 가는 죽여도 죽지 않는 '좀비범주'의 인식이다. 이때 "검은 새"는 실재로서 인위적이고 문화화된 인식에 대한 일종의 불길한 전조로 보인다.

13

생태여성주의

프랑스와 도본느(F. d'Eaubonne): 섹스턴(Anne Sexton),
두리틀(Hilda Doolittle), 플라스(Sylvia Plath)

프랑스와 도본느(F. d'Eaubonne): 섹스턴(Anne Sexton), 두리틀(Hilda Doolittle), 플라스(Sylvia Plath)

생태계의 위기에 대한 도본느의 경고를 탁상공론으로 간주하지 말고 활발하게 재검토되어야 할 시점이다. 물론 근본적인 대책이라는 것은 부재하며 그 위기를 일시 지연시키는 대책에 불과할 것이다. 도본느는 급진주의적 여성운동가, 말 그대로 래디컬 페미니스트이며 환경과 여성을 테마로 하는 다작의 저술가이다. 제1차 세계대전 당시 독가스로 인한 인간의 참상과 제2차 세계대전에서 나치에 의한 유대인들의 학살을 목격한 것이 세상을 파괴하는 요소에 대해 강력히 투쟁하는 동기가 되었다. 그리하여 도본느는 대학 졸업 후 레지스탕스가 되었고, 이후 프랑스 공산당원이 되었다. 전자는 자유를 파괴하는 독일군에 저항하기 위해서이고, 후자는 남성중심의 세상에 빈/부, 남/여, 주인/노예의 차별이 없는 평등사회를 구현하기 위한 순진한 발상에 기인했으리라고 본다. 그 후 공산주의는 만인의 공산주의가 아니라 소수의 공산주의로 전락하여 히틀러 정권에 버금가는 독재주의로 전락하여 만인의 환멸로 최근 종식되자, 그녀의 급진적인 행동은 호모집단의 운동, 퀴어이론(queer theory)의 옹호로 나아간다. 그녀의 주적은 어디까지나 불평등을 조장하는 자본주의이다.

그러나 인간의 욕망이 상충하는 이기적이고 탐욕적인 인간사회에서 평등의 구현이란 애초에 존재하지 않는다는 것을 알았어야 할 일이다.

생태여성주의자 도본느를 생각할 때 우선 상기되는 것은 인도의 '칩코운동'(chipco movement)이다. 1973년 갠지스 유역 테니스라켓 회사가 자재로 쓰일 나무를 벌목하려 했으나 그 지역의 여성들이 '나무를 베려면 나의 등에 도끼질을 하라'는 섬뜩한 구호를 외치며 저지했다. 이때 운동을 주동한 이가 찬디 프라사드 밧트이며, 힌두어로 '나무 껴안기'라는 의미의 칩코운동이 시작되었다. 이는 자연에 인간의 육신을 투사하려는 것으로, 마치 텍스트 속에 여성성을 투사하려는 식수(Helene Cixous)의 모험을(김욱동, 229)를 상기시킨다. 또 여성이 주도한 이와 유사한 운동이 케냐에서 벌어진 노벨평화상에 빛나는 왕가리 마타이 주도의 '그린벨트' 운동이다. 이것은 여성과 자연의 교감운동이며 대지의 어머니 가이아(gaia)[1]로서 여성의 역할을 실현한 것이라고 볼 수 있다. 위협받는 생태계에서 가장 피해자는 무엇보다 인류의 후손을 잉태하고 생산하는 여성들이다. 생태계의 오염으로 여성들이 유산, 기형아출산, 불임의 위험을 겪고 있다. 그리고 여성과 아울러 빈자와 원주민들이 생태계의 위기에 따른 약자의 계열에 들어간다. 임신, 출산, 육아, 수유에 필요한 모든

---

1) 가이아 이론(Gaia hypothesis)은 영국의 과학자 제임스 러브록이 주장한 가설로, 1972년의 짧은 논문 「대기권 분석을 통해 본 가이아 연구」에 이어 1978년 저서 『지구상의 생명을 보는 새로운 관점』을 통해 소개되었다. 가이아(Gaia)란 고대 그리스인들이 대지의 여신을 부른 이름으로서, 지구를 은유적으로 나타낸 말이다. 이것에 착안해서 러브록은 지구와 지구에 살고 있는 생물, 대기권, 대양, 토양까지를 포함하는 신성하고 지성적인, 즉 능동적이고 살아 있는 지구를 가리키는 존재로 가이아를 사용했다. 가이아 이론은 지구를 단순히 기체에 둘러싸인 암석덩이로 생명체를 지탱해주기만 하는 것이 아니라 생물과 무생물이 상호 작용하면서 스스로 진화하고 변화해 나가는 하나의 생명체이자 유기체임을 강조한다. 가이아 이론은 하나의 가설에 불과하지만 지구온난화 현상과 최근의 지구환경 문제와 관련해 새롭게 주목받았으며, 환경주의와 관련해서는 끊임없이 인용되고 있다(wiki.com).

자원이 자연에서 비롯되기에 여성과 자연은 사실 일심동체이다. 따라서 자연 개발 혹은 전쟁을 위해 필요한 방사능, 살충제, 제초제, 독극물은 여성에게 치명적이고 부정적인 요소들이다.

원시시대부터 현대에 이르도록 변하지 않는 인간의 법칙은 지배하기 위해 파괴해야 한다는 것이다. 다윈의 '적자생존'이나, 니체가 말한 '권력에의 의지'나, 그람시가 말한 '헤게모니'라는 개념은 인간의 투쟁적인 현실을 여실히 보여준다. 아울러 제국주의, 식민주의, 탈식민주의라는 이데올로기도 인간사회에 불가피한 지배와 피지배의 관계를 반영하는 것이다. 인간은 자신의 영역을 확대하기 위한 일환으로 다른 부족을 점령하기 위하여, 다른 나라를 찬탈하기 위하여, 높은 자리에 올라가기 위하여, 금은보화를 차지하기 위하여 상대를 파괴하려고 한다. 상대가 자식, 부모, 혈족, 친척, 친구, 그 누구라도 가리지 않는다. 이것이 인류사를 지배해온 수직적 위계질서에 입각한 가부장적 이념이다. 지배를 위해 파괴가 필수적이며, 왕이 왕을 지배하고 왕이 민중을 지배하고 민중이 왕을 지배하고 민중이 민중을 지배하는 식이다. 지배와 파괴의 헤게모니는 인간역사의 숙명이다. 봉건사회든 민주사회든 그 핵심이념은 폭력적으로 정치적으로 지배하고 파괴하고 약탈하는 것이다. 전자는 상대를 물리적으로 제압하고 후자는 담론과 수사를 통하여 상대를 제압하려고 한다. 이렇듯 지배와 약탈은 물질적, 정신적 영역에 두루 걸친다. 지배, 약탈, 파괴의 주체는 어디까지나 강자이며 약자는 강자의 목표이자 대상이다. 약육강식(弱肉强食)의 원리가 인간사회에 적용되는 불문율이다. 지배자와 피지배자의 관계에서 후자가 깃발, 통곡, 탄식을 통해 억울함을 표현, 토로할 수는 있지만, 그 억울한 현실을 해결할 방법은 어디까지나 전자의 몫이다. 민감한 부분이지만, 한국과 일본의 경우 한국이 현실적으로 일본에 압도적으로 힘의 우위에 서 있지 않는 한, 제국주의 일본이 과거 피식민지 한국에 저지른 죄과에 대한 반성의 농도와 정도가 진심으로 강렬할 수 있겠는가? 그러니 일본의 근본적인 사죄를 받아내는 길은 깃발, 구호, 외침, 한숨, 탄식에 있는 것이 아니라 군사적, 경제적 힘의 우위의 바탕 위에서 비로소 실질적인 사과와 반성을 얻어낼 수 있는 것이다. 현재 한국이 세계경제 서열 3위에 해당하는 강자 일본에게 진솔한 사죄를 요구하는 것은 그야말로 우이독경의 결과를 기대하는 셈이다. 그래서 일본이 한국에 몇 차례 사죄를 한 것은 본의에 의해서 하는 것이 아니라 세계여론의 등살에 의한 그리고 자국의 이미지 개선을 위한 정치적인 입장의 표명인 셈이다. 물론 헤겔이 말하는 양자의 상생을 위한 '주인과 노예의 변증법'이 있긴 하다.

한국이 예로부터 동아시아의 열강에 의해 수많은 지배, 약탈, 파괴를 당해왔다는 굴욕의 역사와 유대 왕 솔로몬이 수천 명의 후궁을, 백제 의자왕이 삼천궁녀를 거느렸다고 하는 관능의 역사는 다름이 아니라 지배와 피지배의 역사적 사례로 동일선상에 있는 것이다. 또 인간은 문명의 개발과 발전이라는 미명하에 얼마나 많은 자연을 지배, 약탈, 파괴해왔는가? 여기서 왕의 통치대상인 여성과 인간의 지배대상인 자연은 중첩되는 부분이 있다. 따라서 가부장적 사회는 여성과 자연을 위태롭게 하듯이 백인이 유색인을 부당하게 대하는 것도 마찬가지이다. 그리하여 생태학, 페미니즘, 탈식민주의라는 대항담론을 발생케 하는 빌미를 제공한다. 이는 또 한 편이 다른 편을 대상화하려는 권력의 순환전략에 불과하다. 그러나 전자가 후자보다 우월하고 유익하다고 보는 것은 자가당착이고, 결국 지배의 작용은 저항의 반작용을 초래하여 자연은 비로소 악순환의 균형을 잡는다. 크롬웰이 찰스 1세를 처형하고 크롬웰의 아들은 찰스 2세에게 축출되며, 던컨 왕이 맥베스에게 죽고 맥베스는 맥더프의 손에 죽지 않는가? 마찬가지로 역사상 모든 독재정권이 민중을 노예화했지만 결국 민중의 반작용으로 균형을 잡았다. 식민지와 피식민지, 황제와 신하, 지배와 복종, 이러한 구분은 인위적인 것이고 실재의 세계에 구분이라는 것은 없다. 각 사물의 개성만이 조화롭게 존재할 뿐이다. 인간, 사자, 토끼, 개구리, 붕어. 각 사물이 근본적으로 차이가 있지만 이를 차별하는 것은 인간중심적인 발상이다. 이 점을 섹스턴의 「별이 빛나는 밤("The Starry Night")」에 적용해보자.

그것은 나를 끔찍한 그것의 필요로부터 막지 못한다 - 내가 그 말을 할 수 있을까 - 종교. 그리고 나는 별을 그리러 밤에 밖으로 나간다. - 빈센트 반 고흐가 동생에게 보내는 편지에서

마을은 존재하지 않는다
한 검은머리 나무가 산발하고
더운 하늘 속으로 익사한 여인 말고는.
마을은 조용하다. 그 밤은 열한 개의 별로 끓어오른다.
오 별이 빛나는 별이 빛나는 밤이여! 이렇게
죽기 원하노라.

그것이 움직인다. 그들은 모두 살아 있다.
달마저 오렌지색 테두리 속에서 부풀어 오른다
아이들을 떠밀어내기 위해, 신처럼, 그 눈으로부터.

보이지 않는 늙은 뱀이 별을 꿀꺽 삼킨다.
오 별이 빛나는 별이 빛나는 밤이여! 이렇게
죽기 원하노라.

밤의 그 격한 야수 속으로,
거대한 용에 의해 삼켜져, 쪼개지노니
깃발도 없이 내 삶으로부터,
배도 없이,
비명도 없이.

That does not keep me from having a terrible need of — shall
I say the word — religion. Then I go out at night to paint the
stars. —Vincent Van Gogh in a letter to his brother

The town does not exist
except where one black-haired tree slips
up like a drowned woman into the hot sky.
The town is silent. The night boils with eleven stars.
Oh starry starry night! This is how
I want to die.

It moves. They are all alive.
Even the moon bulges in its orange irons
to push children, like a god, from its eye.
The old unseen serpent swallows up the stars.
Oh starry starry night! This is how
I want to die:

into that rushing beast of the night,
sucked up by that great dragon, to split

from my life with no flag,

no belly,

no cry.

반 고흐의 그림을 보고 시적으로 반응한 작품이다. "마을"이라는
공동체는 화자의 안중에 없고 "머리"를 "산발"한 미친 "여인"만이
존재하는 것은 "마을"과 "여인" 사이의 모순과 대립을 나타낸다. 아
늑해 보이는 "마을" 속에 "마을"을 의식하지 않는 실존적인 미친
"여인"이, 실성한 고흐가 사는 곳이다. 이때 마을은 고흐 혹은 "여
인"의 억압기제로 존재하여 "여인" 혹은 고흐로 하여금 부적응의 상
태를 유발한다. "달"은 "아이들"에게 "밤"의 위험을 경고하며 떠밀
어낸다. "밤"은 "별"을 녹이는 용광로를 의미하고, 동시에 "별"을 삼
키는 "뱀"을 의미하기도 한다. 고흐 혹은 화자는 실재로서의 "밤"이
라는 "뱀"과 "용"에 의해 지상에서 소멸되기를 원한다. "마을"은 지
배자로, "여인"은 피지배자로 존재하고, 실재로서의 "밤"은 "뱀" 혹은
"용"으로 군림하여 화자 혹은 고흐를 소멸시키는 처절한 환경이 된다.
육신으로서의 "배"는 자연의 일부이며, "깃발"과 "비명"은 비본래적
인 것으로 각각 인간의 기호적 이념과 감정을 표현하는 것으로 자연
의 관점에서는 무력한 인간의 시위이자 반작용이다. 간단히 말하여
이 작품에서는 도본느처럼 남녀의 공존의 규칙을 정하는 지상에 대한
애착도 보이지 않고 강자로서의 "밤"과 그 속에 편입된 약자로서의
화자의 결정적인 구도 속에서 삶을 체념한 상태를 보여준다.

도본느가 주목하는 여성의 참정권이 논의된 것은 길어도 불과 1
세기 전이었다. 그동안 여성의 권리신장을 가로막았던 주범들은 지

구착취를 찬미한 베이컨, 기계주의자인 뉴턴과 다빈치, 산업자본주의자인 로크와 홉스이며, 이들은 여성으로서의 지구에 대해 남성의 지배를 합법화했다(브람웰, 46-7). 현재는 전 세계적으로 여성의 참정권이 일부 독재, 종교국가를 제외하고 인정되고 있지만 아직도 남성중심주의의 차별이 존재한다. 여성의 권리가 신장되고 경제부문에서 물리력을 사용하는 근육노동이 서비스노동으로 전환됨으로써 여성의 지위가 상당히 고양되었다. 여성의 권리신장을 위한 운동의 일환인 이기적인 페미니즘은 점차 수세(守勢)의 처지로서 동일한 계열에 속하는 자연보호운동으로 전환되었는데, 이것이 도본느가 창안한 자연에 대한 여성적 접근법을 의미하는 에코페미니즘이다. 페미니즘은 여성의 본질을 되찾으려는 운동이지만 사실 여성의 본질은 타자에 의해 구축된 비본질적인 것이고, 남성의 구도 속에서 남성과 동등하게 행위해야 하는 불편한 남성화에 불과하다. 말하자면 남성타도, 남녀평등이라는 미명하에 오히려 남성의 구도 속에 포섭되는 모순을 내포하고 있다. 남성과 여성이 평등하게 남성의 신발을 신고, 남성의 바지를 입고, 남성의 야구 모자를 쓰고 있는 것이다. 이처럼 페미니스트들은 실상 남장여인을 추구한 셈이다. 이러한 점을 반성하여 여성의 남성화가 아니라 여성성이 공동체의 주된 가치로 자리잡는 여성성의 공동체, 즉 여성성의 사회를 구축하려는 것이 에코페미니즘의 본질이다. 따라서 남성중심주의 혹은 이성중심주의에서 열등하게 취급당했던 자연, 여성, 육체, 감정과 같은 여성적 요소들이 재조명되어 지배, 파괴, 폭력을 정의의 구현으로 보는 남성적 인식을 획기적으로 전환시키려는 것이다. 그것은 조화, 상생, 협력이라는 타자의 가치를 존중한다.

칩코운동에 대해 부언하면, 인도의 히말라야 지역은 예로부터 삼림이 울창한 지역으로 제국주의 영국이 과거 벌채를 자행하던 곳이다. 그로 인해 홍수가 나고 산사태가 빈발하자 산에서 나오는 산물에 생존을 의지하던 주민들은 뿔뿔이 흩어졌다. 이는 영국인의 문명을 건설하려는 야망이 현지인들에게도 계몽적인 영향을 주어 개발이 능사라는 잘못된 인식을 가지게 했음 직하다. 그러나 인간은 일생을 자연 위에서 소일할 수밖에 없고 자연 위에서 발휘할 무한한 자유의지가 있으니 자연에 대한 타자적 윤리의식이 없다면 당연히 자연이 피폐해지는 것은 기정사실일 것이다. 다만 파괴의 정도만 남을 뿐이며, 인간이 지상에 존재하는 한 자연개발은 지속될 수밖에 없을 것이다. 아프리카 원주민들은 맨 처음에 나체 상태였는데 지금은 비닐샌들을 신고 폴리에스테르 옷을 입고 있지 않은가? 나무열매로 만든 물바가지는 비닐 바가지로 바뀌었고, 맨발의 상태에서 이제 나이키 운동화를 신고 정글을 활보하며, 부시맨은 코카콜라를 마신다. 얼마나 우스운 비대칭적 일상인가? 아무리 환경보호, 자연보호를 외쳐도 현재 산을 옮기고, 계곡을 메우는 인간의 개발 프로젝트는 끝도 한도 없이 펼쳐지고 있는 것이다. 인간의 도발에 자연이 가끔 역린을 드러내지만 인간은 그 재난에 굴하지 않는 불굴의 정신을 권장한다. 그러나 엔트로피 이론에 따라 자연은 자원의 무한보고가 아니다. 자연이 인간의 역사를 언제 어디서 끝장을 낼지 사실 아무도 모른다. 현재 인간은 빅뱅사건 이래 46억 년에 걸친 장구한 지구의 역사에서 한순간을 살아가고 있을 뿐이다. 이미 흘러간 장구한 신라 천 년이, 이조 오백 년이 지구의 무한한 역사에 비해 촌음에 불과하지 않은가? 한편 칩코운동은 비폭력을 모토로 하는 간디정신의 일환이라고 볼 수도 있을 것이다. 저돌적인 불도저에 맞서 나무 껴안기로 저항하는 것은 일견 무능한 대응으로 보인다. 이는 문명의 침략에 처해 일시 침묵하는 자연의 묵시론적 보복을 지연시키는 박애적인 운동의 일환으로 볼 수 있을 것이다. 이 점을 플라스의 「아빠("Daddy")」에 적용해보자.

> 당신은 하지 마, 당신은 하지 마
> 더 이상, 검정 구두는 아니야
> 그걸 삼십 년이나 발처럼
> 신고 다녔지, 초라하고 창백한 얼굴로,
> 감히 숨도 제대로
> 못 쉬고 재채기도 못하면서.
>
> 아빠, 당신을 죽여야 했지.
> 당신은 내가 그러기 전에 죽었지.
> 대리석처럼 무겁고, 신으로 가득 찬 자루,
> 샌프란시스코의 물개처럼 크고
> 잿빛 발가락 하나가 달린 무시무시한 조각상

> You do not do, you do not do
> Any more, black shoe
> In which I have lived like a foot
> For thirty years, poor and white,
> Barely daring to breathe or Achoo.
>
> Daddy, I have had to kill you.
> You died before I had time -
> Marble-heavy, a bag full of God,

Ghastly statue with one gray toe
Big as a Frisco seal

　화자는 세상의 지배자로서의 "아빠"와 대적한다. 남성으로 구조화된 세상의 사물 속에 살아가는 여성의 입장은 비본래적인 삶을 살아갈 뿐이다. 화자는 이 점을 신랄하게 비판하고 이것은 "아빠"를 살해하려는 동기가 된다. 그런데 아빠를 살해하지 못함은 억압기제로 인한 지연으로 보인다. 이는 마치 타자로서 오이디푸스 콤플렉스의 함정에 빠진 햄릿이 쉽사리 왕이자 아비가 된 삼촌을 시해하지 못하는 것처럼 가부장적 권위에 대한 두려움이 전제된 것이다. 주인의, "아빠"의 제도권에서의 권위는 약자, 노예의 행동에 제약을 초래하기 마련이다. 따라서 "무시무시한 조각상"은 화자가 다루기에 부담스러운 '숭고'의 영역으로 보인다. 마치 한양에 과거 보러 가는 선비가 산속에서 숭고한 호랑이를 만나 얼어붙어 도망치지 못하는 것처럼, '아버지의 이름'(Name-of-the-Father)으로 확립된 제도를 여성으로서의 타자들이 타파하기가, 불식시키기가 그만큼 어려울 것이다. 그런데 화자의 아빠에 대한 부정은 성인으로서 상징계로 나아가야 하는 개성화의 과정을 거부하는 반역의 몸짓으로 세상과의 불화를 초래한다. 따라서 화자의 입장은 도본느가 주장하듯 숲속의 나무와 같은 세상을, 환경을 껴안는 입장 또한 여성을 가부장제에 종속시키는 음모로 볼 수 있다.

　인간은 남/여로 구분할 것이 아니라 동등한 개인으로 다루어져야 할 것이다. 파괴의 남성성 대신 생산의 여성성이 지배하는 지구의 공간은 녹색으로 가득 찰 것이다. 그런데 에코페미니즘에 대한 주변의 인식은 부정적이다. 그것은 페미니즘에 대한 남성의 저항의식이 건재하고, 에코페미니즘을 페미니즘의 아류로 볼 수 있기 때문이다. 하지만 도본느는 아류, 변형이 아니라 혁명이라고 강변한다. 또 에코페미니즘은 유색여성과 빈민여성들을 배제한 본질주의적이고 엘리트주의적인 경향이 있다는 비판을 받는다. 그러나 어떤 유효한 이론이라도 대응이론이 기생하며 반작용 이론이 파생되지 않을 수 없다. 살코기에 구더기가, 고래를 추종하는 많은 갈매기들이, 악어 주변에 악어새가 있지 않는가? 그럼에도 에코페미니즘이 과-소비주의에 빠진 자본주의사회에 충격을 주어 대안을 모색케 하고 있다. 또 에코페미니즘은 전 지구가 백인주의에 지배됨을 경계하기에 탈식민주의와 궤를 같이한다고 볼 수 있다. 그러나 자연이라는 것이, 세상이라는 것이, 역사적으로 생물학적으로 본질적으로 강한 것이 약한 것을 지배하는 약육강식의 현장이기에 여성이, 흑인이 약자로 존재하는 한 남성과 백인의 지배를 모면하기 어려울 것이다. 그래서 도본느의 주장에 반(反)하지만, 여성이 세상을 실질적으로 지배한다는 것은 여성의 힘이 남성의 힘을 정치적, 경제적으로 능가할 때에 가능한 것이다. 그러므로 여성의 세계지배는 능력의 우위가 전제되지 않는 한 요원하고 구두선에 불과할 것이다. 아니면 남성의 양식을 규정한 칸트적 윤리와 붓다적 자비와 그리스도적 사랑에 기대어 평등을 간청하는 길밖에 다른 도리가 없다 할 것이다.

도본느의 주저 『페미니즘 아니면 죽음』(1974)에서 에코페미니즘이라는 용어를 창안했으며 여성에 대한 무시는 환경의 무시와 다름없다고 주장한다. 1978년에 나온 『생태학-페미니즘: 혁명 혹은 변형(?)』에서 에너지의 남용, 유전공학, 산아제한의 문제가 생태학과 페미니즘이 교차하는 지점이라고 본다. 이 문제들은 가부장제의 파생효과이며 퇴행적인 진보라고 일갈한다. 여기에 해당하는 문제들은 기근, 환경오염, 산림벌채, 단일종목 재배와 비료사용으로 인한 토양파괴, 핵에너지의 남용 등이다. 그 결과 파생되는 재난은 북경의 '나비효과'와 비교할 수 없을 만큼 가공할 만한 것이며 실제로 발생하고 있다. 미국의 카트리나 태풍, 일본과 인도네시아의 쓰나미, 중국의 쓰촨성 대지진. 묵시론적 파멸을 기다리는 지구촌은 자연, 환경, 생태에 대한 기존의 인식을 전환하여야 한다. 한마디로 우리를 파괴하려는 것을 파괴하여야 하는 것이다. 사실 인간의 과학적인 역량은 인류의 위기를 이미 진단하고 있으나 그것에 대한 대책이, 실천이 제대로 되지 않는 것은 각국의 이해관계가 첨예하게 대립하고 있기 때문이다. 중국은 제품생산을 위하여, 미국은 자원의 개발을 위하여, 한국 또한 선진국으로의 도약을 위하여 굴뚝에 연기를 내지 않을 수가 없다. 그런데 인간의 문제는 외부의 어떤 곳에 원인이 있는 것이 아니라 인간의 내부에 자리하고 있다.

도본느가 바라보는 자연의 위기는 두 가지로 축약된다. 자연의 파괴와 인구과잉. 이때 상기되는 것이 맬서스(Thomas Robert Malthus)의 『인구론(An Essay on the Principle of Population)』이다. 그것은 인구는 기하급수적으로 늘어나지만 식량은 산술급수적으로 증가한다는 암울한 전망이다. 현재 지구인구의 1/3이 2/3보다 더 많은 에너지를 사용하고 있다. 산유국 미국은 한국보다 기름 값이 상대적으로 저렴하기에 기름소비가 더 많다 할 것이다. 도본느는 자연파괴와 여성억압에 대한 상관관계를 탐구한다. 가부장제의 결과는 여성의 임신과 곡식의 수확과 연계된다. 여성이 임신하여 아이를 출산하는 것과 씨앗을 심어서 과실을 수확하는 것은 흡사하다. 많은 여성에게 아이를 많이 수태시키는 것과 많은 토지에 많은 씨앗을 뿌려서 많은 곡식을 수확하는 것은 남성의 기능과 역할을 동일하게 상징적으로 보여준다고 하겠다. 그녀가 보기에 가부장제는 흑/백의 논리, 성별차이를 독점적으로 확산시켰다. 가부장제는 자본주의보다 여성의 지위를 더욱 현격하게 절하시켰다. 그녀는 여성을 학대하는 이 두 제도가 별개로 존재한다고 보지 않는다. 그녀가 보기에 자본주의는 최근에 발생한 가부장제의 일환이다. 이익은 권력의 최종적인 민낯이며, 자본주의는 가부장제의 최종목표이다. 도본느는 생태계의 위기를 마르크시즘을 적용하여 생태계의 위기가 계급투쟁의 산물로 본다.

가부장제와 자본주의, 양자가 상호 소통하지 않고 각각 노선을 고집함으로써 생태계의 파국을 초래케 되었다는 것이다. 그런데 이러한 상황은 쉽사리 개선되지 않을 모양이다. 그것은 여성들이 남성의 제도에 포섭되어 '죽은 백인 남성'(dead white male)이 생산한 남성의 텍스트로 세뇌되고, 소크라테스를 필두로 플라톤, 아리스토텔레스의 철학에 사로잡혀 있기 때문이다. 이때 여성이 이런 남성적 상징계로의 포섭을 부정하고 남/여 구분 이전의 순수한 상상계로의 복귀를 주장하는 라캉의 발언이 상기된다. 인간 모두의 활동이 상징계에서 벌어지는 이상, 상징계의 기원이 되는 남성의 영향력을 배제하기란 사실상 어려우며, 단지 그 영향의 파급효과를 감소시킬 방안을 연구해야 한다. 여성이라는 하부구조 위에 군림하는 남성이라는 상부구조의 관계를 어떻게 타파할 것인가? 여기서 주종의 관계가 파생된다. 그녀는 여성을 열등하게 규정하는 가부장제와 남성이라는 용어를 의도적으로 거의 구사하지 않았다. 그것은 여성이 남성보다 열등한 존재가 아니라, 본질적으로 인간이라는 것이다. 남성적인 관점에서 여성의 범주 속에 유색인종, 노동자, 어린이 같은 약자가 포함되어 가부장제의 착취대상이 된다. 그녀가 보기에 모성애라는 개념은 여성에게 희생을 강요하고 여성을 억압하기 위한 오히려 여성에게 불리한 개념으로 본다. 이 점을 힐다 두리틀의 「헬렌("Helen")」에 적용해보자.

> 모든 그리스인들이 증오한다
> 고요한 눈 하얀 얼굴,
> 올리브의 윤기를 띤
> 그녀가 서 있는 곳에,
> 그리고 하얀 손.
>
> 모든 그리스인들이 비난한다
> 파리한 얼굴을 그녀가 미소 지을 때,
> 점점 더 증오한다
> 얼굴이 창백해질 때,
> 과거의 아름다움과
> 과거의 불운을 기억하며.
>
> 그리스인들은 보았노라, 요동도 하지 않고,
> 신의 딸, 사랑으로 태어난,
> 서늘한 발의 아름다움
> 그리고 늘씬한 무릎,
> 진실로 그 숙녀를 사랑할 수 있을까,
> 그녀가 눕혀진다 해도
> 죽음의 사이프러스 가지 사이로 흰 재로.

All Greece hates
the still eyes in the white face,
the lustre as of olives
where she stands,
and the white hands.

All Greece reviles
the wan face when she smiles,
hating it deeper still
when it grows wan and white,
remembering past enchantments
and past ills.

Greece sees, unmoved,
God's daughter, born of love,
the beauty of cool feet
and slenderest knees,
could love indeed the maid,
only if she were laid,
white ash amid funereal cypresses.

여기서 "그리스"는 "남근"의 상징인 '팔루스'로 기능하며 가부장
제로 인하여 파생된 비극의 한 양상을 보여준다. 그리스 출신의 소
크라테스, 플라톤, 아리스토텔레스, 이 모두 서구 남성의 본질을 확
립한 거인들이며, 현재에도 그들의 영향력이 지속되고 있다. 이 와
중에 "헬렌"은 그리스 남성의 종속물로 존재해야 하며 그녀는 자유
의지, 선택의 자유를 발휘할 권리가 없다. 그녀의 운명에 대한 결정
권은 자신에 있지 아니하고 오로지 그리스 남성들에게 달려 있었다.

"헬렌"이 유발한 트로이 전쟁은 스파르타와 트로이 남성 간의 이전 투구였으며, 한 여성을 쟁취의 대상으로 삼은 남성들의 자존심 경쟁이었다. 물론 신들의 의도와 농간이 반영되긴 했지만 그렇다 하더라도 당시 트로이 남자 파리스를 선택할 "헬렌"의 권리는 애초에 존재하지 않는 것이다. 그녀에게 목숨을 건 그리스인들의 모험은 "증오"에서 비롯되었고, 그녀는 단순히 여성이 아니라 그리스인에게는 쟁취해야 할 진리의 대상이었다. 그러나 트로이가 몰락함으로써 그들의 욕망은 일시 사라지지만 여전히 진리추구의 욕망은 또 다른 제2의 "헬렌"에게 투사될 것이다. 그리하여 그리스인은 오디세우스의 제안으로 남성의 상징으로서의 거대한 목마를 트로이 진영에 들여놓아 그 위용을 과시한다. 도본느의 관점에서, 모든 남성을 포용하는 모성의 상징으로서 "헬렌"은 남성과 동등한 자연의 사물이 아니라 남성들에 의해 집요하게 추구되는 진리의 피동적 운명을 수용해야 하고, 그리스인들의 미인 "헬렌"에 대한 집착은 아름다운 자연을 파괴하는 남성성의 발휘에 버금간다. 남성은 자연으로서의 "헬렌"의 선택과 결정에 무심하고, 피상적인 세상사의 명예와 권력다툼에 매진하여 "헬렌"을 파괴한다.

14

무위/소요론

노자와 장자: 스나이더(Gary Snyder)

노자와 장자: 스나이더(Gary Snyder)

도가라는 명칭은 사마담(司馬談)이 『논육가요지(論六家要旨)』에서 도덕가라고 부른 것에서 비롯되었다. 노자는 도가의 창시자라고 할 수 있고, 장자는 노자의 사상을 계승 발전시켰다(최승호, 61). 전반적인 의미는 자신의 생명을 온전히 유지하며 순수함을 지향하고, 지나친 욕망을 절제하며, 세상의 문화적, 언어적, 이념적 편견을 버리고, 아울러 자신에 대한 본질적인 편견마저 버려야 한다는 것이다. 한마디로 만물을 영위하면서도 소유하지 않고 주재하지 않는 것이다. 한국의 고질적인 문제인 정당 간의 이전투구에 대해서도 참고할 만한 내용이 있다. 도가는 강제력이 배제된 정치와, 지식인을 숭배하지 않고 다툼이 없는 정치를 실행할 것을 주장한다. 그런데 역설적으로 도가는 사회질서를 위해서 필요할 법한 도그마로서의 인/의를 저버릴 것을 주장한다. 동/서양을 막론하고 공동체에서 중시하는 예(禮)에 대해서도 긍정적인 현상이 아니라 인간 상호 간의 신뢰가 허물어진 사회적 아노미(anomie)[1]적 증거라고 부정적으로 바라본다. 이는

---

1) 에밀 뒤르켐(Emile Durkheim)이 『자살론』에서 대중화시킨 현대사회에 만연하는 각종 무질서와 혼란을 의미하는 반사회적인 개념이다.

유가/법가의 주장에 정면으로 대립되며, 후일 도가는 명가, 법가와 결합하여 황로학을 구축한다. 도가는 민간으로 파급되어 도교사상이 되었고, 도교는 노자를 교조로 삼지만 그의 주장이 특정한 주체를 받들지 않는다는 점에서 종교적이지 않다. 이후 불교의 전래에 따라 불경에 대한 도교적 해석이 유행했다. 이런 시도를 격의(格義)[2]라고 부른다. 송/명 시대에 이르러 유가들이 도가를 배척하였지만 그들 또한 도가의 취지를 외면할 수는 없었다.

노자는 초나라사람이다. 그는 도덕을 중시하고 무명인사로서 인간의 무상한 삶에 환멸을 느끼고 강호에 은둔하려고 했다. 노자는 인간의 생/노/병/사, 자연의 영/고/성/쇠를 추진하는 비정한 자연현상을 관망하면서 불변의 진리를 발견하였는데 그것이 '도'이다. 환언하면, 그것을 만물을 근본적으로 구성하는 원자나 라이프니츠가 말하는 단자(monad)라고 볼 수 있다. 그런데 도는 시간과 공간, 인간의 지각과 감각을 초월하여 사물의 원리로 존재한다. 생물이나 무생물이나 모두 도에 의해 존재한다. 인간은 저절로 생성하고 변화하는 자연을 작위적으로 해석하고 인위적으로 개발하려 애를 쓴다. 그러나 이러한 행위는 후일 자연의 반작용으로 인한 후회와 반성의 순간만을 초래할 뿐이다. 이때 인간이 후회와 반성을 할 수 있는 근거는 인간이 자기의 본성을 파악하려는 덕(德)을 가지고 있기 때문이다. 인간은 사물의 원리로서 도가 존재하고 있음을 깨닫고, 자기의 본성을 적절히 파악하는 덕에 따라 행동하는, 즉 절대자 자연에 대한 인간의 분수를 깨달아 유유자적할 수 있는 존재가 되어야 한다. 이때

---

2) 불교사상을 중국대중에게 전파하기 위하여 중국의 고유한 사상, 즉 유교, 도교의 유사개념을 빌려 해석하는 시도를 의미한다.

인간의 이기심이 부재한 무욕의 무작위의 상태를 무위(無爲)라고 칭한다. 그런데 '무위'는 무능력, 무기력한 패배적인 개념으로 인식하기 쉬우나 사실 그렇지 않다. 정반대로 '무위'는 불변의 도를 인식하고 이와 일체가 되려는 야심만만한 무한의 욕망이다. 인간과 자연이 일체가 되는 것이 수도자들의 '무위'의 욕망이지만 이는 사실 불가능하고 인간과 자연이 평행선을 그리는 모방적, 기호적, 상징적 관계만 유지될 수 있을 뿐이다.

재현을 거부하는 도는 '남녀칠세부동석'과 같은 유가의 지엄한 법도처럼 말할 수 있는 것이 아니라 입에 담고 올릴 수 없는 것이다. 왜냐하면 도를 말하는 순간 이미 도가 아니기 때문이다. 도는 흔히 발신자와 수신자 사이를 중계하는 언어적 매체를 이용하는 야콥슨의 소통의 원리에 의해 이해되는 것이 아니라 이심전심(以心傳心)의 원리이다. 따라서 유가는 일정하고 특별한 인간적 관계를 규정하기에 소아적인 면을 다룬다는 점에서 파편적이고 소우주(microcosm)적인 입장이라고 볼 수 있고, 도교는 자연과의 일체를 주장하는 점에서 전체적이고 대우주(macrocosm)적인 입장이라고 본다. 인간과 인간 사이의 도에 해당하는 효/충/인/의에 대해서 노자는 긍정적으로 보지 않고 역으로 인간시장에서 자행되는 차별, 갈등으로 점철된 디스토피아적 비전으로 본다. 공자의 덕목은 인간의 도이지만 노자의 도는 자연을 규정하지 않는 무위의 도이다. 따라서 도는 규정할 수 없고 형체도 없는 무언 무형의 실체라고 볼 수 있다. '생사화복'과 '낙화유수'를 추동하는 자연의 도는 엄연히 존재하고 있음을 인간에게 느끼게 한다. 인간은 포동포동한 어린 아기를 거무죽죽한 노인으로 만드는 자연의 도에 그저 감탄할 뿐이다. 무궁무진한 도가 인간에게 적용될 때 그것은 덕이 된다. 도는 추상적이라서 일상에의 적용이 불가하기에 이를 일상에 적용하기 위한 구체적인 수단이 행동의 준칙으로서의 '덕'이다. 세상을 초월한 하나님의 말씀을 세인들의 일상에 침투시키기 위하여 현실화시킨 것이 성경인 것이며, 하나님의 실재가 성경으로 대체된 것이다. 물론 하나님을 인간이 직접 대면할 수 없기에 성경을 의지할 수밖에 없을 것이다. 모세가 시내 산에서 하나님을 직접 뫼시고 백성들에게 오지 않고 대신 십계명을 들고 왔던 것이다. '도' 대신 '덕'을 실천하는 것은 실재에 대한 직접적 대면이 불가능한 인간의 운명을 단적으로 드러낸다. 인간은 실체로서의 모나리자 대신 그림 모나리자에 치중한다. 도와 덕은 '체'(體)와 '용'(用)의 관계와 같다. 부동의 '체'는 유동의 '용'을 통하여 실천되기 때문이다. 덕과 용은 도와 체의 실천이자 현현이다. 혼일(混一)하고 무궁한 하나님의 도를 실천할 용기(容器)가 바로 인간 각 주체인 것이다. 도는 인위가 없는 자연의 상태라서 인간시장에 적용되는 것은 인위적인 덕인 것이다. 도에 근거한 덕의 실천이 인간이 나아가야 할 길이다. 덕은 자연을 대변하여 인위적인 상황에 투입되어 있으나 원초적인 자연 혹은 도로 수렴된다. 도는 덕을 행사하고 그 결과를 수렴한다. 그런데 그 결과는 인위적인 관점에서 긍정적이든 부정적이든 상관이 없다고 볼 수 있다. 지구가 천국 같은 곳이든 지옥 같은 곳이든 인간에게는 상관이 있을지 몰라도 자연에게는 아무런 상관이 없다. 진시황의 전횡이, 히틀러의 만행이 자연의 도에서는 사실 비극적이지 않지만, 오직 인간적인 관점에서 비극적이고 불행한 사건인 것이다. 노자의 말대로 인간이 인위를 배제하고 자연의 도를 체득하는 그야말로 도덕적인 삶을 영위하고자 한다면 지상은 필시 낙원이 될 것이다. 도/덕은 지상천국을 실현하는 동양적인 처방인 셈이다. 이 점을 스나이더의 「마음에 여백을 찾아("Finding The Space In The Heart")」에 적용해보자.

나는 육십대에 처음 보았지,
폭스바겐 침대차를 몰고
미친 게이 시인과 함께 그리고
한 사랑스럽지만 위험한 쉰 목소리의 여자와 더불어,

우리는 캐나다에서 내려왔지
건조한 동부의 산맥으로. 용암계곡 그랜 쿠리, 푸른
산맥들, 용암은 동굴로 흐른다,
알보드 사막 - 가지 뿔 영양의 서식지 -
그리고 번쩍이는 흑요석이 깔린
먼지 날리는 길을 따라 비야로,

거의 뵈지 않는 길들 늦은 9월 그리고
두터운 서리; 그리고
골짜기를 따라 갑자기 열리는
은색 평원이 테두리 굽어진 채

오, 아! 그
텅 빔의 인식이
분출 한다 동정의 마음을!

우리는 분지의 가장자리를 따라
도로가 끝나는 모래톱으로
그리고 피라미드 호수를 지나서
스모크 개울로부터,

마법사의 목장 가까이
티피 오솔길을 따라.
다음날 우리는 샌프란시스코에 도착했다
이런 시간에 혹시
세상이 새로운 길을 향하는 듯한.

그리고 다시 70대에, 돌아오니
몬타나로부터, 나는 경솔히 고속도로를 벗어나
먼지 나는 길을 택한다,
발이 푹푹 빠지고 - 아이들이 질겁하는 - 그런 밤을 지냈다,
그리고 다음날 마음껏 먹고 계속 길을 간다.

50년이 흘렀다. 팔십대에
나의 연인과 함께 나는 길이 끝나는 것으로 갔다.
온종일 언덕을 오르고,
길이 멀어지는 광경을 보았다,
한 길을 발견했다
쑥밭 속에 내던져진 글 새겨진 돌들

"탐욕은 금물"
"삶에서 제일 소중한 것은 물질이 아니다 "
사막의 늙은 성자가 만든 말.

어렴풋한 해안 이 언덕 위에서 높이 보이는,
오래전에 사라진 라호텐 호수,
면도날 송어가 침적토 속에 배여 있다 -
콜럼버스 뼈들이
400피트 이상에 놓여있다 파도가 잠식한
해안 암초 위에; 구부러진 뿔과 같은
사막의 양떼의 모습들이 바위를 쪼아 부친다.

그리고 트럭이 분지로 돌진했다
어디로 갈지 모른 채,
희뿌연 먼지가 풀풀 나고,
수 마일을 달려도 발자국 없고 특징 없는 풍경,
차를 잠시 세워라
미치고 금이 간
평평하고 딱딱한 노면에
겨울눈이 휘날리고, 그리고
여름 해가 가마솥을 데우는 곳.
더 갈 곳이 없다, 죽느냐 사느냐,

모두 평등한 것들이, 멀리에 이르고, 경계가 없다.
적막하다
물이, 산이 없고,
숲과 풀밭이 없고
그늘도 없이 당신의 그림자뿐.
평탄치 않다 평탄치 않은 것이 없기 때문에.
손실도 없고, 수익도 없다. 그래서 -
노상에 부딪히는 것이 없구나!
땅이 하늘이고
하늘이 땅이다,
그 사이에 아무 땅도 없으니, 단지

칼바람소리 나고,
텐트입구가 바람 부는 방향으로,
시간이 여기에 있다.
우리는 진심으로 만난다,

다리가 삐거덕거린다,

뼈 속에 사무치는 (뼈의) 키스와 함께.
아침 해가 곧장 내 눈을 찌른다. 그 이빨
리어왕이라고 부르는 먼 정상의.

지금 구십대에 사막의 밤에
- 나의 연인의 나의 아내 -
오랜 친구, 낡은 트럭, 이리저리 끌려 다니는;
자전거를 탄 꼬마들의 큰 원형들이 어둠속으로
불빛이 없다 - 그저 위성 비너스가 반짝일 뿐
꽃받침 초승달 곁에,
그리고 냄비에 튀겨진 메뚜기를 맛보며.

그들은 모두 어찌하여 여기에 모여 있다 -
아들들 딸들이 둥글게 모여
얼굴을 찌푸리며 메뚜기를 먹는다,

야생 곤충의 영혼을 위한 경을 외우며,
야생, 그
바보스럽고 사랑스러운 공간
마음 가득한
걷고 또 걷고,
발아래 지구가 돈다
개울과 산이 결코 변함없이 머물지 않는다.

공간은 이어지고,
그러나 젖은 검은 숲속
한 지점에 이르는 부분이,
떨어져 나간다.

I first saw it in the sixties,

driving a Volkswagen camper
with a fierce gay poet and a
lovely but dangerous girl with a husky voice,

we came down from Canada
on the dry east side of the ranges. Grand Coulee, Blue
Mountains, lava flow caves,
the Alvord desert—pronghorn ranges—
and the glittering obsidian-paved
dirt track toward Vya,
seldom-seen roads late September and
thick frost at dawn; then
follow a canyon and suddenly open to
silvery flats that curved over the edge

O, ah! The
awareness of emptiness
brings forth a heart of compassion!

We followed the rim of the playa
to a bar where the roads end
and over a pass into Pyramid Lake
from the Smoke Creek side,
by the ranches of wizards
who follow the tipi path.
The next day we reached San Francisco
in a time when it seemed
the world might head a new way.

And again, in the seventies, back from

Montana, I recklessly pulled off the highway
took a dirt track onto the flats,
got stuck–scared the kids–slept the night,
and the next day sucked free and went on.

Fifteen years passed. In the eighties
With my lover I went where the roads end.
Walked the hills for a day,
looked out where it all drops away,
discovered a path
of carved stone inscriptions tucked into the sagebrush

"Stomp out greed"
"The best things in life are not things"

words placed by an old desert sage.

Faint shorelines seen high on these slopes,
long gone Lake Lahontan,
cutthroat trout spirit in silt–
Columbian Mammoth bones
four hundred feet up on the wave-etched
beach ledge; curly-horned
desert sheep outlines pecked into the rock,

and turned the truck onto the playa
heading for know-not,
bone-gray dust boiling and billowing,
mile after mile, trackless and featureless,
let the car coast to a halt

on the crazed cracked
flat hard face where
winter snow spirals, and
summer sun bakes like a kiln.
Off nowhere, to be or not be,

all equal, far reaches, no bounds.
Sound swallowed away
no waters, no mountains, no
bush no grass and
because no grass
no shade but your shadow.
No flatness because no not-flatness.
No loss, no gain. So–
nothing in the way!
–the ground is the sky
the sky is the ground,
no place between, just

wind-whip breeze,
tent-mouth leeward,
time being here.
We meet heart to heart,
leg hard-twined to leg,
with a kiss that goes to the bone.
Dawn sun comes straight in the eye. The tooth
of a far peak called King Lear.

Now in the nineties desert night
–my lover's my wife–

old friends, old trucks, drawn around;
great arcs of kids on bikes out there in darkness
no lights—just planet Venus glinting
by the calyx crescent moon,
and tasting grasshoppers roasted in a pan.

They all somehow swarm down here—
sons and daughters in the circle
eating grasshoppers grimacing,

singing sūtras for the insects in the wilderness,

—the wideness, the
foolish loving spaces

full of heart.

Walking on walking,
under foot earth turns

Streams and mountains never stay the same.

The space goes on.
But the wet black brush
tip drawn to a point,
lifts away.

　　여기서 인상적인 흐름은 감정이 사물을 좌우하지 않는다는 것이
다. 인간중심의 관점이 아니라 철저히 자연중심의 관점에서 인간을

바라본다. 자연이 인간의 질서 속에 편입되는 것이 아니라 인간이 자연의 질서 속으로 편입되는 것이다. 60대의 화자는 자연이 조성한 길을 따라 자연의 조화를 감상할 뿐이다. 70, 80대의 화자는 세상에 투사한 인간의 이기심이 부질없음을 인식한다. 그리하여 하늘과 땅이 하나이고, 높고 낮은 곳이 없으며, 손실과 수익이 없으며, 몸과 영혼에 대한 인위적인 강박이 없으며, "텐트입구"에 "바람"이 들어가듯이 사물은 사물과 융합하고 육신의 피곤에 대한 마음의 감상이 없으며 단지 "뼈"가 상호 충돌할 뿐이다. 90대의 화자는 전기, 호롱불을 밝히지 않고 오직 "비너스"와 "초승달"과 같은 자연의 빛에 의존하며, 동식물을 요리하거나 가공하지 않고 "냄비"에 "메뚜기"를 튀겨 먹는다. 그러나 화자의 생존을 위해 불가피하게 희생된 곤충의 "영혼"을 위한 의식을 거행하고, 사물은 정지된 것이 아니라 끝임없이 유동하고 변화하는 생물적 존재, 즉 '가이아'임을 인식한다. 이 작품에서 인간과 자연은 상호 충돌함이 없이 인간과 자연은 각기 제 갈 길을 간다. 산은 산대로 계곡은 계곡대로. 산을 허물고 계곡을 막지 않는다. 그런데 비자연주의적인 것은 화자가 신체확대의 일환으로서 "트럭"을 이용하여 자연을 탐색한다는 점이다. 자연을 연마하여 만든 차량은 땅속의 원유를 퍼 올리는 파괴적인 동기를 부여하고, 광산의 개발을 통하여 자연의 밑바닥을 후벼 파는 원인을 제공하며, 매연가스는 온난화를 초래하여 북극곰의 생존을 위협한다. 낡은 트럭을 타고 교외로 향하는 것이 낭만적이고 자연스러운 풍경만은 아니다. 그러나 자연이 매끄러운 문명으로 둔갑하여 겉으로 평화를 조장하지만 속으로 전쟁을 유발하는 측면이 배제되었음에도, 인간과 자연의 공존해야 함을 주장한다는 점에서 노자의 '무위'를 어느 정도 실현하는 천진난만한 삶이라고 보고 싶다. 마지막 행에서 소멸되는 지구의 "한 지점"도 지구 전체의 일부라는 점에서 전체주의의 관점이 드러난다.

장자의 또 다른 이름은 '장주'이다. 송나라 사람으로 성은 '장'이며 이름은 '주'다. 그는 유가를 권장하는 공자의 무리를 질타한다. 『장자』라는 글이 전해지고 있으며 그것은 외편/내편/잡편으로 되어 있는데, 외편은 본인의 글이 아닌 당대 문인들의 글이고, 내편만이 본인의 글이다. 노자와 마찬가지로 도를 우주의 본체 혹은 만물의 근원으로 본다. 그가 보기에 지/수/화/풍의 오묘한 변화와 인간에게 생/노/병/사가 반복되는 것을 보고 그 배후에 뭐가 있다는 것을 절감하고 이 무형의 세력이 보이지 않으나 사물의 운명을 관장하는 힘으로 본다. 추상적이긴 하지만 구체적인 현상이 혼재한 정체불명의 힘이 도인 것이다. 다소 막연하지만, 장자는 인간이 도에 역행하지 말고 도를 따라 자연으로 복귀할 것을 주장한다. 요즘 유행하는 생태적인 자연 속의 삶도 여기에 해당한다고 볼 수 있다. 자연의 역린을 거스르지 않고 최대한 자연스럽게 자연과 더불어 살아갈 것을 권장한다. 장자가 애용하는 용어인 천지, 일월, 천체로서의 성신(星辰)의 숭배 또한 우주, 자연, 도의 숭상이 아닐 수 없을 것이다. 장자가 보기에 도는 인간의 손을 벗어난 초월적인 힘이라고 본다. 그런데 서양인들은 지구를 우주중심에 설정하고 르네상스적인 입장에서 우주를 정복의 대상으로 바라본다. 그리하여 장자와 콜럼버스의 입장은 판이하게 갈린다. 동/서양인의 입장에서 사용하는 용어는 다르지만 하느님 혹은 하나님을 숭배하고 사모한 쪽은 서양보다 동양이 더 열렬하다 할 것이다. 물론 하나님에 대한 서구인의 숭배의 증거로서 5천 년에 달하는 서구의 기독교역사를 주장할 수 있지만 천지만물의 숭배에 대한 동양인의 인식은 서구인들의 상상을 초월한다. 자연을 정복하고 다스리는 천부적인 권세를 당연시한 서구인과 자연 앞에서 인간은 한낱 미물에 불과함을 자각한 동양인의 의식이 첨예하게 대립된다. 결국 동인도회사가 암시하듯이 휴머니즘 중심의 서양인은 자연중심의 동양인을 정복의 대상으로 삼는다. 장자는 노자의 전매특허인 '도가도 비상도'를 확대발전시켜 '도란 만물에 형체를 부여하면서 스스로는 형체가 없다'고 본다. 인간의 마음에 욕망의 불을 지른 방화범은 사실 보이지 않는다. 제3자에 의해 그 불을 지른 인간과 데인 인간은 사실 똑같은 피해자이다. 장자가 자연을 지배하는 무한하고 무궁한 형체 없는 힘을 도라고 부르고 있지만 사실 이 이름조차 타당한 것이 아니라 편의상 붙인 이름이다. 따라서 무의 도에서 유의 형체가 나오는 것은 당연하다. 메마른 고목에서 꽃이 피듯이. 노자가 우주본체를 도의 기원으로 본다면 장자는 무시무종, 무형무상을 도의 본체로 본다. 천지보다 먼저 생겨난 것이 도이다. 물론 도가 있어야 천지를 운행할 수 있으니, 마찬가지로 성경적인 관점에서 말씀이 천지만물보다 선재한다. 말씀이 선재하여 천지가 창조되었으므로 이런 점에서 성경의 천지창조와 장자의 천지창조는 교감한다. 여기서 칸트(I. Kant)가 강조하는 경험 이전의 선험(a priori)도 선험이 존재하여야 경험이 가능하다는 점에서 장자의 주장과 교감한다.『장자』에 나오는 동곽자(東郭子)와 장자와의 대화를 통해서 도의 본질을 이해할 수 있다. "도가 어디에 있나요?"라고 묻는 동곽자의 말에 장자는 "없는 곳이 없소."라고 응수한다. 분명히 가르쳐 달라는 말에 장자는 "땅강아지나 개미에게도 '도'가 있소." 나아가

"기와와 벽돌에도 있소."라고 답한다. 이와 같은 장자의 입장은 <모든 꽃이 어디로 갔는가?(Where have all the flowers gone?)>라는 미국의 팝에도 나온다. 답은 "여자아이들이 꺾어갔다."(Young girls have picked them.)는 것이다. 꽃이 소녀의 용도에 의해 해체되는 것을 혹자는 폭력적이라고 볼 수도 있지만 지극히 자연스럽다. 화병에 옮겨와서 바라보는 것이나, 길가에서 바라보는 것이나 별반 차이가 없다. 식자들은 전자를 문명적, 후자를 생태적인 관점이라고 주장할 것이다. 사람이 사냥을 하는 것과 사자가 사슴을 잡아먹는 것도 마찬가지다. 여기서 제기되는 것은 작위의 윤리적인 문제인 것이다. 도는 파괴와 변용을 통하여 현상의 안정을 유지한다. 그러니까 이때 확립된 것으로 보이는 안정은 변하는 와중에서의 안정을 말한다. 인간이 사라져도 도는 살아 있을 것이고 원자 혹은 양자(quantum) 혹은 모나드(monad)는 존재할 것이다. 장자가 말하는 하늘 '천'은 '아무 일도 하지 않으면서 일을 하는 것'을 의미한다. 하늘의 법은 내면에 있고 인간의 행위는 겉으로 드러난다는 것이다. 자연스러움에 대해 장자가 말하길 "소와 말은 각기 4개의 발이 있는 것이 하늘의 법도이고, 고삐를 매달고 코에 구멍을 뚫는 것이 인간의 작위"라는 것이다. 성형이 유행하는 요즘 적용해보면, 턱이 튀어나왔거나 코가 작은 것이 자연의 법도이고 턱을 깎고 코를 세우는 것이 인간의 작위인 것이다. 턱이 나온 것은 자연의 관점에서 그럴 일이 있기에 그런 것이고 코가 작은 것 또한 그러하다는 것이다. 그러므로 인간은 하늘의, 자연의 이치를 파괴할 수 없고 무시할 수 없다는 것이다. 장자가 보기에 인간은 자연의 이치에 순응해야 하고 자연은 만물을 운행함에 있어 그르치는 경우가 없다고 본다. 노자는 인간 세상을 인간을 전쟁의 소용돌이 속에 몰아넣어 인간의 심신을 파괴하는 아수라장으로 보고, 자연으로 돌아가 그 갈등에서 벗어나는 것이 타당하다고 본다. 이것이 무위사상이며 어린이의 순수한 상태에서 살아가는 것이 비록 따분하지만 지혜로운 인생이라고 본다. 이때 천국에 들어가는 조건 가운데 하나가 어린이의 상태임을 강조하는 성격 구절이 상기된다(마태복음, 18:2). 세상에서 횡행하는 작위의 예와 의를 모르는 어린아이의 천진함이 오히려 장자의 도와 천국의 도에 부합한다. 인/의는 겉으로 아름다워 보이나 기실 인간의 본성이 아니고 오히려 인간의 심/신에 해로운 의례적인 개념이다. 장자가 바라보는 선은 인과 의에 의한 것이 아니라 자연스러움에 맡긴다는 것이고 인간의 선이 오히려 죄악의 매체로서 사용될 가능성을 우려한다. 십자군 전쟁, 마녀사냥, 중국의 문화혁명의 경우처럼 좋은 취지를 가지고 있었으나 오히려 자연을 파괴한 사건들이 이에 해당된다. 도에 어긋나는 사례의 비유로 장자는 "띠쇠를 훔친 자는 사형되었고, 나라를 훔친 자는 제후가 된다."고 말한다. 허리띠를 훔친 좀도둑은 사형되고 반역을 일으킨 역적은 제왕이 된다. 이는 유사 이래 동서고금을 막론하고 왕권의 역사를 가진 모든 나라에서 발생한 문제이다. 왕의 자리를 차지한 역적은 자신의 행동을 합리화하는 인/의의 법전을 창안한다. 이어서 장자는 "세상에 인/의를 위해서 죽은 자를 군자라고 보고, 재물을 추구하여 죽은 자를 소인이라고 본다. 하지만 전자가 인/의를 추구했다는 점에서 후자와 다를 바 없다"고 본다. 인/의를 추구함은 공익을 추구했다고 하나 사실은 사사로운 명예와 욕망에 봉사한 셈이다.

그리하여 장자는 현재 자본주의시대에도 포스트모더니즘 시대에

도 적용되는 언질을 주었는데 그것은 "성인을 근절하고 지혜를 내던지면 큰 도둑은 사라진다. 옥을 내던지고 구슬을 깨버리면 좀도둑은 생기지 않는다. 어음을 태우고, 도장을 부숴 버리고, 되를 쪼개 버리고 저울을 분질러 버리면 백성은 다투지 않는다"(동양철학의 이해, 78)는 것이다. 여기서 자연의 일부로서의 자신의 실체를 망각하고 주어진 본성을 파괴하며 극기를 달성하려는 인/의 주체인 성인에 대해서, 저울질, 표준화를 통해 갈등을 조장하는 인간 시장의 계량제도에 대해서 장자는 신랄하게 비판한다. 여기에 성인의 범주에 포함되는 자들이 성 베드로, 고승 성철, 밀림의 성자 슈바이처 등이다. 장자가 보기에 이들은 자연을 극심하게 파괴한 인위적인 자들이다. 원자의 구성물에 불과한 미물(微物)이 감히 천국을 열망하는 것, 제1원인자가 머무는 법열의 경지를 탐하며 수면을 거부하고 장좌불와를 실천하는 극기, 순수한 아프리카 토인들을 문화적으로 계몽하는 것은 겉으로 인/의에 충만하나 장자의 관점에서 자연을 파괴하고 역행한 사례로 비판된다. 자연에 부응하는 장자식 양생(養生)의 비결은 어디까지나 "칼을 뼈 부분에 갖다 대지 말고 살 쪽에만 사용하면 칼을 오래 사용한다"는 것이다. 강한 것이 강한 것을 타격하면 부러진다는 것이다. 상징적으로 물리적으로 대부분의 인간들이 칼로 무모하게 견고한 뼈를 건드린다. 이것이 자연에 역행하는 일이고 각자의 명을 재촉하는 일이다. 아울러 인위적으로 사물의 쓸모 있음과 없음을 구분하는 것도 사물의 본질에 아무런 영향을 주지 않는 인간중심적인 것이다. 그런데 장자가 보기에 자연중심적이든 인간중심적이든 양자는 사실 동일한 것이다. 그것은 자연의 구성물로 존재하는 천지, 일월, 성신, 동식물, 모두 자연이며 여기에 자연의 파괴자로 지탄받는 인간 또한 의미를 생산하는 자연의 구성물이기 때문이다. 제1원인자는 자연을 의미의 대상과 의미의 주체로 만들어 놓았다. 그러므로 인간은 주변의 사물과 어울려 살아가야 한다.

그런데 인간은 자연이면서 철학, 사상, 이념, 기술, 인의, 예법을 정하여 자연에 역행하려 한다. 무엇보다 자유와 평등은 장자철학이 주장하는 지상의 덕이다. 인간은 무언으로 일관하는 침묵의 사물들을 무시하거나 경시해서는 안 된다. 인간은 사물을 운행하는 도, 즉 조물주를 경외하고 주변의 사물들과 조화롭게 사는 것이 지혜롭고 자연스러운 인생이다. 상식적으로 거리가 있지만, 설사 인간이 질병에 걸린다 하더라도, 인간이 물에 빠져 익사한다 할지라도, 인간이 유혹에 빠진다 할지라도, 인간이 가난하여 풍찬노숙(風餐露宿)을 한다 할지라도 누구를 원망할 것이 없이 이 모든 것이 자연의 이치요 섭리로 인한 것이다. 자신에 대한 자책이나 가해자와 열악한 환경에 대한 원망이 사실 필요 없는 것이다. 그러기에 병마와 기근에 시달리는 아프리카 원주민들, 독재자에게 시달리는 북한 동포들은 길흉화복, 생로병사를 추동하는 자연의 오묘한 이치에 입각한 불가지의 당연한 삶을 살아가고 있는 것이다. 그리고 그러한 상황에서 벗어나는 길은 각자에게 주어진 자유의지의 행사에 의한 자발적인 선택이며 물론 그 희극적, 비극적 결과는 각자에게 수렴된다. 이것이 일종의 자연에 대한 '도전과 응전'3)의 선택인 것이다. 장자가 보기에 인간이 진정으로 세상을 살아가는 이유는 부귀공명을 움켜쥐려고 허

---

3) 토인비는 『역사의 연구(A Study of History)』에서 국가의 흥망성쇠를 '도전과 응전'의 개념에 적용하여 다음과 같이 주장한다. ("When a civilization responded to challenges, it grew. Civilizations declined when their leaders stopped responding creatively, and the civilizations then sank owing to nationalism, militarism, and the tyranny of a despotic minority").

우적거리는 것이 아니라 자연의 도를 깨우치는 것이다. 이것이 "아침에 '도'를 듣고 저녁에 죽어도 좋다"는 말과 연관된다. 드물지만 이러한 도를 깨우친 사람을 '진인'이라고 한다. 진인은 희로애락(喜怒哀樂)이 없고, 인간사의 흥망성쇠에 휘둘리지 않고, 생사화복에 무심하다. 자연의 속성을 즐기고 그 흐름에 따르는 것이 진인의 일상이다. 진인이 사는 곳은 산에는 길이 없고, 강에는 다리와 배가 없고, 인간이 사는 곳에 경계가 없고, 소인과 대인, 선인과 악인, 성인과 군자의 구별이 없다. 이곳에서 가장 멍청한 것은 좋은 도덕이다. 사물을 파악하고 헤아리려는 무모한 지식이 없으니 자기의 진면목(眞面目)에 충실할 수 있다. 따라서 작금에 이르러 권모술수, 흑색선전으로 혼탁한 한국정치의 아수라장 속에서 참고할 장자의 정치관은 '다스리지 않으면서 다스리는' 무위의 정치학이다. 이 점을 스나이더의 「더러워지기를 원하는 자들("There Are Those Who Love To Get Dirty")」에 적용해보자.

> 더러워지기를 원하는 자들이 있다
> 또 사물을 배치하려는.
> 그들은 새벽에 커피를 마시고,
> 일과 후 맥주를,
>
> 그리고 청결히 사는 자들은
> 정작 모든 것에 감사하며,
> 아침에 밀크를 마신다.
> 그리고 밤에 주스를 마신다.
>
> 양쪽을 다하는 사람들은

차를 마신다.

There are those who love to get dirty
and fix things.
They drink coffee at dawn,
beer after work,

And those who stay clean,
just appreciate things,
At breakfast they have milk
and juice at night.

There are those who do both,
they drink tea.

간단한 문장 속에 복잡한 셈법이 함축된 작품이다. 단순한 통사구조 속에 엄청난 심층의 의미를 내포하고 있다. 화자가 보기에 인간이 사는 모습이 피상적으로 건전한 것 같지만 실상은 더러워지기 위해서 산다는 것이다. 그것을 "커피"와 "맥주"를 통해 제시한다. 전자의 주성분인 카페인이 심신의 긴장을 해소하는 데 도움을 준다고 알려져 있으니 인간의 일상이 긴장의 연속임을 증명하며, 후자의 경우 주성분이 알코올이기에 기분을 좋게 하고 과하면 심신의 마비를 초래하므로 인간의 일상은 불쾌한 것들로 가득 차 있어 이러한 현실로부터 탈피를 원한다는 점을 방증한다. 그리고 카페인과 알코올은 중독성이 있어 고달픈 일상에서 인간의 심신을 마비시켜 고통을 덜어주며 어울러 생기를 앗아가므로 자연의 무대에서 퇴장시키는 순기능과 역기능을 공유한다. 외과의사가 생사를 가늠하는 피를 보는 수

술을 장시간 집도한 후에, 검사가 흉악 살인범을 밤새워 취조한 후에, 야구선수가 피 말리는 시소(seesaw)게임을 한 후에, 전쟁터의 병사가 참혹한 전투를 치른 후에 그 긴박한 상황에서 탈피하기 위하여 혹은 그것을 잊어버리기 위해 강력한 알코올을 들이키는 것이다. 마치 불만의 감각적인 현실을 낭만적인 꿈속에서 해소하려는 듯이. 한편 "청결"히 살기를 원하는 자는 "밀크"와 "주스"를 마신다. 밀크는 젖소의 부산물로 인간은 젖소와 혼연일체가 되고, "주스"를 마심으로써 인간은 식물과 동화된다. 따라서 "더러워지기를 원하는 자들"은 "카페인"과 "알코올"을 생산하려는 점에서 자연을 화학적으로 합성하는 자연파괴주의자들이며 "청결히 사는 자들"은 "밀크"와 "주스"와 같은 동식물의 부산물을 그대로 섭취하여 자연 속에 동화되는 자연인들이다. 장자의 관점에 따라 전자는 자연에 역행하는 자들이며, 후자는 먹이사슬에 입각하여 자연에 순응하며 살아가는 자연인이다. 그런데 양자가 모두 "차"를 마시는 것은 화자가 인간의 이중성을 의식하여 극단적인 관점을 피하고 중용의 도를 실천하려는 것으로 볼 수 있다.

:: 결론
: 영화 〈아가씨〉의 주변: 생태의 메타모더니티

본고에 대한 결론을 최근 유행하는 박찬욱 감독의 영화 〈아가씨〉에 대한 감상을 통해 갈음하려 한다. 물론 이 영화에 대한 개별 시각 차이가 엄존할 것이다. 독자가 텍스트에 접근하는 관점은 의미를 생성하기 위함이지만, 독자의 전이(transference)를 통해서 그 텍스트를 전복시키려는 의도가 있으며, 아울러 텍스트가 독자를 전복시키는 역전이(counter-transference)도 가능하다. 이 대립 관계는 분석대상자(analysand)가 분석가(analyst) 앞에서 분석을 받는 경우와 같다. 그런데 분석가들 가운데 스스로를 전지자라고 확신하는 나르시시스트들이 타자의 운명에 전권을 행사하면서도 자가당착의 오류를 인식하지 못한다. 데리다가 적절하게 말하듯이 사물에 주어지는 해석과 의미는 단번에 결정되는 것이 아니라 시간의 추이에 따라 각자 차이가 나고 연기될 뿐이며, 텍스트를 지배하는 초월적인 기의는 없다. 그리하여 전지자로서 군림하든 저자와 비평가가 사망하고 의미의 상대적 주체로서 독자가 탄생한다. 따라서 의미의 근원인 실재로서의 텍스트에 대해, 바르트가 말하듯이, 그 누구도 절대적인 권위를 가질 수 없는 중립지대에 위치하고 있다. 그리하여 신비와 착시에 의한 아우라를 중시하는 예술, 실재의 재현을 중시하는 예술은 뒤샹(M. Duchamp)과 폴록(J. Pollock)에 의해 조롱을 당한다. 물론 본고에서 바라보는 시각이 그 영화의 의미를 초과하거나 부족한 것은 당연지사이다. 그럼에도 인간은 눈이 있어 눈에 포착된 영상이 마음속에 자리하기에 그것이 무엇이든 토로하지 않을 수가 없다. 그것은 인간이 사물을 내면에 투사하는 현상학적 인간(phenomenal humans)이기 때문이다. 객관적인 사물, 실재, 자연, 대상은 인간 각자의 마음속에서 주관으로 변용된다. 이 궁지를 초월, 극복하기 위해 인간들은 명상, 수도에 식음을 전폐하고 매진하였다. 그 결과 인간이 진리에 가까워질 대책이나 수단을 마련한 것이 아니라 오히려 더욱 알 수 없는 말이, 개념이, 의미가 공룡처럼 생성되어 인간은 점점 자중지란에서 허덕이다 중력의 당김, 대기의 눌림, 삶의 압력을 견디지 못해 자연과 일체가 되어 '에너지 보존법칙'을 준수한다. 이 고해의 인생을 탈출하기 위해 국내외 우리의 선현들은 묘안을 짜내기에 골몰하여 왔다.

인간에게 자비를 베푸는 관음(觀音)을 지시하는 법화경의 내용이 얼마나 난해한가? 아인슈타인이나 스티븐 호킹의 명석한 두뇌로도 해석하기 어려운 내용이니 일반 범부들은 감히 범접할 수가 없을 것이다. 필자는 한때 불경의 전집을 읽어보려고 무모한 시도를 한 적이 있었다. 반야심경, 화엄경,1) 능엄경,2) 벽암록, 육조단경 등. 그런

---

1) 「화엄경」은 석가모니 부처님이 보리수 아래에서 성도한 뒤, 그 두 번째 되는 7일 그러니까 14일째 되는 날 금강보좌를 떠나지 않고 바로 그 자리에서 해인삼매(海印三昧)에 든 채, 문수보살이나 보현보살 같은 제자들에게 스스로 깨달은 내용을 설한 것이라 한다. 그러므로 사리불이나 목건련 같은 부처님의 제자들은 그 자리에서 함께 들었는데도 이해할 수 없었고, 최초의 설법을 담았다는 「아함경」에서도 기록되지 못했다고 한다. 언어로 묘사할 수 없는 부처님의 깨달음의 경지를 표현한 것이 바로 「화엄경」인 것이다(네이버 백과).

2) 모두 10권으로 구성되어 있는데, 불타의 제자인 아난다(阿難陀)가 마등가 여인의 주술에 의해 마귀도에 떨어지려는 것을 부처(석가)의 신통력으로 구해낸다. 그리고 나서 선정의 힘과 백산개다라

데 니르바나에 이르는 과정에서 경전이 유용한 도구가 아니라 오히려 장애가 된다고 하니 경전 탐독을 포기할 수밖에 없을 것이다. 그리고 부처를 만나면 부처를 죽이고 조사를 만나면 조사를 죽이라고 하는 살불살조(殺佛殺祖)의 원리에 따라 스승을 추종하기도 어렵다. 아울러 '불립문자'라 하여 사물 앞에 문자를 내세우지 않는다는 언어에 대한 불신도 제기한다. 그것은 부처, 조사, 경전이 모두 미혹의 대상으로서의 우상이 되기 때문이다. 그러니 불교식대로 하면 인간이 도에 이르는 길은 요원하다 할 것이다. 그런데 진리/도/천국/법열을 지향하는 인간이 가지고 있는 현실적인 수단은 박테리아와 바이러스의 먹이가 되는 육신과 초점 없는 흐릿한 정신과 사물을 재구성하는 황당한 기호밖에 없다. 이외에 다른 무엇이 있는가? 물론 노스트라다무스, 유리 겔라(Uri Geller), 사명대사처럼 인간에게 예지력, 신통력, 초능력이 있는 자들이 있다고 한다. 이 막막한 현실 앞에서 서구의 실존주의자들은 절망과 공포를 느끼고, 장자와 이태백 같은 동양의 은자들은 유유자적하며 한계상황의 사유나마 필설로 운위하며 소일하였다. 또 초월적이고 신성한 실재의 추구를 포기한 카사노바, 마르크스와 같은 계열의 육체파 회원들은 육신의 말초적인 향락을 추구하다가 그 잉여로 인해 오히려 고통을 당하며 죽었다. 마르크스가 종교를 아편이라고 규정하였는데, 인간에게 주어진 유물론적 삶의 질고를 감당하기 위해 그 고통을 완화시켜 주는 종교라는 건전한 아편이 오히려 필요하지 않는지 반문하고 싶다. 그런데 우리에게 낯선 이국인의 모습을 한 예수는 우리에게 복잡한 경전을 읽을 것을

니의 공덕력을 찬양하고, 이 다라니에 의해 모든 마귀장을 물리치고 선정에 전념하여 여래의 진실한 경지를 얻어 생사의 고뇌에서 벗어나는 것이 최후의 목적임을 밝혔다(네이버 백과).

강요하지 않는다. 그는 인간이 천국에 이르는 조건으로 어린이 같은 마음을 가져야하며 자기를 믿기만 하면 천국에 갈 수 있다고 주장하였지만, 윤회의 사슬을 끊는 도를 성취하고 통하고 제자들과 유랑하며 천수를 누리고 화장당한 인간적인 석가와 그 제자들은 세인들이 이해하기 어려운 경전만을 잔뜩 남겨놓았다. '산이 산이요 물은 물이다' 혹은 '인생은 똥 막대기'와 같은 고승의 다르마(dharma)를 이해할 범인(凡人)이 지상에 과연 몇 명이나 있겠는가? 한편 예수는 만인의 죄를 짊어지고 십자가형틀에서 사지를 못 박혀 사망한 후 사흘 만에 기적적으로 부활하여 동시에 여러 군데 출현했다고 하였으니 현실과 초-현실을 가로지른 셈이다. 보편적이고 현실적인 인간의 상징인 도마가 의심하자 사지의 못 자국과 옆구리에 창에 찔린 자국을 만져보게 하였고, 부활 승천 후 1,600년이 지난 후 파스칼이 『명상록』에서, 그리고 2,000년이 지난 후 우리나라 소설가 김승옥의 『무진기행』 서문에도 예수를 만난 체험을 소개한다. 그러니 니르바나에 이르렀다고 주장하는 석가는 공중부양을 하지 않고 인간과 같은 물리적인 죽음을 맞이하고 화장되어 유골이 전 세계에 배급되었으니3) 물질을 초월한 신이 아니라 인간과 진배없는 일종의 초능력자로 볼 것이나, 부활한 예수의 무덤은 빈 무덤으로 시신이 없고 성의만이 존재한다고 전해진다.

그런데 인간이 진리의 세계, 즉 피안의 세계에 진입한다면 무엇이 달라지겠는가? 물론 가본 사람이 없기에 예단에 그칠 수밖에 없다. 인간의 감각이 사라지고 영혼만이 존재하는 무욕의 세상이며 피안

---

3) 양산 통도사에도 석가의 사리가 있다. 석가의 사리가 있기에 대웅전에 부처상이 없다고 한다.

의 세계를 진입하는 데에 장애물은 인간의 육신이다. 높이뛰기틀에 걸려 있는 막대기처럼. 피안의 세계로 나아가는 길은 다양하다. 자연적이든 인위적이든 각자의 형편과 상황에 따라 피안의 세계로 나아간다. 피안의 세계에서 인간은 육신이 없기에 위장을 채울 음식은 필요치 않아서 식욕은 없을 것이고, 먹고 살 걱정이 없기에 탐욕이 없을 것이다. 그리고 육신이 없기에 성욕도 없을 것이다. 이처럼 오감으로 인한 쾌락은 부재하지만 에피큐리언(Epicurean)들이 주장하는 정신적 쾌락이 있을지 모르겠다. 지상의 인간들은 대개 감각의 쾌락을 바탕으로 부수적으로 정신적 쾌락을 누릴 뿐인데 피안의 인간들은 감각의 쾌락이 전무한 상태에서 정신적 쾌락만을 누릴 것이다. 지상에서 피안의 세계를 향유하려는 도인, 수도자들이 감각을 멀리하지만 인간의 요소인 오감을 사용하지 않을 수 없을 것이다. 물론 니체와 석가는 인간의 삶이 영겁회귀 혹은 윤회에 의해 영구적으로 지속된다고 본다. 이 영화 속에서 백작은 아가씨의 성도착자 후견인에 의해 잔인하게 전신이 잘려 나가지만, 다행스럽게 남근만을 보존하고 죽는다. 후견인이 남근을 절단하지 않은 이유는 자아동일시에 의한 방어라고 볼 수 있다. 다시 말해, 상대의 남근에 대한 일종의 자기투사인 셈이다. 백작의 죽음은 진리에 해당하는 금전을 추구하다 자기욕망에 희생되는 자기원인적인 것이며, 타자를 기만할 의도를 가진 위선자는 원래 타자의 극열한 반작용을 감내해야 하며 그것은 목숨을 걸 정도로 위험한 것이다. 그러나 인간의 죽음은 자연적인 혹은 인위적인 경우를 막론하고 모두 타자로 인해 야기된다. 그리하여 누군가의 죽음은 타자의 존재를 지탱하기 위하여 불가피한 것이다. 성실의 유무를 떠나, 군인은 국민을 위하여, 스승은 제자를 위하여, 가장은 가족을 위하여, 예수는 만인을 위하여 희생된다. 영화 속에서 후견인이 구상하는 구도를 만들기 위해서 백작은 불가피하게 제거되어야 한다. 따라서 존재는 타자의 선물인 셈이다.

영화 <인디아나 존스>에서 존스 박사가 진리의 구현체로서의 성배를 찾아 헤매듯이, 현재 인간은 진리를 찾는 것은 차치하고 자기 목숨도 부지하기도 연명하기도 힘이 든다. 그것은 인간이 태어나자마자 적자생존의 생태계에 던져지기 때문이다. 자신의 선택과 상관없이 금 수저 집안에, 백작집안에 태어날 수도 있고 흙 수저 집안에, 농노의 집안에 태어날 수도 있을 것이다. 그러나 출신가문의 차이는 있을지라도 생존환경은 동일하다. 내적인 측면에서, 인간은 육체적으로 유용한 각종 화학물질에 오염되고, 심리적으로 사회적 책임과 윤리에 오염되고, 외적인 측면에서, 대기는 매연으로 오염되고, 하천은 오수로 오염되고, 인간시장은 생존경쟁으로 오염되고, 광신도집단의 테러로 오염되고, 급진주의자들의 이념에 오염되고, 정상적인 인간이 되기 위해 각종 교육에 오염된다. 이렇듯 인간은 태어나는 순간부터 몸과 마음이 오염되기 시작하며 불편한 디스토피아에서 신음하게 된다.

인간은 성인이 되면서 자천 타천으로 특정한 이념의 사회에 속하게 된다. 현재 지상에 존재하는 대표적인 사회는 자본주의나 사회주의사회이다. 전자는 인간의 욕망을 발휘할 기회가 주어지며, 후자는 개인의 욕망보다 사회의 목표를 중시한다. 경쟁으로 인한 인간사회의 비극을 막기 위해 등장한, 공동의 이익을 목표로 하는 사회주의보다 진보한 공산주의는 욕망의 균등한 분배를 지향한다는 점에서 사실상 지상에서 실천하기 어려운 이념이다. 그런데 지상에서 공산주의를 부르짖으며 세운 국가들은 대부분 전제(專制)주의적 독재국가임이 판명되었다. 그러면 사회주의의 생태계는 인간에게 살기가 편한가? 일견 그럴듯해 보이지만 국가나 사회는 예산이 있어야 운용이 되기에 경제적인 형편과 무관할 수가 없다. 국가가 국민에게 파이(pie)를 나누기 위해서는 경제력이 뒷받침되어야 하고, 그렇지 못할 경우 국가운영이 파국에 이른다. 그러니까 일부 정치인들의 복지 구호는 국가의 경제력이 뒷받침되어야하기에 그들의 공약은 대중의 인기에 영합하는 얄팍한 구두선에 불과하다. 마찬가지로 영화 속에서 백작과 아가씨의 후견인이 존재하는 사회는 물질만능의 사회로서 물질이 인격을 저울질하고 목숨을 좌우한다. 돈은 만인들이 추구하는 실재나 진리의 대상으로서 만인들은 그것을 차지하지 못하고 차지하려는 과정에서 소멸되고 그 과정과 과실을 타자에게 넘겨준다. 진리나 돈을 붙잡으려는 인간들은 정신적, 육체적 위험에 봉착하여 결국 죽음에 이른다. 마찬가지로 백작도 위선과 기만으로 차지한 돈을 타자에게 강탈당하고 죽음을 당한다.

인간의 생태계에서 제기되는 이성과 동성의 관계에 대해 도발적인 하녀와 아가씨의 동성애 관계는, 라캉의 관점에서, 아가씨가 남성의 세계인 '상징계'로 진입하지 못하고 자폐적인 '상상계'에 빠져 개성화에 실패한 경우로 볼 수 있다. 혹은 가부장제의 권위에 도전하는 이교도적인 도발로, 동성애를 통하여 인간의 재생산을 거부함으로써 여성이 지속적으로 남성의 노예가 됨을 중단하는 체제에 대한 반작용으로 볼 수 있다. 그러나 여성이 남성을 위해서 충성을 다하든, 하녀가 아가씨에게 충성을 다하든 인간은 이성과 동성의 타자를 위해 복무하는 이타적인 삶을 살아야 한다. 그러니까 하녀가 아가씨를 위해, 아가씨가 후견인을 위해 노예생활을 하는 것이 아니라 모든 인간이 타자를 위해서 노예생활을 하고 있는 것이다. 인간은 타자의 눈을 의식하며 살아야 하는 원형감옥(panopticon)의 환경을 결코 벗어날 길이 없다. 영화감독은 타자로서의 관객, 흥행, 작품을 위하여 희생되어야 하는 것이다. 물론 이 세 개의 과녁에서 벗어나는 감독이 있을지 모른다. 사랑과 이념을 위하여? 영화배경에서 예법과 의식을 존중하고 품위와 격조를 중시하는 고전주의의 생태계를 조성하는 의미는 그 형식주의 속에 잠복하는 허위와 기만을 고발하기 위한 대항담론적인 것이다. 그러나 인간은 사물을 제대로 볼 수 없는 피상적이고 기호적인 인간이기에 고전주의적인 생활양식만이 위선과 기만의 상징으로 볼 수 없다. 마지막에 생뚱맞게 들려오는 주제곡 <님이 오는 소리>는 영화의 주제와 무관한 텍스트가 아니라 인간생태계의 현실을 반영하는 신, 진리, 사랑, 돈의 추구와 지연을 의미한다.

아가씨는 생존하기 위해 하녀와 '공진화'해야 하며, 고전주의를 인간을 구속하는 기제로 삼을 수 없음은 백작의 기만과 위선을 통하여 제시된다. 숲이 무성한 아가씨의 대저택은 인간이 자연의 일부라는 것을 보여주고 자연의 안온한 모성을 하녀가 대리 보충한다. 후견인, 백작, 아가씨, 하녀는 관습에 의해 삶의 정도를 걷는 것처럼 보이지만 결코 칸트가 주장하는 '보편타당한 삶'을 살지 않는다. 아가씨가 백작의 농간으로부터, 후견인의 감시로부터 탈출을 시도하는 것은 공적인 제도 속에서의 삶을 포기하고 개별적인 삶을 지향하는 일종의 미국식 초월주의를 보여준다. 고전적인 가부장제의 촘촘한 그물에서 헤어나 새로운 독립생활을 하려는 것은 의무와 책임에서 해방되려는 여성만의 신세계를 추구하는 것으로 볼 수 있다. 현실의 구속으로부터 극단적인 탈출을 의미하는 아가씨의 자살시도는 삶의 빈곤과 마찬가지로 삶의 풍요로 인한 욕망의 소멸에서 비롯된 것으로 이를 쾌락의 잉여, 즉 주이상스(jouissance)적 반응이라고 볼 수 있다. 하녀가 아가씨의 집에서 생활하는 과정은 인간이 환경에 적응하는, 피아제가 주장하는, 지식을 조직하는 방식이 적용될 수 있다. 그녀는 생존을 위하여 그 고고한 집안의 가풍을 익힘으로써 '지식의 토대'를 구축하고 그것을 실생활에 적용하고 발달시켜 나가야 하는 것이다. 주인과 하인들이 공존하는, 겉으로 정상적인 집안의 이면에서 벌어지는 인간의 심층적인 욕망인 에로스는 정상적인 것이 아니라 아가씨와 하녀의 육체적인 관계와, 후견인이 춘화를 애호하는 장면에서 보듯이 동성애적이며 대리 보충적이고 이질적인 것이다. 그가 춘화를 보는 것은 욕망의 간접적인 보충을 의미하는 승화로 볼 수 있다. 이는 이성만을 성애의 대상으로 삼는 관습적인 범성론에 대한 이의제기로 볼 수 있다. 영화가 종점에 이르러 판이 깨어지는 것, 즉 백작이 절취한 돈을 분실하고, 후견인이 백작의 사지를 절단하고, 그 와중에 후견인이 사망하고, 아가씨와 하녀가 밀행하는 것은 화해와 분열, 연합과 해체로 구성되는 엔트로피의 원리와 무질서에서 질서를 재구성하는 산일구조론에 의한 인간생태계의 종말로 볼 수 있다. 따라서 영화 <아가씨>를 통해서 본 인간의 생태계는 벡이 말하는 위험천만한 생태계인 것이다. 결론적으로, 아가씨는 후견인의 그늘에서 생존을 의탁하여 사회교육을 통해 욕망이 거세되는 고통을 당한후, 박제된 정상인이 된다. 그 후 백작을 통해 경제적인 주제의 상징계에 접근하고, 타자로서의 하녀의 정상화에 조력하여 자기의 아바

타를 만드는 비본래적인 인생을 살아야하는 것이 감독의 인생이자 만인의 일생인 것이다.

인간이 자연과 싸우고 인간이 인간과 싸우고, 인간의 몸과 마음이 싸우는 디스토피아적 생태계에서 지상에 정녕 유토피아적 복지의 구현은 요원한 것인가? 다시 말해 인간사회에서 선(good)의 구현은 진정 불가능한 일인가?4) 인간과 인간이 살육한 처참한 외상의 추억으로서의 제1차 세계대전, 제2차 세계대전이 종결된 후 60년이 흘렀지만 인간사회에 전쟁이 종결된 적은 한 번도 없다. 그렇다고 인간들이 노장사상에 입각하여 감각과 세포가 꿈틀하는 오감의 현실을 외면하고 무색무취한 무위와 소요로 일관할 수도 없다.5) 인간사회에 전쟁이 없다면 최소한의 복지를 누릴 수 있지만, 인간은 먹이 연쇄에 포섭되어 있기에 각자 거미줄을 치고 미끼를 걸어 놓고 그물을 치고 먹이가 걸려들기만을 기다린다. 프로이트의 '유혹이론'을 들먹일 필요 없이, 유혹의 도구는 추상적인 것과 구체적인 것이 있다. 전자에 속하는 것은 감언이설에 해당하는 말과 글, 희망, 약속이며, 후자에 속하는 것은 돈, 물건, 물질, 행동이다. 유혹은 인간이 인간을 지배하려는 욕망이 아닌가 싶다. 여기에 노소, 귀천, 지위고하를 막론하고 모든 인간들이 포함된다. 수도자, 철학자, 시인, 정치인, 세일즈맨 등. 이때 철없는 "인간이 자연을 지배하는 버릇은 인간이 인간

---

4) 인간이 추구하는 목적주의 윤리학과 직결되는 선의 구현에 대한 두 가지 견해가 있다. 아리스토텔레스의 인성에 걸맞은 인격 도야를 통한 비-쾌락주의(non-hidonism)와 선을 쾌락에 연관시키는 '쾌락이 유일한 지상의 선이며 고통을 악'으로 보는 에피쿠로스학파(Epicurean)의 쾌락주의가 있다(안건훈, 61-2).

5) 인간을 상징적으로 거세하기 위하여 무위와 소요, 이것도 모자라서 불교에서는 돈오(頓悟)라는 족쇄를 인간에게 채운다. 여기서 돈의 본성은 순야타(Śūnyatā), 즉 공으로서 사물의 상호 의존성을 의미하며 각각의 일체가 다른 모든 것의 일부이기에 스스로 존재할 수 없음을 의미하고, 만약 공에만 집착할 때 '밧줄 없이 자신을 묶는' 꼴이 된다(로이, 54-5).

을 지배하는 버릇에서 비롯되었다"는 북친의 말이 상기된다. 지상을 안락한 복지가 아니라 덜 불편한 공간으로 조성하기 위하여 욕망의 상호 주관주의를 장려할 필요가 있다. 비록 인간이 공동체에 적응하기 위해 각자 일부의 욕망을 거세당할지라도, 잔존한 각자의 욕망을 일정부분 거세하는 것이 서로의 욕망을 실현하기 위한 최선이 아닌 차선의 대책으로 본다. 그러니까 욕망의 잉여가 인간 공동체를 위협하는 최대의 공공의 적인 셈이며 과유불급에 대한 진지한 인식이 엔트로피가 증가되는 불모의 생태에 대한 인간의 대증적인 처방이 아닌가 한다. 인간은 눈에 보이는 것도 제대로 파악하지 못하고, 구름잡을 생각만 하는 미물인지라, 과학의 발전 운운하지만 사실 자연에 대처할 능력이 부족하다. 그래서 생시에 거부할 수 없는 피와 땀으로 범벅이 된 콜로세움의 현실에서 인간이 위로로 삼을 대안은 잔인한 거리의 생태계에 내던져진 '성냥팔이 소녀'가 한 겨울에 언 손을 호호 불며 꿈꾸는 천국, 니르바나, 도를 진리의 길로 제시하는 종교라는 달달한 오감의 향유를 감수해야 할 피안의 생태계이다. 인간이 일상에서 직면하는 종교의 생태계는 불가피한 생태계에 비해 선택의 여지가 있기에 그나마 다행이다.

참고문헌

Brennan, Teresa. The Interpretation of the Flesh. New York: Routledge, 1990.

Campbell, Joseph. Creative Mythology. New York: Penguin, 1991.

Capra, Fritjof. The Turning Point: Science, Society, and the Rising Culture. New York: Bantam books, 1982.

Harari, Yuval Noah. Sapiens: A Brief History of Humankind. London: Vintage books, 2011.

High, Peter B. An Outline of American Literature. New York: Longman, 1986.

Merchant, Carolyn. Radical Ecology: The Search for A Livable World. New York: Routledge, 1992.

Rose, Anne C. Transcendentalism as a Social Movement 1830-1850, New Haven: Yale UP, 1981.

Sanders, Michael J. Justice: What's The Right Thing To Do? New York: Farrar, Straus, and Giroux. 2010.

Suler, John R. Contemporary Psychoanalysis and Eastern Thought. New York: SUNY P, 1993.

Tuckman, B. & Monetti, D. Educational Psychology. New York: Cengage, 2010.

김욱동. 『전환기의 비평논리』. 서울: 현암사, 1998.

듀란트, 윌. 『철학이야기』. 박상수 역. 서울: 육문사, 1989.

로이, 데이비드. 『돈, 섹스, 전쟁 그리고 카르마』. 허우성 역. 서울: 불광, 2012.

리프킨, 제레미. 『엔트로피』. 서울: 정음사, 1989.

맥칼레스터, 리 A. 『생명의 역사』. 장기홍 역. 서울: 민음사, 1987.

발터 레제-쉐퍼. 『칼-오토 아펠과 현대철학』. 권용혁 역. 울산: UUP, 1997.

브람웰, 안나. 『생태학의 역사』. 김지영 역. 파주: 살림, 2013.

스필러, 로버트 E. 『미국문학사』. 장왕록 역. 서울: 일신사, 1983.

안건훈. 『철학의 제 문제』. 서울: 새문사, 2008.

이상헌. 『생태주의』. 서울: 책세상, 2011.

최승호 외 7인. 『동양철학의 이해』. 부산: 소강, 1995.

카프라, 프리조프. 『현대물리학과 동양사상』. 서울: 범양사, 2000.

색인

이규명

부산외국어대학교 영어학부 외래교수
전) 부산대학교 교양교육원 내국인 교수
한국예이츠학회 연구이사

『예이츠와 정신분석학』(2002)
『영시에 대한 다양한 지평들』(2007)
『영미시와 문화이론』(2010)
『영미시와 과학문화』(2011)
『영미시와 철학문화』(2011)
『영미 여성시인과 여성이론』(2011)
『영미시에 나타난 '참을 수 없는 존재의 가벼움'과 무거움: 그 아리아드네적 전망』
(2014)
『영시의 아름다움: 그 객관적 독사doxa의 실천』(2015)

「'The Waste Land'에 대한 정신분석학적 접근」(1992)
「W. B. 예이츠의 '장미'에 대한 원형적 접근」(1999)
「W. 스티븐스의 '일요일 아침'에 대한 정신분석학적 접근」(1999)
「'황무지'에 대한 프로이트적 접근: 초-자아의 전복」(1999)
「'Ode on a Grecian Urn' 다시 읽기: 그 신화에 대한 저항」(2000)
「A Buddhist Perspective on Kim So-wol's and W. B. Yeats' poems」(2002)
「텍스트에 대한 라캉(J. Lacan)적 읽기: '벤 벌벤 아래에서'의 '오브제 쁘띠 아'」(2002)
「W. 워즈워스 다시 읽기: 퓌지스(physis)와 시뮬라시옹(simulation)」(2004)
「'Ash Wednesday' 다시 읽기: 삶의 실재와 그 '궁극적 전략'」(2004)
「'학교 아이들 속에서'에 대한 융(C. G. Jung)적 접근: '태모'(Great Mother)와 영웅
신화」(2005)
「'J. 알프레드 프루프록의 연가'에 대한 G. 들뢰즈적 읽기: '이미지 없는 사유'의 비전」
(2005)
「영화 '왕의남자' 비딱하게 보기: 그 퍼스나의 진실」(2006)
「영화 '괴물' 버텨보기: 키치(kitsch)에 대한 찬사」(2006)
「예이츠와 보르헤스의 상호 텍스트성: 그 연접과 이접」(2006)
「'노수부의 노래' 다시 읽기: 그 보편주의의 산종(散種)에 대한 탈-식민주의적 저항」
(2007)
「'다빈치코드': 원형의 경고」(2007)
「'21세기 신인류의 탄생': Narcissism의 부활: 주체의 사망과 타자의 부활」(2008)

「예이츠와 T. 아퀴나스: 존재론적 실재의 향연」(2012)
「엘리엇, 예이츠, 스티븐스와 禪: 경험적 자아의 실존적 경계」(2012)
「T. S. 엘리엇과 St. 아우구스티누스-이중 구속의 비전」(2013)
「예이츠와 파트리크 쥐스킨트: 연금술의 시학」(2015)
「예이츠와 S. 지젝: 실재의 탐색」(2016)

영시와 에콜로지

대상화에 대한 메타모더니티

초판인쇄 2016년 8월 25일
초판발행 2016년 8월 25일

지은이 이규명
펴낸이 채종준
펴낸곳 한국학술정보㈜
주소 경기도 파주시 회동길 230(문발동)
전화 031) 908-3181(대표)
팩스 031) 908-3189
홈페이지 http://ebook.kstudy.com
전자우편 출판사업부 publish@kstudy.com
등록 제일산-115호(2000. 6. 19)

ISBN 978-89-268-7616-9 93840